L'AMOUR ÉCORCHÉ
est le deux cent quatre-vingt-sixième livre
publié par Les éditions JCL inc.

Données de catalogage avant publication (Canada)

Dupuy, Marie-Bernadette, 1952-
  L'amour écorché
  ISBN 2-89431-286-5
  I. Titre.

PQ2664.U693A86 2003   843'.914   C2003-940094-8

© **Les éditions JCL inc.**, 2003
Édition originale : septembre 2003
Première réimpression : septembre 2010
Deuxième réimpression : septembre 2011

L'AMOUR
ÉCORCHÉ

collection
Roman-*vérité*

© **Les éditions JCL inc.**, **2003**
930, rue Jacques-Cartier Est, CHICOUTIMI (Québec) G7H 7K9
Tél. : (418) 696-0536 – Téléc. : (418) 696-3132 – www.jcl.qc.ca
ISBN 978-2-89431-286-5

MARIE-BERNADETTE DUPUY

L'AMOUR ÉCORCHÉ

LES ÉDITIONS JCL

DE LA MÊME AUTEURE:

Les Ravages de la passion, tome V, roman, Chicoutimi, Éditions JCL, 2010, 638 p.
La Grotte aux fées, tome IV, roman, Chicoutimi, Éditions JCL, 2009, 650 p.
Les Tristes Noces, tome III, roman, Chicoutimi, Éditions JCL, 2008, 646 p.
Le Chemin des falaises, tome II, roman, Chicoutimi, Éditions JCL, 2007, 634 p.
Le Moulin du loup, tome I, roman, Chicoutimi, Éditions JCL, 2007, 564 p.

Les Marionnettes du destin, tome IV, roman, Chicoutimi, Éditions JCL, 2011, 728 p.
Les Soupirs du vent, tome III, roman, Chicoutimi, Éditions JCL, 2010, 752 p.
Le Rossignol de Val-Jalbert, tome II, roman, Chicoutimi, Éditions JCL, 2009, 792 p.
L'Enfant des neiges, tome I, roman, Chicoutimi, Éditions JCL, 2008, 656 p.

La Demoiselle des Bories, tome II, roman, Chicoutimi, Éditions JCL, 2005, 606 p.
L'Orpheline du Bois des Loups, tome I, roman, Chicoutimi, Éditions JCL, 2002, 379 p.

Les Fiancés du Rhin, roman, Chicoutimi, Éditions JCL, 2010, 790 p.

Le Val de l'espoir, roman, Chicoutimi, Éditions JCL, 2007, 416 p.

Le Cachot de Hautefaille, roman, Chicoutimi, Éditions JCL, 2006, 320 p.

Le Refuge aux roses, roman, Chicoutimi, Éditions JCL, 2005, 200 p.

Le Chant de l'Océan, roman, Chicoutimi, Éditions JCL, 2004, 434 p.

Les Enfants du Pas du Loup, roman, Chicoutimi, Éditions JCL, 2004, 250 p.

L'Amour écorché, roman, Chicoutimi, Éditions JCL, 2003, 284 p.

À Jean-Claude Larouche,
mon éditeur, qui m'a encouragée et
soutenue dans mes projets littéraires.

À Sonia Del Rio et Claude,
mes très chers amis québécois.

Vers eux tous, va ma profonde
reconnaissance, par-delà l'océan.

NOTE DE L'AUTEUR

Ce roman est basé sur une histoire vécue.

PROLOGUE

Extraits de la Genèse :

Ainsi, il y eut un soir, et il y eut un matin : ce fut le sixième jour.

Le Seigneur Dieu créa l'homme à son image.

Il dit : « Il n'est pas bon que l'homme soit seul; je lui ferai une aide semblable à lui. »

Alors, Dieu fit tomber un profond sommeil sur l'homme, qui s'endormit; il prit une de ses côtes, et referma la chair à sa place.

Le Seigneur Dieu forma une femme de la côte qu'il avait prise de l'homme.

Et l'homme dit : « Voici cette fois l'os de mes os et la chair de ma chair, on l'appellera femme car c'est de l'homme qu'elle a été prise. »

PREMIÈRE PARTIE

I
À quelque chose malheur est bon

C'était le soir, un soir d'automne d'une beauté étincelante comme on en connaît seulement dans le Sud de la France. Terre et ciel se confondaient, perdus dans la même couleur violette, et une brume laiteuse s'étendait sur le village de Vindouris. Mais, au-dessus, les monts de l'Esterel flamboyaient. Le soleil couchant accentuait le rouge sombre des roches, allumait des roux et des orangés dans la végétation. À cette heure-là, le temps semblait hésiter. Les bruits du jour, parfois stridents – crissements et bourdonnements d'insectes, chants aigus d'oiseaux, froissements d'herbes sèches, sifflement du vent dans la cime des arbres –, s'arrêtaient. Ceux de la nuit n'étaient pas encore là. La nature semblait miraculeusement calme, attentive. Enfin, après un dernier chatoiement, tout bascula dans la nuit.

Construit quarante ans auparavant par les parents de l'ancien propriétaire, et niché sur une petite éminence, au milieu des pins et des chênes-lièges, le mas des Deux-Vents dominait le village.

Passé la grille de fer forgé, toujours ouverte, une allée ombragée menait jusqu'au perron. Une vaste terrasse – seul luxe du lieu – permettait aux occupants d'admirer le magnifique spectacle des monts perdus dans la forêt.

On ne voyait pas la mer, mais, à une certaine douceur iodée de l'air, on la devinait toute proche. Parfois même, surtout le soir, on percevait son bruit monotone et, tout le jour, mouettes et goélands emplissaient le ciel de leurs cris.

Henri Monceval, homme bourru et taciturne, était le vétérinaire du petit bourg de Vindouris. Sa femme France, de santé fragile, aimait la sérénité du mas des Deux-Vents où ils vivaient depuis des années. Elle avait choisi elle-même l'emplacement de la roseraie, derrière la maison, près d'un délicieux petit kiosque d'été. Quelques fauteuils, autour d'une grande table blanche, incitaient à goûter la douceur du soir.

Une petite Austin rouge s'engagea soudain dans l'allée et s'arrêta au bas du perron. Une jeune fille élancée en sortit. Malgré sa tenue sportive – polo bleu et jean moulant de longues jambes –, Hélène Monceval avait une sorte de grâce un peu ancienne, un charme presque raffiné. De beaux yeux noisette, de longs cheveux mousseux, châtain doré, adoucissaient des traits réguliers, mais légèrement anguleux.

Impulsive, spontanée, parfois têtue, allant jusqu'au bout de ce qu'elle s'était fixé, Hélène avait l'allure et la vivacité d'une fille indépendante. Mais son regard souvent anxieux, toujours mobile, laissait deviner une sensibilité exacerbée. Il effleurait parfois les gens et les objets, à la recherche, semblait-il, de quelque chose ou de quelqu'un. Pourtant, à vingt-trois ans, tout paraissait lui réussir. Pianiste virtuose, elle commençait à donner des concerts dans toute la France. Le reste du temps, elle était professeur de piano à Saint-Raphaël. Elle occupait aussi la charge d'organiste dans la petite église de Vindouris, par amitié pour le vieux curé de la paroisse, l'abbé Braillet, qui avait marié ses parents et l'avait baptisée. Elle arrivait d'ailleurs de chez lui.

France Monceval vint à sa rencontre et l'entoura de son bras. À soixante ans, elle en paraissait dix de moins. Grande, fine, distinguée, il émanait d'elle une sorte de bonté lumineuse. Après une brillante carrière de cantatrice, elle s'était mariée, assez tard, avec Henri Monceval, et Hélène était leur fille unique. Dès la naissance du bébé, France avait abandonné sa carrière. Elle ne l'avait jamais regretté.

— Bonsoir, ma chérie. Comment va l'abbé Braillet? On le dit très fatigué...

— Pas très fort, maman. Son cœur est en mauvais état...
Elle embrassa affectueusement sa mère, puis l'entraîna vers le perron.

— J'ai hâte d'être à la maison, dit-elle en souriant.

Elles montèrent en silence les quelques marches qui conduisaient à la porte d'entrée, puis pénétrèrent dans le salon. Hélène s'affala sur le canapé de cuir fauve, aussitôt rejointe par Dolly – une chienne des Pyrénées –, tout heureuse de retrouver les caresses de sa maîtresse. Rita, la petite chatte noir et blanc qui somnolait sur son fauteuil, ouvrit à demi les yeux, s'étira, esquissa un miaulement et se rendormit.

Malgré la douceur du soir, France avait allumé un feu dans l'immense cheminée. L'odeur du bois s'était répandue dans la salle à manger. Les flammes se reflétaient sur les vieux meubles provençaux trapus et luisants, doraient les reliures des livres de la bibliothèque. Au centre de la vaste pièce trônait le piano d'Hélène. C'était là qu'elle travaillait le mieux; là surtout qu'elle composait, face aux baies vitrées donnant sur l'Esterel, avec Dolly allongée à ses pieds et Rita sur les genoux.

Et, plus que tout, la présence de sa mère l'apaisait, la réconfortait. Il y avait entre elles une complicité qui les faisait se comprendre au-delà des mots.

France savait sa fille trop sensible, vulnérable, à la fois heureuse de faire ce qu'elle aimait et effrayée par sa notoriété naissante. Elle l'aurait voulue moins sauvage, moins secrète. Hélène semblait hésiter parfois à se lier, de peur sans doute de souffrir.

— Diane Monfort m'a téléphoné ce matin. Sa fille t'a invitée demain à Cannes, pour la journée. Christiana t'aime beaucoup, tu sais, continua-t-elle sans prêter attention à la petite grimace d'Hélène. Vous vous retrouverez entre amis... Tennis au programme...

— J'irai peut-être.

— Tu devrais. Tu as l'air fatiguée. Ça te changerait les idées.

— Sans doute. Mais je n'aurai pas l'esprit tranquille à cause de notre vieil ami. Un jeune prêtre doit venir rapidement le seconder. Mais malgré tout...

— C'est donc si grave, murmura France.

— Oui. J'ai vu le docteur Giraud. Il craint le pire.

Hélène se tut quelques instants. Puis elle ajouta doucement :

— C'était un peu mon père spirituel. Et puis, c'est lui qui, le premier, m'a enseigné la musique...

France se remémora la naissance prématurée de sa fille, les premières heures difficiles où l'enfant s'était débattue entre la vie et la mort. Ses prières en commun avec le prêtre avaient semblé maintenir miraculeusement le bébé en vie.

Henri Monceval arriva pour le dîner et s'assit en face d'Hélène. Plus petit que sa femme, le crâne un peu dégarni, il ne manquait pourtant pas de charme.

Cependant, il n'existait pas entre Hélène et lui ce lien privilégié qui unissait la jeune fille et sa mère. Elle lui faisait peu de confidences. Ils ne parlaient entre eux, le plus souvent, que de leur travail respectif.

— Et ton concert à la salle Pleyel? Dans huit jours, je crois?

— En effet. Ensuite, trois bonnes semaines de repos à Vindouris! Mes élèves m'attendent. Et j'ai besoin de faire une pause.

France revenait de la cuisine, les bras chargés de plats de crudités.

— C'est une vie exaltante, mais épuisante, dit-elle, et dont on finit par se lasser. Si un jour, comme moi, tu rencontres un homme qui...

— Je t'en prie, maman, coupa Hélène d'un ton un peu sec.

France, étonnée, la regarda, mais ne fit pas de commentaires, et le repas se poursuivit dans un silence inhabituel.

Plus tard, dans sa chambre, Hélène ouvrit grand les

fenêtres. Le ciel était d'un bleu très pur, si clair qu'on distinguait à peine les étoiles. Des grillons chantaient, et le parfum des roses montait jusqu'à elle, en bouffées chaudes. Des pensées contradictoires se bousculaient dans son esprit. Son existence lui paraissait à la fois trop pleine et étrangement vide. Par quoi – ou par qui – combler ce vide? « L'Amour », pensa-t-elle en se moquant d'elle-même. Attendre tout de quelqu'un, attendre même quelqu'un lui paraissait ridicule. Et pourtant...

– Je ne suis finalement qu'une romantique, murmura-t-elle. Et ce romantisme, cet idéalisme, parfois, la révoltait. Voilà pourquoi, à table, la réflexion de sa mère l'avait irritée.

De plus, le matin même, elle avait eu une scène idiote avec Pierre Pascal, son imprésario.

C'était un homme d'une cinquantaine d'années, plutôt sympathique jusqu'à présent. Il avait posé un bras sur ses épaules et elle n'avait rien dit, croyant à un geste amical. Il s'était alors cru autorisé à aller plus loin et il était devenu presque violent... Elle avait fini par s'enfuir, dégoûtée.

Peut-être était-elle stupide, finalement, avec ses idées d'un autre âge, alors que le monde autour d'elle était grossier et brutal. Il valait mieux essayer de dormir et ne plus penser à cela.

La fraîcheur de l'aube l'éveilla. La même sensation de vide l'étreignait encore, tapie, semblait-il, au creux de son ventre... Ce fut cela, finalement, qui la poussa à accepter l'invitation de Christiana.

Elle déjeuna rapidement et, après avoir embrassé sa mère, prit la route de Cannes. Elle aimait cette ville, surtout à l'automne où elle était vidée de ses estivants. Il restait la végétation luxuriante, les pans de murs lumineux, blottis entre les bandes bleues du ciel et de la mer.

Elle se rendit directement à la villa de son amie, un peu à l'extérieur de la ville. Christiana prenait son petit déjeuner dehors, en compagnie de ses parents et de ses amis. La maison était toujours pleine d'invités, jeunes intellectuels ou artistes le plus souvent. Parmi eux, elle vit tout de suite Philippe Fournier, un homme blond aux yeux bleus d'environ quarante ans, qui lui faisait une cour discrète, mais assidue. Veuf sans enfant, médecin, c'était un homme ouvert, spirituel. Sans être vraiment beau, il était courtois et plein de charme.

Hélène n'en était pas le moins du monde amoureuse. Elle repoussait gentiment ses avances, mais elle se plaisait en sa compagnie.

Elle salua monsieur et madame Monfort, embrassa Christiana et ses invités qu'elle connaissait tous. Puis elle s'assit auprès de son amie. Celle-ci lui sourit :

— Détendue, Hélène?

— Non. Fatiguée, mal dans ma peau... Une tournée de concerts harassante.

— Oublie tout cela. Écoute plutôt le programme de la journée : promenades, restaurant, tennis...

— Avec moi, bien sûr, ajouta Philippe en riant.

— Et enfin, farniente au bord de la Méditerranée, ajouta Christiana. Nous partons tout de suite.

— Très bien, fit Hélène en bondissant de sa chaise. Je me sens déjà mieux.

Tout le petit groupe rentra en fin d'après-midi. Madame Monfort se précipita vers eux.

— Hélène... J'ai essayé de te joindre tout l'après-midi. Ta maman a téléphoné, l'abbé Braillet est au plus mal. Un jeune prêtre a été envoyé à son chevet.

Sans prendre le temps de saluer ses hôtes, la jeune fille sauta dans sa voiture et prit à toute allure le chemin de Vindouris.

***

Grand, brun, l'allure sportive, vêtu d'un jean et d'un polo rouge, un jeune homme d'une trentaine d'années se tenait devant Hélène et la regardait.

Saisie, celle-ci resta un long moment sans rien dire : elle

avait reçu de plein fouet le choc de ses yeux noirs, profonds, perçants, scrutateurs. Un instant, elle eut l'impression que le monde s'était arrêté autour d'elle. Et une pensée bizarre lui vint : ils allaient rester là tous les deux, figés pour l'éternité, dans une sorte d'hypnose réciproque...

Reprenant tant bien que mal ses esprits, elle murmura :

— L'abbé Braillet?

— Vous êtes Hélène, n'est-ce pas? Entrez. À l'attitude de l'inconnu, à une certaine douceur triste de sa voix, elle comprit.

— Il m'a parlé de vous juste avant de mourir, dit-il simplement.

La course folle, l'émotion, la fatigue accumulée depuis des jours eurent raison d'Hélène : elle fondit en larmes.

— Je voudrais voir le prêtre... Le jeune prêtre qui devait venir, bredouilla-t-elle à travers ses sanglots.

— C'est moi. Venez. Je m'appelle Alexandre Rouffier, ajouta-t-il.

Il avait posé sa main sur son épaule. Ce simple contact, pourtant très bref, la plongea dans un malaise indéfinissable. Leurs yeux se rencontrèrent de nouveau.

Elle détourna aussitôt les siens, gênée, bouleversée, prise de l'envie brutale, presque irrésistible, de se jeter dans les bras de cet homme et d'y pleurer librement.

Alexandre la conduisit auprès du défunt. Ils restèrent longtemps silencieux, priant avec ferveur. Puis d'autres personnes arrivèrent. Hélène, prostrée, les vit à peine. Elle restait là sans bouger, assise sur une chaise auprès du lit. À deux reprises Alexandre fit brusquement quelques pas vers elle, sembla vouloir lui parler ou même la toucher, puis s'éloigna.

Sans trop savoir comment, elle se retrouva au volant de sa voiture et prit le chemin des Deux-Vents.

Les jours qui suivirent passèrent dans une confusion presque totale. Pendant les obsèques de l'abbé, en donnant ses cours de piano, chez elle, partout, elle se sentait inerte, incapable de réagir, voire de penser, tiraillée entre son chagrin et le bonheur d'avoir rencontré ce jeune prêtre. Elle ne cessait de penser à lui et rêvait de le revoir.

Le samedi, en fin de journée, elle se dirigea vers le presbytère.

Dans la pénombre du grand bureau, les murs blanchis à la chaux prenaient des tons bleutés. De belles gravures religieuses y étaient accrochées.

Alexandre s'assit dans un fauteuil, à côté de celui d'Hélène. Celle-ci ne savait trop ce qu'elle faisait là. Il lui fallait pourtant trouver un prétexte plausible.

— Je suis venue pour les chants de l'office de demain, commença-t-elle... Vous vous plaisez ici, monsieur... pardon, mon père? Êtes-vous de la région?

Le jeune prêtre la fixa de son regard chaleureux et magnétique. De nouveau, il sembla à Hélène que le temps s'était arrêté et que seule comptait l'emprise des yeux sombres de son interlocuteur. Puis, simplement, d'une voix basse, chaude, colorée par l'accent chantant de la Provence, il se mit à parler de lui, de son enfance modeste dans un village pas très loin d'ici, de ses premières années de sacerdoce près de Cassis, et surtout de son amour de la nature.

— Je suis guide de montagne. Je pense créer ici, comme à Cassis, un club de randonnée. J'espère que vous viendrez...

Hélène, au bout de dix minutes, s'entendit converser avec Alexandre comme avec un ami de longue date. Elle lui parla pêle-mêle de sa passion pour la musique, de ses voyages, de l'entente profonde qui l'unissait à sa mère. Elle lui confia son amour de la nature et des animaux, et l'affection qu'elle aimait retrouver dans les yeux débordants de tendresse de sa chienne Dolly, dans le regard un peu dédaigneux de Rita sa chatte... Les mots coulaient sans effort, simples, vrais, comme si le jeune homme était dorénavant autorisé à entrer dans ce qui constituait les bonheurs candides de sa vie aux Deux-Vents.

Elle livra même ce qu'elle n'avait jamais encore confessé à personne : le vide qu'elle sentait parfois monter en elle, grandir, l'envahir... Et surtout cette scène grotesque avec l'imprésario.

Alexandre resta un moment silencieux. Puis, d'une voix un peu sourde, il suggéra :

— Éloignez-vous de lui. La beauté, dit-on, réveille le diable.

— C'est difficile : ma carrière...

Brusquement, elle se tut. La mise en garde de l'abbé – et surtout la façon impétueuse dont il l'avait prononcée – prit soudain tout son sens. Le feu aux joues, elle se leva. Alexandre en fit autant et, comme la première fois, posa doucement sa main sur l'épaule de la jeune fille qui sentit une onde brûlante l'envahir jusqu'au ventre.

— Au revoir, Hélène. À demain à l'office. Et si vous éprouvez le besoin de vous confier, n'hésitez pas.

Sans répondre, elle s'enfuit.

Le lendemain, Alexandre célébra la messe dans la petite église du XIIe siècle, sous le grand Christ en bois d'olivier qui dominait l'autel. Revêtu de ses habits sacerdotaux, il lui parut étrangement beau. Son regard, chargé d'une force sereine, rayonnait.

Les villageois, d'abord méfiants, intrigués par la jeunesse et l'allure de leur nouvel abbé, avaient vite été conquis par sa simplicité. Et en plus, il avait l'accent du pays...

Après le sermon, Hélène attaqua les premières mesures d'un vieux cantique provençal au piano. La musique monta sous les voûtes, très pure, dans un silence inhabituel et recueilli. Elle jouait avec tant de sensibilité, tant d'émotion que France – qui d'ordinaire chantait en soliste le premier verset – laissa sa fille interpréter seule la partition. Puis la voix de l'ancienne cantatrice s'éleva enfin, haute et douce.

Au mas des Deux-Vents, le repas de midi fut morose. Brusquement, au dessert, Hélène se rendit compte que sa mère lui parlait :

21

— J'ai appris que la vieille Baptistine était allée passer quelques jours chez sa sœur. La mort de l'abbé l'a bien affectée, la pauvre... En attendant qu'elle revienne, j'ai pensé...

France sembla hésiter.

— Oui?

— Eh bien voilà, j'ai pensé que tu pourrais peut-être aider l'abbé Rouffier. Il essaie d'organiser tant bien que mal son emménagement, mais avec tous les devoirs de sa charge... Qu'en penses-tu? Tu connais bien le presbytère et il te ferait confiance.

Hélène ne répondit pas tout de suite. Mais elle savait qu'elle irait.

C'est ainsi qu'elle se retrouva tous les après-midi à la cure de l'église de Vindouris. Le plus souvent, elle était seule, car Alexandre était appelé par sa charge dans les collines environnantes. Elle faisait un peu de ménage, rangeait les livres, classait des dossiers. Elle préparait le repas et mettait le couvert, prenant un plaisir quasi sensuel à toucher les objets dont il se servait régulièrement. Enfin venait l'heure de l'Angélus qui, du campanile tout proche, sonnait clair sur les monts alentour. Hélène aimait particulièrement ce moment-là. Au plaisir purement musical s'ajoutait, semi-conscient, celui du retour imminent de l'abbé. Une pensée inquiétante, inconvenante, qu'elle chassait très vite, lui traversait alors l'esprit : elle l'attendait comme on attend un jeune époux.

— Appelez-moi Alexandre, ce sera plus simple, lui avait-il dit un matin, avant de partir.

Elle partageait très souvent son repas, puis ils faisaient ensemble la vaisselle en bavardant amicalement.

De retour au mas des Deux-Vents, le soir, dans son lit, elle se tournait, se retournait, s'agrippait aux draps, comme si ses mains, comme si tout son corps le cherchaient, lui, Alexandre. L'imminence du retour de Baptistine et surtout la perspective de ses prochains concerts la terrifiaient.

L'avant-veille de leur séparation arriva.

— Accompagnez-moi demain dans l'arrière-pays, Hélène. C'est tout ce que j'ai à vous offrir, pour vous remercier.

— Me remercier?

— Oui, de m'avoir tant aidé. Si vous voulez bien accepter ce cadeau de moi! plaisanta-t-il.

Ils quittèrent Vindouris après l'office du matin, dans la voiture d'Alexandre. Ils prirent la direction de la pointe de Dramont, puis descendirent les pentes douces du Rastel, où les villas se blottissaient, tapies dans les chênes-lièges et les pins. Ils dépassèrent la pointe du Cap. En bas, les vagues cognaient contre les falaises rouges.

Ils s'arrêtèrent un instant au col de Notre-Dame, puis le col des trois Thermes fut enfin là.

— La vallée des Merveilles, murmura Alexandre.

Du doigt, il lui désignait le paysage, les douces collines de Grasse, puis l'aride plan des Caussols. À l'horizon se dressaient les hautes crêtes enneigées du Mercantour.

— Ce n'est, hélas, accessible que trop peu de temps dans l'année, ajouta-t-il. Un jour, je vous y mènerai.

De nombreux sentiers rayonnaient autour du col. Ils en prirent un qui s'enfonçait dans la forêt. Alexandre faisait couler entre ses doigts la terre tantôt rougeâtre, tantôt blonde. Avec lui, elle redécouvrait, avec des yeux neufs, les arbousiers, les yeuses et les chênes-lièges, les oliviers noueux, les pins sylvestres décharnés et, plus haut encore, les mélèzes. Il lui faisait respirer le thym et le romarin, la sarriette, le pistachier, la lavande sauvage; admirer les hauts rochers découpés dans les coulées de lave, intercalés dans les conglomérats gris, roses et verts.

Parfois, presque à leurs pieds, un lapin s'enfuyait. Des moutons, plus loin, escaladaient lentement le flanc des montagnes, surveillés par un berger taciturne; au-dessus d'eux, des oiseaux de mer tournoyaient dans un ciel blanc à force d'être bleu et déchiraient l'air transparent de leurs cris.

Vers quinze heures, ils reprirent le chemin de Vindouris. Ils ne parlaient plus. Ils se quittèrent rapidement devant l'église.

II
Ni maintenant... ni jamais

La veille de son concert, Hélène flâna à Montmartre en compagnie de Philippe Fournier. Celui-ci avait en effet tenu à l'accompagner : il en profiterait pour faire un court séjour dans sa famille, quelques visites à des confrères et d'autres démarches professionnelles remises jour après jour.

C'était un compagnon charmant, dont Hélène aimait la courtoisie. En devisant gaiement, ils escaladèrent les ruelles menant au Sacré-Cœur dont les coupoles éclatantes de blancheur se détachaient sur un ciel d'un bleu pur.

— Savez-vous d'où vient le nom de Montmartre? demanda Philippe tandis qu'ils s'élançaient comme des enfants à l'assaut des marches conduisant à la basilique.

— Non, je l'ignore.

— Ce nom, paraît-il, a pour étymologie « mont des martyrs ». Rien n'est prouvé. Mais une rue des Martyrs existe bien ici.

Pour se conformer à la tradition, ils firent faire leur portrait place du Tertre, en quelques minutes, par une grande fille rousse aux vêtements déchirés et tachés de peinture, puis allèrent déjeuner au « Lapin Agile ».

— Max Jacob habitait quelques maisons plus loin... Mais je vous ennuie peut-être, Hélène?

— Bien sûr que non! Et vous savez sans doute d'où vient le nom de ce lieu?

— C'est simple. Le premier propriétaire s'appelait André Gill. Il est mort à Charenton en 1885. Son successeur, « Frédé », passionné de littérature, fit de son établissement – devenu le Lapin Agile, voyez le jeu de mots! – le repaire d'Apollinaire, Mac Orlan, Charles Cros et bien d'autres... Certains écrivains allaient un peu plus loin, au « Chat Noir »...

— Où Aristide Bruant, en pantalon bois de rose et

jaquette, coiffé de son grand chapeau, chanta ses premiers refrains... La musique, c'est mon domaine, Philippe, dit Hélène en riant. Et elle se mit à fredonner :

Je cherche fortune
Tout autour du Chat Noir...

Ils marchèrent tout l'après-midi. Puis Hélène, dont la nervosité grandissait d'heure en heure, eut envie d'aller boire un pot boulevard Saint-Michel. À peine étaient-ils installés qu'un grand garçon brun s'approcha d'eux :
— Philippe, quelle coïncidence! Que fais-tu à Paris?
— Pour une surprise... Salut, mon vieux! J'accompagne seulement Hélène Monceval, pianiste de talent dont la renommée est en train de monter... Si, si, Hélène, ne soyez pas modeste! Voici Luc Lovar, un ami de toujours et bourlingueur de son état...
Luc se mit à rire.
— D'où reviens-tu, cette fois? reprit Philippe.
— D'Afrique. Plus exactement du Mali. Nous avons un vaste programme de construction routière. Mais me voilà en vacances pour quelques mois.
Les yeux enjôleurs de Luc ne quittaient pas le visage d'Hélène. Celle-ci, malgré elle, en fut gênée, et même troublée. Elle se secoua :
— Je vais partir, Philippe...
— Oh! Hélène, pardonnez-moi! C'est vrai, vous devez être en forme pour ce concert...
— Un concert? questionna Luc.
— Oui, demain, à la salle Pleyel... Hélas, ajouta Philippe, c'est bondé. Pas moyen de t'avoir une place.
— Dommage! murmura Luc.
Toute la journée du lendemain fut consacrée aux dernières répétitions, aux ultimes réglages de lumière. Le piano mis à sa disposition, un Steinway, était irréprochable. Pierre Pascal s'occupait des derniers détails, amical, efficace comme d'habitude, et Hélène oublia ce qui s'était passé entre eux. Philippe les rejoignit vers vingt heures. La

jeune fille était en train de marcher de long en large dans sa loge et frottait ses mains l'une contre l'autre :

— J'ai les doigts gelés, se lamentait-elle. Complètement raides...

— Avez-vous toujours autant le trac? demanda Philippe.

— Toujours. Quelle heure est-il?

— Vingt heures quinze. Encore trois quarts d'heure.

— Je dois finir de me préparer. Et me concentrer avant de jouer.

— À tout à l'heure. Je pense à vous très fort, Hélène. Tout ira bien, vous verrez.

À vingt et une heures précises, l'arrivée d'Hélène souleva un tonnerre d'applaudissements. Ses cheveux dorés étaient relevés en chignon et ornés de perles minuscules. Sa longue robe blanche, d'une simplicité monacale, la faisait paraître encore plus mince, presque irréelle. Elle s'assit devant le piano, baissa quelques instants la tête, attendant que s'apaisent les derniers raclements de gorges et les derniers grincements de sièges. Puis elle attaqua une sonate de Mozart et enchaîna avec un charme et un entrain étourdissants deux danses hongroises de Brahms. Son bonheur de jouer semblait la nimber d'une sorte de lumière et rejaillir sur la salle. Elle était éblouissante. Sa technique était sûre, précise, sans virtuosité inutile. Après un nocturne de Chopin qui bouleversa l'auditoire, des pièces plus modernes suivirent. Elle termina par une étude de Liszt, qu'elle enleva brillamment, semblant s'amuser de l'incroyable difficulté technique. Le public était debout. Elle revint saluer plusieurs fois, puis se retira enfin, croulant sous les fleurs.

Philippe ramena Hélène devant le petit studio du sixième prêté par une tante de la jeune fille. Il restait silencieux mais, épuisée et heureuse, elle n'y fit pas attention. Elle songeait à Alexandre. Pendant le concert, cette pensée ne l'avait pas effleurée. À présent, il lui semblait qu'il avait été là tout le temps, invisible, penché sur elle et guidant ses doigts...

— Vous voici arrivée, Hélène... Vous avez été si... Je ne trouve pas de mot... Tellement merveilleuse. Tellement...

Étonnée, elle le regarda. Il bredouillait, lui qui était si maître de ses réactions d'habitude. Il n'osait pas la regarder en face.

— Hélène...

— Oui?

Il hésita encore quelques secondes. Sa respiration était rapide.

— Hélène...

— Oui, Philippe, qu'y a-t-il?

— Voulez-vous m'épouser?

D'abord, elle ne dit rien. Depuis longtemps, elle redoutait cette question. Il lui fallait être franche et ne pas le froisser :

— Vous êtes mon meilleur ami, Philippe, mais...

— J'ai compris... Pardonnez-moi, Hélène, et n'y pensons plus. Je ne sais pas ce qui m'a pris. Votre talent, l'émotion... Bonne nuit.

— Bonne nuit...

Il claqua la portière et démarra.

Elle se jeta sur son lit sans se déshabiller. Le charme était rompu. Elle se sentait vaguement migraineuse et son dos lui faisait mal. Elle regrettait d'avoir dû causer de la peine à Philippe. Sauraient-ils tous les deux, après cela, rester amis? Il le fallait, pourtant.

Après tant de tension accumulée ces dernières semaines, ces derniers jours, elle avait besoin de se confier, de se sentir rassurée, épaulée... Et par quelqu'un d'autre que sa mère. Une idée folle lui traversa l'esprit : Alexandre...

Il fallait qu'elle lui parle, et tout de suite. Sans réfléchir, elle se rua sur le téléphone.

Pas de réponse... Machinalement, elle regarda sa montre et réalisa qu'il était presque une heure du matin. Que faisait donc Alexandre? Où était-il? Tremblante, elle se sentit perdre pied et bouscula d'un geste rageur le téléphone.

Contrariée, anéantie, elle se dirigea vers la salle de bains, défit nerveusement son chignon, brossa longuement ses cheveux, ses gestes saccadés se calmant peu à peu. Une heure... Elle refit le numéro. Toujours rien. La sonnerie retentissait dans le vide et ce vide emplissait son cœur. Une douche brûlante l'apaisa un peu. En peignoir, elle s'allongea de nouveau sur son lit et posa le combiné à côté d'elle. Il était une heure vingt. Après une ultime tentative, elle entendit soudain un « Allô »! très habituel et tout à fait innocent.

— Où étais-tu enfin, jeta-t-elle le cœur bondissant et étreint d'une rage folle.

Pour la première fois, et sans s'en rendre compte, elle le tutoyait.

Surpris d'une telle réaction, mais calme, Alexandre répondit d'un ton posé :

— À une réunion de jeunes. Je rentre à l'instant. Ton concert s'est bien passé?

— Oui, répondit-elle, laconique.

— Nous en parlerons à ton retour... C'est pour quand?

— Je ne sais pas...

— Comment?

— Je n'ai pas envie de rentrer, dit brusquement Hélène. Et elle fondit en larmes.

Décontenancé, Alexandre demanda doucement :

— Mais... que t'arrive-t-il? D'abord ce coup de fil tardif. Ta mauvaise humeur. Et...

Elle n'écoutait pas, continuant à pleurer sans bruit.

— Si tu avais un avion à ta disposition, Alexandre, viendrais-tu me rejoindre?

— Te rejoindre?

— Oui, là, tout de suite...

— Tu es fatiguée, Hélène, va dormir. Et rappelle-moi demain. Maintenant il est tard, je dois me coucher.

Sèchement, il lui dit bonsoir et raccrocha. Elle pleura de longues minutes, de rage et de désespoir. Des phrases se bousculaient dans sa tête : « Je le hais... Je l'aime... C'est ça, je l'aime... Il ne faut pas. » Mais une autre pensée, plus forte, se fit soudain entendre, s'imposa à elle : « Je l'aurai. Même si je dois lutter des mois, des années, je l'aurai! » La langue espagnole, pour dire je t'aime, dit « te quiero : je te veux ». Elle voulait Alexandre. Mais la foi du jeune prêtre était profonde. Comment lui faire accepter cet amour? En avait-elle le droit? Oui, décida-t-elle d'un seul coup. Oui. Et elle s'endormit.

Après une nuit courte et agitée, Hélène prit la décision de rester une semaine à Paris. Ainsi, elle y verrait plus clair... et peut-être Alexandre s'inquiéterait-il.

Elle téléphona longuement à sa mère et lui raconta tout : la promenade à Montmartre, le concert, la demande en mariage de Philippe – sans préciser qu'elle avait refusé –, mais pourtant rien d'essentiel n'arrivait à passer entre elles. Leur complicité semblait avoir disparu.

France resta perplexe. Que se passait-il?

La voix de sa fille était étrange, presque dure.

Ensuite, sans réfléchir – depuis quelques heures, elle n'agissait que sous l'effet d'impulsions brutales –, Hélène appela Philippe.

— Hélène, quelle surprise! Je vous croyais en route pour Vindouris.

— J'ai changé d'avis : je reste encore quelques jours. J'ai l'intention de me promener... Si on allait à Versailles?

— Très bonne idée, mais pas aujourd'hui : j'ai un rendez-vous que je ne peux remettre. Demain?

— Formidable...

Le lendemain, à dix heures précises, Hélène s'installait dans la voiture de Philippe Fournier. Le soleil était un peu pâle, des pans de brume traînaient sur la capitale.

Ils roulèrent silencieusement pendant quelques minutes. Puis Philippe se mit à parler de choses et d'autres. Mais Hélène n'écoutait pas : elle songeait à Vindouris, entendait une autre voix, se revoyait dans la montagne...

Ils entrèrent par la Cour royale. Le soleil avait fini par

percer la brume, rendant plus éclatante la façade de briques et de pierres du château. Après avoir passé la matinée à visiter celui-ci, ils allèrent déjeuner au restaurant, puis revinrent se promener dans les jardins.

— Connaissez-vous cette histoire, Philippe? demanda Hélène alors qu'ils passaient près du hameau de Marie-Antoinette. Ici même, il y a quelques années, deux touristes anglaises – des vieilles dames fort dignes – ont eu la sensation de remonter le temps. Elles virent des femmes en robes longues et perruques poudrées. Un jardinier, penché vers le sol, à qui elles avaient demandé leur chemin, ne sembla ni les voir ni les entendre...

— Hallucination ou simplement imagination débordante? plaisanta Philippe.

— Le mystère reste entier... Elles dirent aussi avoir vu un petit kiosque, aujourd'hui disparu, mais qui serait indiqué sur les plans de l'époque.

— J'ai parfois envie de croire aux miracles, vous savez, Hélène. Surtout aujourd'hui...

Au détour d'une allée, il lui prit la main. Elle ne refusa pas. Ils s'arrêtèrent sur un banc de pierre protégé des regards par de hauts buis. Des nuages étaient apparus. Le temps fraîchissait. Trop légèrement vêtue, Hélène frissonna soudain. D'un geste protecteur, Philippe l'entoura de ses bras. « Alexandre... » pensa-t-elle. Ce simple geste avait réveillé sa douleur. Le chagrin qui était là, tapi au fond d'elle-même, sembla bondir. Sans savoir trop pourquoi, elle se blottit contre son compagnon et, pour la première fois, échangea avec lui un long baiser. Les lèvres de Philippe étaient douces et chaudes. Ses mains glissèrent des épaules de la jeune femme, descendirent, effleurèrent son dos et sa poitrine, presque pudiquement.

— Venez, vous avez froid.

Et, la tenant toujours tendrement enlacée, il la conduisit jusqu'à la voiture.

Debout devant la porte du studio, il l'embrassa encore.

31

Émue, Hélène fermait les yeux. Mais derrière ses paupières, elle revit Alexandre, bronzé, les cheveux bouclés, les yeux étincelants. Elle se dégagea doucement.

— Bonne nuit, Philippe. Et merci pour tout.

Il s'en alla sans dire un mot.

Après le coup de fil d'Hélène, France avait soupçonné quelque chose. Sa fille était malheureuse. Autrefois, l'abbé Braillet était son hôte au moins une fois par semaine. Elle lui confiait tous ses problèmes. Peut-être pourrait-elle en faire autant avec Alexandre?

Un soir, elle l'invita donc à souper. Henri Monceval ayant rapidement regagné son bureau, ils se trouvèrent en tête-à-tête dans la salle à manger aux murs blancs, sur lesquels la cretonne provençale des rideaux mettait une note rouge vif. France aborda le sujet qui la préoccupait :

— Ma fille n'est plus la même. La mort de l'abbé Braillet l'a bouleversée, bien sûr. Mais il y a autre chose. Et puis, cette histoire de mariage...

Alexandre sursauta :

— De mariage?

— Elle m'a vaguement parlé d'un tel projet avec Philippe Fournier. Il l'aime, je le sais. Mais tout cela m'a paru très vague, bien embrouillé. Et Hélène est si étrange...

— Quand revient-elle?

— En fin de semaine, je pense.

— Peut-être alors se confiera-t-elle à vous.

Le dimanche, dans la soirée, Hélène était aux Deux-Vents.

Elle ne fit pas signe à Alexandre.

Le mardi, finalement, ce fut lui qui l'appela. Le ton du jeune homme était joyeux :

— Alors, de retour, mais à contrecœur?

Elle ne répondit pas.

— Fâchée, Hélène? Sérieusement? ... Excuse-moi. Lors de ton dernier appel, j'étais vraiment fatigué. Mais j'ai pensé à toi, depuis. Veux-tu te joindre à notre groupe de randonnée? Nous nous réunissons jeudi soir, à la Maison des Jeunes.

— D'accord, répondit-elle d'un ton indifférent. Je viendrai.

— Si tu veux, je passerai te chercher : je dois justement porter un livre à ta mère.

Dans la voiture, le surlendemain, ils échangèrent d'abord quelques phrases banales. Une sorte de gêne planait entre eux.

— Et ce mariage? demanda soudain Alexandre.

— Rien n'est encore fixé, répondit Hélène. Mais j'y songe de plus en plus. Philippe m'aime, alors, pourquoi pas? Avec lui, je serai heureuse...

Elle détourna légèrement la tête pour qu'il ne voie pas la rougeur de ses joues. Elle mentait. Et il le savait.

Ils roulèrent quelques instants en silence. Le temps était maussade, le vent soulevait des paquets de feuilles mortes sur la route.

— Hélène?

— Oui...

— Que penses-tu de l'amour?

Surprise, elle le dévisagea :

— C'est la communion totale.

— Ne crois-tu pas que c'est vouloir plutôt l'accomplissement de celui qu'on aime? Au risque de le perdre, parfois.

Il plongea quelques secondes ses yeux dans les siens et elle eut l'impression bizarre qu'il connaissait la moindre de ses pensées, la moindre de ses émotions, avant même qu'elle n'en prenne conscience elle-même.

Ce regard d'un magnétisme étrange la troublait toujours. Et elle l'avait vu regarder d'autres femmes ainsi...

Brusquement, elle frissonna.

— Tu as froid? demanda-t-il en remontant la vitre.

— Non...

Elle n'avait pas froid. Elle avait peur, peur de cet être mystérieux qu'était Alexandre. Parfois, il lui semblait que quelque chose de trouble, de malsain, caché tout au fond de lui, ne demandait qu'à jaillir, qu'à éclater au grand jour.

**

Un long hiver passa. Il fallait à Hélène un exutoire. Elle se plongea avec ferveur dans la musique, multipliant les contrats qui l'éloignaient de Vindouris, sans toutefois pouvoir s'empêcher d'y revenir chaque fin de semaine... Elle avait besoin de revoir Alexandre.

Leurs liens semblaient être redevenus amicaux. Pourtant il lui échappait. Elle s'apercevait que le jeune homme, en apparence ouvert et expansif, livrait en réalité bien peu de lui-même.

Un samedi, comme d'habitude, Hélène descendit au presbytère pour choisir les cantiques qu'elle jouerait le lendemain. Ils discutèrent fort tard, et Alexandre lui proposa tout naturellement de partager son repas.

Il était, ce soir-là, serein et détendu. Hélène ne se décidait pas à partir. Ou plutôt elle aurait aimé ne pas s'en aller seule, s'évader avec lui...

— Allons au calvaire, proposa Hélène.

— Au calvaire?

— Oui, le vieux calvaire, accroché à flanc de colline.

— Mais c'est trop loin, Hélène. Il fait nuit. Et par ce froid...

— Alors, allons-y en voiture. Je t'en prie, Alexandre.

Elle écarta le rideau des fenêtres qui donnaient sur les monts.

— Regarde, c'est si beau!

Le ciel s'était dégagé, et une lune énorme, brillante, semblait déverser un flot continu et pourtant immobile de clarté, découpant des ombres noires ou bleutées.

Plus haut, encore couverts de neige, les monts scintillaient.

— C'est vrai, tout semble recouvert d'argent, murmura Alexandre. Je vais te prêter une veste de montagne.

Blottie dans l'anorak imprégné de l'odeur du jeune homme, Hélène, malgré tout, claquait des dents. La haute croix était auréolée de lumière : tout semblait beau et irréel. Alexandre s'agenouilla au pied du calvaire et pria un long moment. Lorsqu'il se releva, le regard qu'il posa sur Hélène avait un tel éclat, rayonnait d'un tel amour, presque surhumain, qu'elle s'avança vers lui.

Bien que très pudique, elle fit violence à sa nature pour demander à Alexandre :

— J'aimerais tant que tu me prennes dans tes bras...

Il hésita et finalement la prit très doucement contre lui. Elle n'osait bouger. Pendant quelques secondes – ou quelques minutes, elle ne savait plus –, elle se sentit très proche de Dieu, comme si l'étreinte chaste d'Alexandre la soutenait corps et âme et la transportait. Son amour pour le Créateur s'élargissait, s'échappait de sa poitrine et semblait s'étendre à la terre entière. Elle n'avait presque plus conscience de son corps engourdi ou de ses pieds glacés. Elle aurait pu croire qu'elle flottait, dans cette lumière blanche et pure.

Au-dessus d'elle, elle distinguait à peine la masse sombre des cheveux d'Alexandre, et ses yeux noirs qui l'observaient.

Ils firent le chemin du retour en silence. Le jeune homme conduisait vite. Son visage était tendu, presque douloureux. « Comment cette soudaine distance est-elle possible », pensa Hélène, après ces instants si forts, cette joie et cette communion qui lui avaient semblé presque parfaites?

Il se tourna soudain vers elle :

— C'est très bien de vouloir épouser Philippe. Je crois que tu seras heureuse.

Incapable de proférer le moindre son, Hélène appuya sa tête sur la vitre et ferma les yeux. Une douleur brutale l'avait saisie à la gorge... Surtout, il ne fallait pas pleurer.

— Te voici arrivée. Bonsoir, Hélène.

— Bonsoir.

Elle claqua la portière, monta les quelques marches du perron et s'engouffra chez elle.

Durant les semaines qui suivirent, Hélène évita le jeune prêtre. La rancœur et la colère la submergeaient, atténuant peu à peu sa douleur.

Ainsi, il voulait qu'elle aime un autre homme. Elle allait s'y employer. Elle allait trouver un homme qui, au moins, la comblerait sensuellement et la vengerait.

Cette expérience, elle le savait, n'engagerait que son corps, mais elle se donnerait à fond, jusqu'à s'en étourdir. Ainsi, peut-être finirait-elle par ne plus penser à Alexandre.

Un autre homme, oui... Ce ne serait pas Philippe. Elle avait trop d'amitié pour lui et ne voulait pas le faire souffrir. De plus, physiquement, il ne l'attirait pas spécialement... Non, le visage, la silhouette qu'elle imaginait n'étaient pas ceux de Philippe, mais de Luc Lovar.

Pourquoi se cacher la vérité? Cet homme l'avait troublée. Elle savait où le joindre... et il était à Paris pour de longs mois.

— D'ailleurs, dit-elle tout haut sur un ton de défi, il a les mêmes yeux qu'Alexandre.

Cédant, comme d'habitude, à son impulsion, elle se dirigea vers le téléphone.

À peine huit jours plus tard, Hélène était à Paris. Elle avait décidé de se jeter le soir même dans les bras de Luc. Elle était sûre d'avoir plu à cet homme lors de leur première rencontre, et il n'était sans doute pas du genre à s'embarrasser de détours inutiles.

À dix-sept heures, il devait venir la chercher pour aller au restaurant. Elle ne serait pas prête, voilà tout. Lorsque la sonnette retentit, elle n'avait sur elle qu'un peignoir blanc en éponge, et ses longs cheveux bouclés gouttaient sur l'épaisse moquette de laine beige du studio.

Le parfum de Luc – poivré, épicé, auquel se mêlait l'odeur douceâtre du tabac – rendait Hélène un peu soûle. La tête lui tournait. Elle sentait une vague chaude monter le long de ses jambes, envahir son ventre; son cœur battait à tout rompre et elle avait du mal à respirer. Peur et désir se confondaient.

Le visage contre la poitrine de Luc, elle n'osait pas lever les yeux. Celui-ci n'avait hésité qu'une brève seconde : à peine entré, il avait regardé longuement Hélène, puis, avec un léger sourire amusé, avait lentement, très lentement écarté le haut du peignoir. Dessous, elle ne portait rien. Il avait effleuré légèrement, du bout des doigts, les seins menus.

Puis, toujours aussi lentement, ses mains étaient descendues, et il avait défait la ceinture du peignoir qui avait glissé à terre.

— Tu es belle. Tellement fine...

À présent, elle était entièrement nue, blottie contre lui. Il la força à relever la tête et l'embrassa presque brutalement, lui meurtrissant un peu la bouche.

— Viens, dit-il.

Au fond du salon, on apercevait la chambre minuscule, et le lit recouvert de fourrure.

— Viens, répéta Luc.

Et, la prenant par la main, il l'entraîna.

Le soleil se couchait. Les rideaux tirés laissaient filtrer une douce lumière rosée. Les bruits qui montaient de cette petite rue du sixième arrondissement, bordée de boutiques et de cafés, semblaient entourer le studio d'une sorte de cocon. Hélène était là, seule, avec cet homme inconnu, et autour d'eux la vie continuait, indifférente.

Luc se déshabilla rapidement, puis vint se pencher au-dessus d'elle. Sa bouche se posa sur la sienne, doucement cette fois-ci, puis descendit, glissa le long du cou, prit possession de ses seins. Elle ne put s'empêcher de gémir, la tête légèrement renversée en arrière, étonnée d'être autant bouleversée par ces lèvres et ces mains expertes qui à présent s'insinuaient dans les moindres recoins de son corps. Elle tremblait.

— Alexandre, murmura-t-elle. Alexandre...

Luc se redressa brusquement. Blême, il la dévisageait. Elle tenta de se relever, mais il lui maintint les épaules sur le lit.

— Qui est Alexandre?

Honteuse, elle ne répondit pas. Son désir avait totalement disparu et elle avait froid.

— Très bien, reprit Luc. En tout cas, je n'ai pas envie que l'on soit trois.

Quelques minutes plus tard, il partait en claquant la porte.

***

— Ne le revois jamais, tu entends?

Blême, presque au bord des larmes, Alexandre avait pris Hélène par les épaules et la secouait.

— Ne revois jamais cet homme...

Dès son retour à Vindouris, bien entendu, elle s'était empressée de tout raconter au jeune prêtre, sans doute pour le blesser et provoquer sa jalousie. Mais une réaction aussi violente la laissa abasourdie. À présent, en écoutant Alexandre, en regardant ses yeux dans lesquels colère et douceur – et peut-être même dégoût – se mélangeaient, elle se sentait souillée. Brusquement, elle se dégagea et s'enfuit.

La voiture d'Hélène roulait à toute allure vers les Deux-Vents. Souillée, oui... C'était le mot. Elle croyait sentir de nouveau les mains de Luc et sa bouche sur son corps, et elle eut soudain envie de vomir. Mais à cette répulsion se mêlait, il fallait bien l'avouer, la joie un peu perverse de faire souffrir Alexandre.

Il lui fallait se délivrer de tout cela, l'effacer, retrouver une sorte d'innocence. Mais comment?

Arrivée au mas, elle appela le presbytère.

— Alexandre?

— Oui...

– Je crois que tu dois te rendre à Lourdes la semaine prochaine?

– En effet. Pour un séminaire, répondit-il sèchement.

– Acceptes-tu de m'emmener?

Il hésita un long moment.

– J'en ai besoin, insista-t-elle, je t'en prie!

– D'accord.

Quelques jours plus tard, ils partirent de Vindouris bien avant l'aube, traversant la Provence endormie. Ils restèrent longtemps silencieux.

Soudain Alexandre désigna le ciel : celui-ci, encore très sombre, presque noir à l'ouest, prenait à l'est des tons d'abricot mûr. Sous cette lumière rasante et dorée, la moindre touffe d'herbe éclatait, vert cru, et les murs des fermes devenaient orange.

– Regarde ces couleurs, Hélène.

Elle sourit sans répondre. Elle n'en avait pas besoin. Entre eux, de nouveau, il y avait cette complicité, cette compréhension au-delà des mots.

Ils arrivèrent à Lourdes vers treize heures, déjeunèrent d'un sandwich dans un bar, puis Alexandre se rendit à son séminaire.

Un peu désorientée, Hélène commença par flâner dans la ville. C'était la grande saison des pèlerinages. Elle suivit quelques instants la foule jusqu'aux allées de l'Esplanade et, à la place du Rosaire, admira de l'extérieur les deux basiliques. Puis, sans trop savoir comment, elle se retrouva devant la grotte miraculeuse. Émue par la procession des malades, touchée par tant de souffrance et de foi, elle se sentait peu à peu délivrée, apaisée. Qu'étaient ses problèmes, à elle, devant tant de douleur?

Assez tard dans la soirée, Alexandre la retrouva comme convenu au restaurant du Gave. Peu à peu Hélène se détendait, la conversation était aisée, amicale. Le jeune prêtre était joyeux. Peut-être avait-il déjà pardonné?

Tout à coup, au milieu d'une phrase, il laissa échapper :
« Hélène, ma chérie. »
Elle s'arrêta, interdite, croyant avoir mal entendu :
— Qu'as-tu dit, Alexandre?
Il fit une pause, prit son temps, et répéta lentement, d'un ton sérieux, presque grave :
— J'ai dit : Hélène, ma chérie.
Elle se sentit rougir, et, ne sachant comment cacher sa surprise et son émotion, fut prise d'un véritable fou rire. Lui gardait son calme. Il continuait même de manger, tranquillement, un léger sourire aux lèvres. De toute évidence, il était parfaitement conscient, et même heureux, du trouble qu'il venait de faire naître chez elle.

Ils quittèrent le restaurant vers vingt-trois heures. Hélène avait l'impression que la joie allait l'étouffer. Elle voulut prier un moment, seule, devant la grotte. Lorsqu'elle se releva, le visage humide, Alexandre était derrière elle.
Effleurant son épaule, il lui dit d'une voix douce :
— Ne pleure pas. Je ne suis qu'un intermédiaire. Un jour, quelqu'un t'apportera tout ce que je n'ai pas le droit de te donner.
Elle croyait encore entendre les mots de tout à l'heure : « Hélène, ma chérie. » Sans doute regrettait-il déjà... Mais ces termes, il les avait employés, et elle ne pouvait s'empêcher d'être heureuse et d'espérer.

Ils dormirent à Lourdes, Alexandre chez un vieil abbé qu'il connaissait, Hélène dans un petit hôtel tout proche, et partirent tôt le lendemain. Après avoir déjeuné en Arles, ils redescendirent vers la Camargue, passèrent Marseille et Toulon. Il était déjà tard lorsqu'ils abordèrent le massif des Maures avec ses crêtes rocheuses et ses routes en lacets.

Vindouris, à présent, n'était plus qu'à quelques kilomètres. Alexandre conduisait lentement, comme s'il avait voulu retarder la fin du voyage.
Soudain sa main droite s'avança doucement, frôlant

involontairement la poitrine d'Hélène, et se posa sur son bras.

Il arrêta la voiture sur le bas-côté, caressa du bout des doigts la joue d'Hélène. Celle-ci sentait son corps en feu. Le jeune abbé était le seul à éveiller chez elle un désir aussi brutal et aussi profond, le seul à lui donner envie de s'abandonner ainsi dans un échange complet, à la fois spirituel et charnel. Leurs deux visages s'étaient rapprochés. Elle sentait son souffle sur ses lèvres...

Brutalement, comme s'il émergeait d'un rêve, Alexandre se rejeta en arrière avec un petit rire bref :

— Pardon, Hélène. J'ai été un peu fou pendant tout ce voyage.

Il démarra rapidement, les yeux obstinément fixés sur la route, et se figea dans un mur de silence jusqu'à Vindouris.

Le lendemain matin, dès son réveil, Hélène lui téléphona.

— J'étais si bien, hier, avec toi...

La voix cassante d'Alexandre l'interrompit :

— Arrête de rêver. Il arrive à tout le monde de se laisser aller. Mais dis-toi que tout est faux entre nous, depuis le départ!

— Mais hier...

— Tais-toi. Je ne suis pas amoureux de toi. Tu n'es rien pour moi et tu ne seras rien, ni maintenant ni jamais.

Ces paroles résonnèrent dans la tête d'Hélène de façon atroce. Leur écho semblait se répercuter sans fin autour d'elle.

Elle avait souhaité, espéré qu'il lui avouerait ses véritables sentiments. Comment aurait-il pu être plus clair?

III
Des chemins où l'on s'égare

Elle décida de tout laisser tomber : le mas des Deux-Vents, l'Esterel, ses élèves de Vindouris. Tout, sauf ses concerts. Mais la musique elle-même la laissait presque indifférente. Elle s'installa donc à Paris. Les semaines passaient. Jamais elle ne s'était sentie aussi seule, aussi perdue, jamais sa vie ne lui avait paru aussi vide. Les nombreux coups de téléphone échangés avec sa mère, cette tendresse entre elles deux, ne suffisaient pas.

Malgré tout, elle n'avait pu s'empêcher de garder un lien ténu avec Alexandre : ils s'écrivaient de temps à autre, des lettres banales, presque insipides, qui lui faisaient aussi mal, sinon plus, que le silence. Un jour, elle reçut une carte postale – une marguerite se détachant sur un fond représentant la vallée de la Seine. – avec, au verso, ces quelques mots : « Je suis passé près de Paris. Je n'ai pas eu le temps de m'arrêter. » Elle fondit en larmes. Comment pouvait-il, volontairement sans doute, se comporter ainsi, lui faire mal comme par plaisir, gratuitement? Quels étaient donc ses sentiments? Et que voulait-il vraiment?

Dans le désert affectif où elle se trouvait, il lui fallait une présence, un refuge. N'importe qui. Elle contacta le seul homme qu'elle connaissait à Paris : Luc Lovar. Leurs relations reprirent, amicales d'abord. Il avait accepté de prendre ce qui s'était passé entre eux comme un malentendu. De plus, Hélène lui avait paru si fragile, si vulnérable, si seule, avec dans son regard quelque chose d'une petite fille désemparée.
Et c'était vrai qu'elle avait par moments l'impression de revivre son enfance solitaire, triste, trop sérieuse : l'affection et la douceur de sa mère ne compensaient pas

totalement la froideur d'un père volontiers taciturne et colérique, ne supportant pas la présence d'autres enfants. Alors, Hélène rêvait. Elle s'inventait frères, sœurs ou compagnons de jeux. Elle dorlotait sa chienne et plus tard la petite chatte Rita. Elle n'avait pu les emmener ici, à Paris. Elle n'avait vraiment plus rien.

Ce fut dans la maison de campagne appartenant aux parents de Luc qu'elle se donna à lui pour la première fois. On était à la fin d'un mois d'août particulièrement pluvieux, la soirée était fraîche. Hélène avait voulu faire une flambée dans la vaste cheminée de la pièce principale. Depuis son enfance, le spectacle du feu de bois la fascinait. Elle en aimait l'odeur, elle aimait le crépitement des bûches, et surtout l'étrange nostalgie dans laquelle la plongeaient les reflets dansants des flammes.

Elle observa quelques instants Luc qui, penché sur la chaîne, mettait un disque. Ses cheveux sombres et ondulés, son regard brun lui rappelèrent encore une fois Alexandre. Brillante et triste à la fois, une sonate de Mozart brisa soudain le silence de la pièce. Assise sur le lit ancien qui servait de divan, Hélène sourit, un peu émue. C'était elle qui interprétait le morceau, Luc avait dû acheter le disque. Il s'approcha lentement. Puis il attira doucement Hélène contre lui et la prit dans ses bras.

Elle sentit alors, plus que jamais, la sensualité que pouvaient dégager une peau, une odeur... Elle ferma les yeux. Des mains tendres, mais insistantes, troublantes, exploraient son corps... Délibérément, elle se laissa sombrer. Luc et Alexandre, à cet instant, ne faisaient plus qu'un. Puis, lorsque les mains de Luc se firent impérieuses, ses lèvres, fougueuses, elle oublia tout...

Ils restèrent ensuite allongés en silence, leurs deux corps nus éclairés par les flammes. L'électrophone était muet depuis longtemps.

Lentement, inexorablement, l'image d'Alexandre s'imposait de nouveau à Hélène. Luc était un amant à la fois passionné et délicat. Dans ses bras, le plaisir avait été total.

Mais à présent, elle se sentait frustrée : il lui manquait cette communion d'esprit qu'elle ressentait parfois avec Alexandre. Et le simple attouchement de la main de celui-ci avait été plus totalement sensuel, finalement, que l'acte de chair accompli avec Luc.

Elle s'engagea pourtant dans cette liaison avec toute la violence et le désespoir dont elle était capable. Tout valait mieux que cette solitude, ce vide affreux dans lequel elle se débattait.

Luc, d'ailleurs, était un compagnon tendre. Mais il manquait de maturité. Hélène découvrit avec stupeur l'influence que ses parents avaient encore sur lui. De plus, il était vaniteux et aimait mentir ou plutôt fabuler. Hélène ne pouvait s'empêcher d'en être irritée. Malgré elle, elle faisait des comparaisons. Il lui semblait voir tous les défauts de Luc à travers une loupe. Pourtant, lorsqu'elle pensait qu'elle ne serait dans la vie de Luc qu'une aventure de plus, elle avait mal.

Un soir, ils eurent une querelle si violente qu'Hélène se sentit devenir folle. Tout, décidément, dans sa vie, tournait au désastre. Dans ces conditions-là, continuer à vivre était-il nécessaire?

Affolée, ne sachant, encore une fois, vers qui se tourner, elle appela de nouveau Alexandre.

— Je t'avais prévenue, répondit-il presque méchamment. Il ne fallait pas revoir ce type. Je te donne une heure pour rompre avec lui. Quitte-le définitivement!

Abasourdie, Hélène se taisait.

— Une heure, tu m'entends, insista Alexandre. Sinon tu n'auras plus jamais de mes nouvelles. Même si tu étais malade. Je ne céderai pas. Je ne serai plus jamais là pour toi!

Hélène raccrocha, tellement anéantie par cette réaction violente que son désespoir s'était envolé. Que penser de cet être qui tour à tour semblait vouloir la rendre heureuse, puis la faisait souffrir? Qui lui recommandait de se donner à un autre, pour ensuite le lui reprocher? Pendant quelques jours, elle espéra un signe de lui. Un mot d'excuse, de regret... Mais non. Rien. Rien...

Elle finit par passer des journées entières à pleurer, couchée près du téléphone ou guettant le facteur. Elle ne dormait plus. Bientôt, n'importe où, elle se mit à perdre brusquement conscience : le malaise affectif dans lequel elle se débattait avait sans doute réveillé une spasmophilie latente, décréta le médecin qu'elle consulta enfin. Les médicaments qu'elle prenait à présent la rendaient encore plus égarée.

Finalement, Alexandre téléphona. Qui donc pouvait l'avoir prévenu? pensa Hélène. Christiana, qui était au courant de tout? Qu'importe! Leurs appels reprirent, leur dialogue se fit de nouveau amical, avec à peine une certaine gêne qui subsistait.

Un jour, Hélène demanda :

— Que penses-tu du mariage, Alexandre?

— C'est l'impossibilité des êtres à se prendre en charge individuellement.

— À se prendre en charge?

— Oui. Si les gens veulent vivre en couple, c'est qu'ils sont incapables d'exister seuls.

— C'est sans doute ce qu'on apprend du mariage dans les séminaires pour en détourner les prêtres... Tu n'as donc besoin de personne?

— C'est mon problème. Imagine une réponse qui te plaise et restons-en là.

— Tu ne réponds jamais aux questions, n'est-ce pas, Alexandre? C'est trop facile. Un jour elles vont se dresser, là, en face de toi. Et tu ne pourras plus te dérober.

Il y eut un silence. Puis Alexandre dit tranquillement :

— Bonsoir, Hélène.

Et il raccrocha.

Le jeune prêtre, une fois de plus, se mura dans un de

ces silences dont il savait si bien jouer, comme s'il se punissait – et punissait Hélène – des courts instants de bonheur qu'il croyait peut-être avoir volés à Dieu.

Hélène ne rentra pas au mas des Deux-Vents. Une sorte d'orgueil stupide l'en empêchait. Elle imaginait Alexandre là-bas, dur et inflexible. Elle n'avait pas sa force. Elle avait le besoin humain, terriblement humain, d'être aimée. Et Luc, de nouveau, était là...

Ils décidèrent de partir ensemble en vacances aux Baléares. C'était la fin de l'été, quand la Méditerranée semble la plus belle, la plus calme, la plus vraie. Ils commencèrent le voyage en train, puis empruntèrent à Barcelone un des multiples taxis jaune et noir pour se rendre au port. Les Espagnols ont une coutume charmante : celle de relier les passagers des paquebots à ceux qui sont restés sur le port par de longues banderoles de papier multicolores. À mesure que le navire s'éloigne, elles s'étirent au-dessus de la mer, lien bien fragile entre ceux qui partent et ceux qui restent, pour enfin rompre au large. Hélène ne put s'empêcher de penser qu'une banderole bien plus fragile, rouge sang, la rattachait à celui qui avait choisi de se taire là-bas, loin, à Vindouris.

La mer était très calme, l'air, chaud. Ils dédaignèrent la cabine et passèrent la nuit sur le pont, serrés l'un contre l'autre dans un léger duvet. Des dauphins jouaient autour du navire, sur la mer argentée. Hélène et Luc finirent par s'endormir, et se réveillèrent aux premières lueurs de l'aube.

Enfin, les îles de lumière se profilèrent à contre-jour. Tout était si beau! Pourtant Hélène n'était pas totalement heureuse. Il y avait toujours, en elle, ce vide que rien ne semblait pouvoir combler. Et seul Alexandre aurait su trouver les mots pour décrire la blancheur aveuglante des îles se détachant sur le bleu du ciel.

Ils prirent un taxi pour se rendre dans un petit hôtel à

San Antonio. La chaleur était déjà accablante. Ils achetèrent de larges sombreros, mangèrent quelques tapas arrosées de l'apéritif local, du *frigola* glacé.

La première journée fut consacrée à visiter l'île dont la végétation rappelait à Hélène son pays de maquis. Les jours suivants coulèrent dans une douce somnolence : levés tard, ils prenaient un petit déjeuner agrémenté de tortillas puis, après avoir traversé les marais salants, rejoignaient des plages éloignées et désertes de sable blanc. Ils se baignaient nus dans les eaux limpides et bleues de criques sauvages, puis faisaient la sieste à l'ombre des pins. Parfois, lorsqu'ils sommeillaient, un petit lézard vert venait malicieusement se promener sur leur corps, provoquant un sursaut de peur d'Hélène et un rire tendrement moqueur de Luc.

À partir de dix-neuf heures, l'île se réveillait. Tout grouillait alors. On chantait, dansait, buvait, riait. Odeurs et sons éclataient dans la nuit.

Hélène s'épanouissait peu à peu. Ses yeux avaient repris leur éclat, sa peau brunie faisait ressortir ses cheveux dorés. Luc profitait de l'eau, du soleil, buvait de grandes rasades de vin. Il semblait habité par une sorte d'exaltation sensuelle, une joie presque animale. Mais le cœur d'Hélène se serrait à la pensée qu'Alexandre, comme elle, aurait admiré en silence les gestes de la dentellière assise sur le pas de sa porte, les pêcheurs tirant à l'aide d'une corde leur barque remplie de poissons. Il aurait suivi du regard les vieilles femmes puisant de l'eau à la *noria*, vêtues de longues jupes plissées, les épaules couvertes d'un petit châle à franges et coiffées d'un foulard en pointe noué sous le menton. Il aurait compris que le costume sévère n'était pas porté pour faire « couleur locale », mais reflétait un attachement profond à la tradition, à la terre, au ciel et à la mer qui les avaient vues naître. Oui, voilà ce qu'aurait pensé Alexandre. Hélène, parfois, avait l'impression de s'être coulée dans sa peau, de penser comme lui. Et c'est à travers lui qu'elle savourait l'*ibicenco* que parlaient encore les vieux.

Luc et elle passèrent toute une journée sur l'aride petite

île de Formentera, qui est la plus sauvage mais surtout la plus belle des Baléares.

Ils visitèrent les marais salants de San Francisco, la mola de Formentera aux magnifiques escarpements rocheux en haut desquels se dressait un phare. Luc plongea plusieurs fois des rochers, sous l'œil un peu effrayé d'Hélène, puis se sécha au soleil, les yeux fermés.

La jeune femme commençait à s'ennuyer. Elle se sentait seule, malgré cet homme vivant à ses côtés.

Un après-midi, n'y tenant plus, elle laissa Luc à ses plaisirs, revint à l'hôtel et composa le numéro du presbytère.

— Allô! répondit la voix chantante d'Alexandre. Parlez plus fort, je n'entends rien.

Hélène était incapable de proférer le moindre son.

— Allô! Vous avez un problème?

Enfin, elle réussit à jeter dans un souffle :

— C'est moi, Hélène.

La voix, au bout du fil, se fit joyeuse :

— Où es-tu, Hélène? Vas-tu venir à la fête des fleurs?

— Je suis en Espagne. Avec Luc. Alexandre, je t'en supplie, je suis malade, malade sans toi.

— Hélène, fais un effort pour te ressaisir. Occupe-toi, au lieu de rêver... À bientôt.

Puis il raccrocha brusquement. Même sa voix, à présent, il la lui refusait.

Les vacances prirent fin. Octobre la ramena à Paris. Il devenait de plus en plus évident que trop de choses la séparaient de Luc. Parfois, il lui semblait pourtant qu'elle l'aimait; mais ce n'était peut-être que le mirage de cette vague ressemblance...

Luc, conscient du malaise qui planait entre eux, devenait de plus en plus irritable. Hélène prit l'initiative d'écrire à Alexandre. Sans doute pour rien. Elle fut étonnée de recevoir, au contraire, une réponse très rapide :

Tu attends beaucoup trop de moi, Hélène. C'est en toi-même qu'il te faut trouver la force. Tu le peux. Je te crois capable d'arriver à surmonter les difficultés du moment. J'ai repris mes ascensions en montagne, malheureusement les journées sont trop courtes. Il faut pourtant trouver un temps pour tout, c'est cela qui fait l'équilibre d'une vie. Je voudrais avant tout te voir heureuse de vivre. Tu veux le bonheur, tu rêves, mais la réalité, il faut la vouloir vraiment. En alliant le passé au présent, tu dois pouvoir construire un peu d'avenir. Il faut que tu aies confiance. Je suis ton ami. Je t'aiderai.

Qu'importaient les autres mots, ceux qu'il ne voulait ou ne pouvait pas écrire? Il lui avait dit « tu peux ». Alors, elle pourrait!

Après quelques semaines pendant lesquelles de nouveau le silence s'était installé entre eux, elle l'appela :

— Qu'as-tu, Hélène? Tu sembles triste.

— Je pense que tu m'abandonnes.

— Tu penses mal. Je t'ai écrit hier soir. Mais je me suis endormi. La lettre partira demain.

— Si tu t'endors en m'écrivant...

— Il était très tard : plus de minuit. Je revenais d'une réunion. J'ai recueilli de nombreux dons pour notre association. Nous avons acheté, tu le sais, un chalet pour en faire un lieu de vacances pour les familles déshéritées. Il a fallu nous endetter pour compléter le financement. Tout cela m'épuise.

— Quand on commence quelque chose, il faut aller jusqu'au bout.

— Pour le chalet, tu veux dire?

— Pas seulement, Alexandre.

— J'avais compris.

Leurs conversations téléphoniques devinrent plus fréquentes. Ce fut lui qui prit l'initiative de l'appeler peu après.

— Comment vas-tu?

— Cela va mal avec Luc.

— Je te l'avais dit : quitte-le.

— Je n'en ai pas la force... Et toi, que fais-tu?

— Je vais en montagne, toujours. C'est nécessaire à ma vie.

— Et le temps nécessaire pour venir me voir?

— Je le prendrais si...

Il se tut, puis reprit :

— Tu voudrais que je vienne à Paris?

— Oh oui, Alexandre, ce serait merveilleux!

— Mais c'est impossible!

Hélène entendit sonner, très clairement, l'angélus qu'elle aimait tant. Toute cette vie paisible, rythmée par le son des cloches, la tombée de la nuit, les promenades, toute cette vie se déroulait sans elle. Cela lui fit mal.

— Je t'avais écrit une lettre, Alexandre, dit-elle tout à coup.

— Ah bon! Je n'ai rien reçu.

— Je crois que je ne l'enverrai pas.

— À toi de décider.

— Je te parlais d'amour... Tu ne comprendrais pas. Je n'ai pas assez d'importance dans ton cœur.

— Tu te trompes, Hélène. Mais il y a plusieurs façons d'aimer.

— Tu m'aimes comme créature de Dieu?

— C'est dans ce sens que j'emploie toujours le mot amour.

Deux jours après, elle reçut la lettre promise :

Ne te méprends pas sur le sens que je donne au mot amour.
Je ne souhaite pas, par mes propos ou mes actes, être à la source
d'une souffrance supplémentaire, dans le respect de ta liberté et de
la mienne. Ne prends pas ces paroles pour une réalité amère, je
veux qu'au contraire elles t'ouvrent à la vie. Il y aura des choix à
faire qui feront mal. Je t'aiderai de mon mieux, selon mes capa-
cités, à franchir les obstacles.

Encore deux mois, et Noël serait là. Paris était froid et gris. Hélène ne voyait plus Luc qu'épisodiquement, leur tentative de vie commune ayant lamentablement échoué. De plus, les échanges épistolaires et téléphoniques avec Alexandre ne faisaient que s'améliorer. C'était décidé : dès la fin de la tournée de concerts, elle rejoindrait Vindouris. Autre chose la tracassait : il lui fallait absolument passer les fêtes avec sa mère. Lorsqu'elle pensait à celle-ci, depuis quelque temps, une sorte d'angoisse étreignait le cœur d'Hélène. Bien sûr, la santé de France n'était guère brillante, surtout ces derniers mois. Mais il y avait une menace qui semblait planer, noire, un danger imprécis dont Hélène se sentait mystérieusement avertie.

Elle prit le train dans la demi-heure qui suivit son dernier concert.

Le lendemain soir, alors qu'elle était venue embrasser sa fille déjà couchée, France s'assit sur le lit comme autrefois. Hélène se laissa aller aux confidences. Elle expliqua à sa mère les raisons de son trop long éloignement, lui parla d'Alexandre, lui avoua son amour et ses raisons de croire qu'il était partagé, même si les mots n'arrivaient pas à franchir les lèvres du jeune prêtre. France pouvait tout comprendre. Elle savait écouter, conseiller, sans jamais juger ou interdire.

Quand Hélène eut tout raconté, elle dit simplement :
— Je crains que cet amour ne soit pas possible... Cependant c'est à toi de savoir... de choisir de le vivre avec la souffrance qu'il t'apportera ou d'y renoncer tout de suite.

Henri Monceval partit quelques jours pour assister à un congrès. La jeune femme et sa mère se retrouvèrent pleinement. Elles firent de nombreuses promenades dans le froid piquant de décembre. Le mistral balayait le mas des Deux-Vents, mais le soleil rayonnait. Hélène avait l'impression d'avoir laissé à Paris la grisaille qui rongeait sa vie. Quant à Alexandre, qui la savait de retour, il se taisait, encore une fois. Hélène respectait ce silence, sans trop de mal il est vrai, peut-être parce que le presbytère était là, tout près.

Un soir, après dîner, alors qu'elles s'apprêtaient toutes les deux à passer la soirée au salon, devant la cheminée, France s'affaissa tout à coup sur le canapé. Son visage était d'un blanc de craie.

Le médecin de famille fut là en dix minutes. La crise d'angine de poitrine n'avait pas été trop sévère mais, par mesure de prudence, il décida de mettre France quelques jours en observation à l'hôpital de Saint-Raphaël. Dans l'ambulance, tenant la main de France qui tentait de sourire pour la rassurer, Hélène reconnut la sensation bizarre qui lui avait étreint la poitrine quelques jours plus tôt, à Paris, cette angoisse prémonitoire qui l'avait fait se précipiter à Vindouris. « C'était donc cela », pensa-t-elle. Elle regarda sa mère, dont le visage était à présent reposé. Dehors, la nuit était d'un noir d'encre et le vent soufflait de façon sinistre. Alexandre arriva au service des urgences quelques minutes après l'ambulance. Avant de partir, Hélène l'avait prévenu de ce qui se passait. Il avait simplement dit : « Je vous rejoins là-bas. »

À présent, une main posée sur l'épaule de la jeune fille, il la rassurait :

— Calme-toi, Hélène. Ce ne sera sûrement rien. L'infirmière avait poussé le brancard dans la salle des urgences et avait refermé la porte. Peu de temps après, elle reparaissait avec un interne.

— Ce n'est pas trop grave, annonça celui-ci. Nous allons la garder ici quelques jours pour adapter un traitement. Cependant, pour l'instant, nous préférons interdire les visites, car elle est encore fragile.

— Vous croyez qu'il ne serait pas préférable que je reste sur place? avait insisté Hélène.

— C'est inutile, mademoiselle. Votre mère est hors de danger. Je vous l'assure. Elle a surtout besoin de beaucoup de repos.

Alexandre avait posé ses mains protectrices sur les épaules de la jeune fille :

— Viens, Hélène. Nous ne pouvons rester ici. Je te ramène.

Assis face à face dans le salon, ils se regardèrent un moment en silence, émus autant par l'angoisse occasionnée par l'état de France que par la joie de se revoir. Puis l'inquiétude submergea de nouveau Hélène, plus forte que le bonheur d'être avec Alexandre.

— Dire que je ne sais même pas où joindre mon père, dit-elle tout à coup.

— Hélène, il est très tard. Va te reposer. Si tu veux, je reste avec toi. Un simple fauteuil me suffira. Mais il faudra que je parte à cinq heures, c'est très important.

— Je te prépare la chambre d'amis, répondit-elle sans oser le regarder.

« Alexandre, Alexandre, pensait-elle, comment me libérer de ton regard noir? Pourquoi sais-tu si bien, trop bien, lire en moi?»

Elle fut tirée de son sommeil agité, par ce qui lui sembla être un appel :

« Hélène! J'ai besoin de toi. Viens.»

Dans un état semi-conscient, elle alluma la veilleuse. Quatre heures. Plus qu'une heure et il lui faudrait se séparer d'Alexandre. Une force étrange la poussa à gravir l'escalier qui menait à sa chambre. Très doucement, elle poussa la porte.

— Tu dors, Alexandre? chuchota-t-elle.

— Non, Hélène. J'ai été réveillé par une sensation bizarre. J'avais besoin...

— De moi?

— Ne dis pas ça, Hélène. Il ne faut pas.

— Je peux m'allonger à côté de toi?

— Si tu veux, souffla-t-il.

Elle se glissa près de lui, sans le toucher, mais elle sentait à distance la chaleur de son corps. Soudain, il passa son bras tendrement, avec délicatesse, autour de ses épaules, et elle alla se blottir contre lui. Elle l'avait déjà fait, là-haut, près du calvaire. Mais c'était la première fois qu'il s'abandonnait ainsi, peut-être parce qu'il était encore dans un demi-sommeil. Ou bien était-ce l'effet de ce désir qui les avait inconsciemment réunis? Ils restèrent longtemps ainsi, dans la nuit, allongés, immobiles et muets, écoutant les rumeurs nocturnes. Puis le souffle d'Alexandre se fit régulier. Elle finit par somnoler aussi.

Vers six heures, Hélène fut réveillée par un faible gémissement. Elle ouvrit à demi les paupières. Alexandre était là, au-dessus de son corps. Il avait pris soin de ne pas l'effleurer et il la regardait avec intensité. Le visage du jeune homme était perlé de sueur et ses traits, torturés par la douleur. Elle devina la lutte surhumaine que menait le jeune prêtre et chercha à l'attirer vers elle :

— À quoi bon lutter contre toi-même, contre nous-mêmes... Viens, Alexandre.

Il se renversa à ses côtés et fondit en larmes :

— Hélène, pardon, pardon, je n'aurais jamais dû, même en pensée. Tout cela ne peut plus durer. Il faut que nous nous séparions. Absolument, tu entends.

— Alexandre, j'ai trop besoin de toi, ne m'abandonne pas, je t'en supplie, balbutia la jeune fille, le visage inondé elle aussi par les pleurs.

Le jeune prêtre hésita, toujours en proie à un crucifiant combat :

— Nous resterons amis, ça, je te le promets. Mais nous ne devons plus continuer à tenter ainsi le diable. Non, je n'ai pas le droit, Hélène. Adieu, je dois regagner le presbytère. N'hésite pas à m'appeler ou à venir me voir si tu as besoin de moi, il faut que je parte.

Quelques jours plus tard – l'état de France, qui était revenue aux Deux-Vents, ne semblant pas inspirer d'inquiétude –, Hélène reprit le chemin du village. La nuit tombait. Alexandre était seul, assis à son bureau derrière une pile de dossiers. Il en étudiait un avec tant d'intérêt qu'il n'entendit sa visiteuse que lorsqu'elle fut devant lui.

— Hélène! Quelle heureuse surprise!

— Te voilà bien occupé!

— Je consultais mes dossiers. Tant de jeunes ont des

problèmes. J'y note leur évolution, afin de guider mon action et d'accroître ma compréhension. Après tout, ajouta-t-il avec une note de dérision dans la voix, je suis le médecin des âmes! Tiens, Hélène, voici le tien.

Le visage d'Hélène se crispa. Elle eut l'impression que toute sa vie la quittait. Elle s'empara du dossier, le feuilleta rapidement. Là, étaient amassées toutes ses lettres, une photo qu'elle lui avait envoyée, et quelques notes de la main d'Alexandre que les larmes l'empêchèrent de lire. Elle jeta le tout avec violence sur le bureau, blême, les yeux agrandis par la colère.

— Tu n'avais pas le droit... Pas le droit... Un dossier... Pour toi je ne suis qu'un ramassis de feuilles et d'annotations!

Elle ne pouvait plus respirer, la tête lui tournait terriblement. Il lui sembla s'enfoncer dans un trou noir, sans fond. Elle était reprise d'un de ces malaises qui, depuis quelques mois, la tourmentaient et dont elle n'avait parlé à personne. Alexandre la retint à temps, la fit asseoir dans un fauteuil et courut chercher un verre d'eau.

— Hélène, Hélène, qu'as-tu? Bois, je t'en supplie, bois. Essaie de respirer profondément. Détends-toi... Hélène, qu'ai-je fait? Pardon, ma chérie...

Elle fut longue à reprendre ses esprits, à pouvoir articuler quelques mots :

— Je croyais être ton amie, et toi, tu ne pensais qu'à constituer un dossier... parmi tant d'autres.

— Ne t'offusque pas, Hélène. Je fais ainsi pour chacun de mes fidèles. Du moins pour ceux qui ont besoin que je les suive et que je les aide. Mais nous pouvons brûler ça, si tu veux. Le veux-tu? Réponds, je t'en prie.

Elle regarda les lettres, la photo. Ces parcelles d'elle-même, elle les avait comme arrachées de son être pour les lui envoyer. En vain.

— Brûlons-les, Alexandre. Tout de suite.

Ils sortirent dans le jardin, derrière le presbytère, là où Hélène s'était parfois reposée à l'heure où sonnait l'angélus. Alexandre se baissa lentement, regardant Hélène comme pour demander une dernière fois son accord avant d'anéantir ces souvenirs auxquels, malgré tout, il tenait peut-être. Elle acquiesça du regard. Oui, elle voulait absolument qu'il détruise ces documents! Elle les regarda en silence se consumer, et ne put s'empêcher de piétiner avec rage les restes de ce qui l'avait tant fait souffrir.

— Ainsi, dit-elle, je serai désormais quelque chose d'autre. Et je n'existerai plus que dans ta mémoire.

— Hélène, il faut que tu saches : tu n'étais pas seulement cela. Pardonne-moi encore. Pardon surtout pour ce qu'il m'est impossible de t'offrir. Tant de choses sont fragiles. Il ne faut pas aller au-delà, sinon même notre amitié serait menacée. Je ne veux pas arriver à ce choix. Toi non plus sans doute?

Hélène s'était peu à peu calmée, comme si la contemplation des feuillets noircis se tordant dans les flammes l'avait libérée. Elle pensa à ce qu'Alexandre lui avait dit un jour, sans doute en plaisantant : « Tu es une petite fille gâtée et irresponsable. » Elle s'était mise à pleurer, et elle avait répondu : « C'est vrai, je veux peut-être l'impossible. Je mendie trop souvent ton amitié. Mais je n'avais pas voulu ni cherché notre rencontre et je pense que Dieu ne l'a pas provoquée sans but. Nous sommes tous, d'une certaine manière, irresponsables... » Pourquoi ces propos lui revenaient-ils en tête maintenant? Et par quel mystère Alexandre, au bout d'un long silence, lui dit-il :

— Pardon, Hélène. Pardon pour tout ce que je fais mal, tout ce que j'explique mal ou que je ne comprends pas. Je sais que tu détestes l'égoïsme et tout ce qui rend les gens incapables de regarder plus haut et plus loin. Prends confiance en toi, en moi et en ceux qui t'aiment.

Encore un long silence, puis il murmura :

— Quant aux desseins de Dieu en ce qui concerne notre rencontre, j'y ai beaucoup réfléchi. C'est peut-être pour nous apporter un réconfort mutuel... ou nous éprouver...

La santé de France s'améliorant de jour en jour, les fêtes de Noël se passèrent dans la joie. Henri Monceval, même s'il l'avait peu montré, avait dû vivre douloureusement le malaise de son épouse. Du moins Hélène le perçut-elle ainsi. Se serait-elle trompée sur le compte de son père? Peut-être était-elle pour quelque chose dans cette froideur qu'il affectait en permanence?

Les fêtes passées, Hélène décida de rester encore quelque temps à Vindouris : ses prochains concerts n'étant qu'en avril, elle pourrait ainsi se consacrer à sa mère. De plus, ayant repris l'habitude des longues conversations avec Alexandre, elle semblait retrouver une sorte d'équilibre, et même de bonheur.

En février, Baptistine eut la visite de sa nièce Manick, une très jolie jeune fille blonde d'environ dix-huit ans, fraîche, vive et enjouée. Elle logeait au presbytère. Hélène n'arrivait pas à se débarrasser d'un sentiment de malaise. Alexandre ne semblait pas laisser Manick indifférente. Et les yeux du jeune prêtre parurent à Hélène plus brillants : il semblait – peut-être inconsciemment – heureux du trouble qu'il faisait naître. Hélène ne pouvait s'empêcher d'en souffrir.

Un jour, Alexandre lui demanda :
— Qu'as-tu? Tu sembles songeuse. Presque distante...
— Peut-être parce que tu t'intéresses de trop près à Manick.
— Voyons, Hélène, tu es ridicule. Sache que, chaque fois que tu mets en doute la confiance que tu as en moi, c'est à toi que tu fais du mal. Manick n'est pour moi qu'une fille sympathique.
Il posa sa main sur l'épaule d'Hélène qui, boudeuse, ne disait rien.
— La jalousie est un poison qui ronge et qui détruit... en amitié aussi, ajouta-t-il après un instant d'hésitation.
— As-tu déjà aimé une femme, Alexandre?
— Pourquoi poses-tu cette question?
— Réponds-moi, je t'en prie.

Il ne pouvait lui mentir. Et répondre le gênait. Enfin, d'une voix très douce, il se décida :

— Oui, j'ai déjà été amoureux. Deux fois. Mais c'était surtout une attirance physique... bien que je n'aie pas mené ces penchants impurs à leur terme. Le désir de la chair, est-ce cela, aimer ?

— Et moi, m'aimes-tu ? Je veux dire, d'amour ?

— Je ne sais pas. Si je devais me marier, ce serait sans doute avec toi, Hélène. Mais je suis prêtre. Tu es la troisième femme pour qui j'éprouve quelque chose, et tu seras la dernière. Mais ne parlons plus de cela. Si je t'ai fait cet aveu, c'est parce que je t'ai sentie malheureuse... et que je n'aime pas ça.

***

Alexandre, comme d'habitude, conduisait à vive allure. On allait bientôt arriver à Cannes, il n'avait cessé de chanter, rire, et plaisanter durant tout le trajet. Hélène l'observait en souriant, heureuse elle aussi. Elle se sentait belle. En cette fin mars, il faisait déjà chaud; elle avait choisi une robe blanche et romantique, aux manches longues et larges et à la jupe en corolle. Un ruban rouge retenait la masse frisée de ses cheveux et elle s'était légèrement maquillé les yeux. Alexandre avait également soigné sa tenue : chemise légère, pantalon à la coupe impeccable et mocassins de cuir souple. Rien, pas même une croix, ne laissait supposer qu'il était prêtre. Il pourrait ainsi se glisser de façon tout à fait naturelle et anonyme parmi les nombreux amis de Christiana.

Celle-ci, en effet, avait invité Hélène à passer la journée chez elle et la jeune fille n'avait pu s'empêcher de réclamer la compagnie d'Alexandre. Cette journée, loin du train-train quotidien, leur permettait à tous les deux d'oublier les soucis et la grisaille de l'hiver écoulé.

Ils étaient partis très tôt, et arrivèrent en avance. Peu avant Cannes, ils s'arrêtèrent pour prendre un café. Coudes appuyés sur la table, ils se regardaient en souriant, sans prêter attention à ce qui les entourait. Beaucoup de leurs proches avaient déjà remarqué cette attirance magnétique qui les coupait du monde extérieur, sans qu'ils en aient pleinement conscience.

— Et deux cafés pour les amoureux! claironna la patronne, une Provençale dodue et joviale, en posant les tasses devant eux.

Alexandre éclata d'un rire malicieux :

— C'est vrai que nous en avons l'air, dit-il lorsque la femme se fut éloignée.

Ils reprirent la route, riant encore.

— Quel âge as-tu, Alexandre?

Depuis plus de deux ans qu'ils se connaissaient, elle n'avait jamais songé à le lui demander.

— Tu me trouves un peu infantile? Trente-trois ans. L'âge du Christ, dit-il en reprenant son sérieux.

À leur arrivée, la maison des Montfort retentissait déjà des éclats de rire des invités. Alexandre n'appréciait guère Christiana, qu'il trouvait trop superficielle, voire écervelée. Plusieurs fois déjà il avait dit à Hélène :

— Sa compagnie te réussit mal. Tu as besoin de quelqu'un de calme, de rassurant... Tu reviens de chez elle fatiguée, avec de vilains cernes sous les yeux.

Mais tout se passa bien. Hélène ménagea quelques instants d'aparté avec son amie, et la mit au courant, à mots couverts, de ses sentiments pour Alexandre.

— Mais alors, Philippe est libre? Et moi, je l'aime, ajouta Christiana avec un clin d'œil malicieux.

— Il est libre. C'est seulement un ami.

— Arrange-toi pour le lui dire, alors.

Et elle partit sur cette pirouette.

Philippe Fournier était là, en effet. Hélène, heureuse de le revoir, ne prêta pas attention à la petite grimace d'Alexandre qui, d'ailleurs, fut très vite entraîné par le flot des invités. Sa culture, son aisance séduisaient tout le monde. « Surtout les femmes », pensa Hélène avec une pointe de jalousie. Et tandis qu'il discourait avec de grands gestes, elle se retrouva seule dans un coin.

Un peu déçue, elle s'approcha de Philippe, isolé lui aussi, et lui prit le bras :

— Tu m'emmènes faire un tour?

— Avec plaisir, Hélène. On va prendre un pot sur la Croisette?

Ivre de vent et de vitesse, elle se laissa aller sur le siège de cuir, la nuque posée sur l'appuie-tête; l'air vif la revigorait. Elle en avait besoin : il lui faudrait bientôt tout dire à Philippe qui, elle le savait, n'avait pas perdu tout espoir de l'épouser. Dès qu'ils eurent pris place à la terrasse d'un café, Philippe attaqua :

— Hélène, pas un mot, pas un coup de fil depuis... presque deux ans! Je n'ai pas voulu rompre ton silence... J'ai appris pour Luc.

— Tu sais, Philippe...

— Ne dis rien. J'ai compris. Et je voudrais rester ton ami. Tu ne sembles pas heureuse. Qui est cet Alexandre?

— Je l'aime.

— Et lui?

— Lui aussi... enfin je crois. Mais il est prêtre.

— Prêtre?

Philippe resta un instant songeur. Puis il reprit :

— Dans quelle aventure t'es-tu engagée, Hélène?

— Et toi, Philippe, vas-tu indéfiniment jouer les âmes solitaires? Je crois que tu n'es pas indifférent à Christiana.

— J'ai longtemps cru que... j'ai espéré que tu reviendrais vers moi. Mais apparemment tu me préfères un amour impossible. Tu vas t'entêter dans cette voie sans issue, Hélène?

Elle ne répondit pas et se contenta de lui demander de la raccompagner chez Christiana.

Visiblement, Alexandre était hors de lui. Le visage défait, il cherchait Hélène partout. Quelques minutes auparavant, il s'était rué sur Christiana :

— Où est Hélène? Et Philippe? Sont-ils partis ensemble?

— Calme-toi! Je n'en sais rien. Est-ce si dramatique? répondit Christiana, cherchant avant tout à éviter un esclandre. Ils vont sans doute rentrer d'une minute à l'autre.

Lorsque Hélène revint seule, elle trouva Alexandre assis à l'écart, morose et silencieux. Dès qu'il aperçut la jeune fille, il bondit vers elle.

— Mais enfin, où étais-tu? questionna Alexandre.

— Philippe et moi avons fait un tour en ville, répondit-elle laconiquement. Tu semblais si occupé!

— Très bien, très bien, Hélène. Tu fais ce que bon te semble.

— Ne te fâche pas. D'ailleurs, il me fallait parler à Philippe. Tu aurais été de trop.

— Ah bon?

— Mais Philippe n'est qu'un ami. C'est toi que j'aime.

Le regard noir, profond d'Alexandre se posa sur elle, la scruta, la transperça.

Il resta taciturne jusqu'au milieu de l'après-midi où quelqu'un proposa une promenade dans l'arrière-pays. Son instinct montagnard, alors, reprit le dessus. Il organisa tout, entraînant tout le monde dans son sillage, et proposa même l'ascension d'une colline d'où l'on dominait Cannes, ses environs, et la mer.

Hélène, qui avait pris un peu d'avance sur les autres, s'assit et le regarda qui, en tête du groupe, montait vers elle. Il était beau, avec son teint déjà hâlé, ses cheveux noirs. La pureté de ses traits et son regard de lumière en faisaient un être différent des autres. À cet instant précis, son visage irradiait de bonheur.

Était-ce à cause de la montagne, et seulement de cela? Ou bien était-ce dû à sa présence à elle?

Christiana, un peu essoufflée, rejoignit Hélène et se laissa tomber à côté d'elle. Elle tira de son sac un peigne et un petit nécessaire de beauté. C'était bien d'elle! Elle se recoiffa et Hélène, amusée, accepta d'en faire autant et de se remaquiller les yeux. Tout à coup, dans la glace, elle vit Alexandre, debout à quelques pas derrière elle, qui la regardait amoureusement en souriant.

Elle se leva pour le rejoindre. Leurs regards se croisèrent de nouveau. Aucun mot n'était nécessaire.

Le retour vers Cannes, tardif, fut très joyeux, et tous passèrent à table avec un appétit aiguisé par la promenade. Après le repas, quelqu'un lança : « Et si nous allions danser?» Hélène regarda Alexandre, interrogative. Il l'attira à l'écart.

— Je ne peux pas, Hélène. J'aimerais pourtant, mais comprends-moi : nous sommes trop près de Vindouris... On risque de me reconnaître en ta compagnie...

C'était vrai. Il était sans doute criminel qu'un jeune prêtre aime, vive à pleins poumons, rie et danse. Pourquoi? Était-ce incompatible avec l'amour de Dieu?

— Je rentre avec toi, dit Hélène.

Ils reprirent le chemin de Vindouris alors que la bande joyeuse se dirigeait vers une petite cave à la mode.

— Je sais que tu peux comprendre mon refus, Hélène. En échange, je te propose mieux, dans les jours qui viennent : connais-tu les îles de Lérins? Les moines de l'île Saint-Honorat m'ont invité à leur rendre visite et l'on me prête un bateau. Je te promets de faire en sorte qu'il nous reste du temps pour tous les deux.

— Pour tous les deux?

— Oui, répondit tendrement Alexandre.

Et ils se turent jusqu'à ce que les fenêtres encore éclairées du mas des Deux-Vents apparaissent dans la nuit.

IV
Un goût de pomme et de paradis

Dès le matin, la luminosité était déjà vive. Le mistral avait soufflé toute la nuit, et, si l'on en croit les gens du pays, ces jours-là sont les plus beaux, peut-être en raison de la pureté et de la transparence de l'air. Les bleus du ciel et de la mer se mêlaient en un dégradé d'opale, d'aigue-marine, d'émeraude et d'indigo aux reflets mordorés. Le petit bateau mordait la surface des vagues. Soudain, l'île apparut dans les embruns comme un feu d'artifice vert et bleu.

Hélène et Alexandre ôtèrent leurs chaussures pour accoster, puis marchèrent, toujours pieds nus, sur un chemin ombragé courant entre pins maritimes, pins parasols, eucalyptus et cyprès, tantôt s'éloignant, tantôt se rapprochant de la côte. Tout était silencieux. La végétation semblait vierge dans le petit matin, et les couleurs resplendissaient dans la lumière dorée.

– C'est ici un haut lieu de la chrétienté, Hélène, expliqua Alexandre, une pépinière d'évêques et de théologiens. Autrefois, les pèlerins venaient en foule et faisaient comme nous, pieds nus, le tour de l'île. L'histoire raconte qu'un pape, avec la même humilité, suivit cette procession. C'est ici que les problèmes de la grâce et du libre arbitre ont été débattus...

Ils firent de courtes haltes dans les petites chapelles qui jalonnaient le chemin, puis s'assirent sur le sable, face à la mer. Là-haut, le monastère fortifié se détachait, masse sombre sur le bleu du ciel.

On ne le visitait qu'en juillet, mais les moines les guidèrent vers le musée riche en documents sur l'histoire locale.

Bien que leur ordre fût d'apparence sévère, les moines de la Congrégation des cisterciens de Sénanque étaient accueillants. Ils cultivaient les orangers, la vigne, la lavande, récoltaient le miel et possédaient le secret d'une liqueur à base de plantes aromatiques, la *lérina*.

Hélène quitta Alexandre devant l'église abbatiale. Il devait déjeuner à l'abbaye. Elle avait donc apporté quelques sandwichs, et le jeune prêtre lui avait indiqué sur la carte l'emplacement d'une chapelle tréflée polygonale. Ils s'y donnèrent rendez-vous pour seize heures.

Elle se sentait bien. Elle avait apporté quelques cassettes qu'elle aimait particulièrement, mais ne pouvait se résoudre à troubler la paix de l'île. Le murmure éternel de la mer, le bruit du vent dans les pins magnifiques qui entouraient la chapelle suffisaient. Elle prit dans son sac une petite bible et se mit à lire.

Ayant perdu toute notion du temps, elle n'entendit pas arriver Alexandre.

— Alors Hélène? Tu ne t'es pas trop ennuyée?

— Pas le moins du monde. Et pourtant je t'attendais, ajouta-t-elle en souriant. Mais tout est si beau ici. Si pur...

Bien que l'on ne fût qu'au tout début du printemps, ils avaient apporté à tout hasard leur maillot de bain. La mer était si tentante qu'ils s'élancèrent, courant dans l'eau encore froide et s'éclaboussant comme des enfants. Puis ils regagnèrent la plage en frissonnant et s'enveloppèrent d'une couverture récupérée dans le bateau.

Hélène, le visage encore perlé d'eau, reprit la bible posée sur le sable et la feuilleta quelques instants.

— Alexandre, pour un chrétien, qu'est-ce que l'amour?

— C'est... tout donner. Se donner à autrui. Par opposition à prendre pour soi.

— Cette conception me semble bien théorique.

— C'est une question de choix parmi les formes d'amour; de disponibilité pour mieux se donner à tous. On peut consacrer très peu de son temps à quelqu'un, mais lui donner intensément...

— Comment?

— En le reconnaissant totalement en tant que personne unique.

Ils se turent pendant plusieurs minutes. Hélène, d'un air songeur, tournait les pages.

— Quelque chose d'autre te préoccupe? demanda Alexandre.

— La Bible parle si souvent d'amour sans désir de possession de la chair. N'est-il pas plus dangereux de refouler ces désirs?

— Deux personnes qui s'aiment peuvent trouver dans un lien charnel une communion supplémentaire. S'ils n'ont pas fait, bien sûr, le même choix que moi... L'épanouissement peut aussi se concevoir dans le célibat. Les personnes qui viennent me consulter m'ont démontré qu'on peut connaître la pire des solitudes dans le mariage.

Hélène secoua la tête, presque avec furie :

— Sans doute. Tout le monde sait cela. Je conçois qu'un prêtre puisse préférer vivre seul, d'autres hommes font ce choix. Mais c'est le célibat obligatoire des serviteurs de Dieu qui me paraît monstrueux, un abus de pouvoir des autorités ecclésiastiques. Les disciples de Jésus étaient mariés, et personne n'ignore que durant les douze premiers siècles de la chrétienté les prêtres avaient des compagnes. La plupart des autres religions n'imposent pas cette contrainte et l'église catholique manque cruellement de prêtres. L'amour d'une femme est-il contraire à l'amour du Seigneur? Comment les prêtres confrontés à une telle situation la vivent-ils?

— Certains en cachette, ce qui est très culpabilisant. L'Église préfère peut-être accepter en fermant les yeux! Plus nombreux sont les couples obligés de se séparer. Et d'autres choisissent la solution extrême : ils se marient. Ils sont des milliers, en France, à avoir fait ce choix.

Le silence s'installa quelques minutes. Puis Alexandre reprit à voix basse :

— Le drame, c'est que les serviteurs de Dieu doivent se conformer, pour l'instant, à la loi chrétienne qui impose le célibat. S'ils croisent le chemin de l'amour d'une femme, ils se trouvent confrontés à un choix. Et il n'y a pas de bon choix : quelle que soit la solution, il y aura toujours la souffrance...

Hormis les moines sans doute réunis à l'abbaye pour le repas du soir, l'île était maintenant presque déserte. Il ferait bientôt nuit. Dans une heure, le dernier bateau regagnerait le continent.

Les nuages rosissaient, dans un décor mouvant où terre, mer et ciel, indéfiniment, se dissolvaient et réapparaissaient. Singulièrement, ce crépuscule ressemblait à une aurore boréale, dans une expression de lumière. Tout semblait beau et irréel. On se serait cru, pensa soudain Hélène, dans l'état indécis qui devait être celui de la terre au premier jour, avant même la création du jour et de la nuit...

Cette idée s'imposa si fortement à son esprit qu'elle prit soudain sa bible

— Écoute, Alexandre, c'est au crépuscule du sixième jour que Dieu créa la femme, qu'il la créa pour l'homme.

Elle se pencha sur le livre saint et en lut lentement le début à Alexandre :

Ainsi, il y eut un soir, et il y eut un matin : ce fut le sixième jour. Le Seigneur Dieu créa l'homme à son image. Il dit : « Il n'est pas bon que l'homme soit seul; je lui ferai une aide semblable à lui. » Alors Dieu fit tomber un profond sommeil sur l'homme, qui s'endormit; il prit une de ses côtes, et referma la chair à sa place. Le Seigneur Dieu forma une femme de la côte qu'il avait prise de l'homme. Et l'homme dit : « Voici cette fois l'os de mes os et la chair de ma chair, on l'appellera femme car c'est de l'homme qu'elle a été prise. »

La jeune femme reposa la bible et leva son regard vers Alexandre.

— C'est au cœur de la Bible que se trouve la réponse. Si Dieu a voulu une compagne pour l'homme, pourquoi en aurait-il privé ses serviteurs? Où est le mal, Alexandre? Non il n'y en a pas!

— Je ne sais pas, je ne suis plus sûr, répondit le jeune prêtre, pensif, appuyant sur chaque mot comme pour mieux s'en convaincre.

Puis il plongea ses yeux dans ceux d'Hélène.

« Mon Dieu, se demanda celle-ci, jusqu'à quel point de douleur peut-on avoir le courage de respecter ta loi? L'univers est si beau, et les êtres, faits pour s'aimer.» Alexandre se mordit un instant les lèvres, déchiré entre le désir qui le tenaillait et la promesse solennelle liée à son sacerdoce.

Soudain, semblant avoir fait un choix, il se retrouva cœur battant contre Hélène, ses lèvres cherchèrent le secret des siennes, s'y attardèrent.

Le jeune homme sentit le flux de son sang arracher un barrage mystérieux au fond de son être, puis battre violemment dans ses veines. Un vertige, une ivresse immense bouleversèrent sa raison qui, étrangement, sembla se recroqueviller au fond de lui-même. Son corps ne lui obéissait plus : c'était lui, à présent, qui menait le jeu. Comme dans un rêve il vit ses mains s'attarder sur les seins de la jeune femme, puis descendre, s'insinuer sous le pull pour rechercher le contact direct avec la peau douce et chaude, remonter ensuite lentement jusqu'aux rondeurs rassurantes de la poitrine. Là, elles sentirent à travers le haut du maillot encore humide la présence de deux pointes tendues et dures. Hélène tentait vainement de masquer son émotion en maintenant ses paupières closes, réflexe puéril de l'enfant qui croit se cacher en fermant les yeux.

La poussée du désir les fit basculer sur le sable. Ils s'enlacèrent, s'étreignirent, souffles mêlés, lèvres soudées, tandis que la caresse d'Alexandre se faisait plus intime. Hélène refermait convulsivement ses poings sur le sable fluide qui, aussi insaisissable que le temps qui passe, lui échappait toujours.

Brusquement, elle oublia tout et s'abandonna, totalement soumise à la main de cet homme qu'elle aimait tant.

Sans s'en rendre compte, elle cria... Le doigt qu'Alexandre posa sur les lèvres d'Hélène avait encore le parfum de l'interdit et du remords.

Tel un ressort, il se leva vivement, lui tourna le dos durant un instant. Puis il réussit à articuler, au bord des larmes :

— Viens, Hélène, il faut absolument partir... Je ne sais pas si cela est bien ou mal aux yeux de Dieu. Mais je sais que ce que nous aurons à vivre sera très dur. Je voudrais tant, pourtant, que tout ceci nous mette sur la route de la vraie vie.

***

Le printemps s'installa, et avec lui le retour des concerts. Heureusement, leur rythme était assez souple, Hélène pouvait rester la majeure partie du temps au mas.

Malgré ce qui s'était passé dans l'île de Lérins, Alexandre reprit ses distances. Mais Hélène, à présent, acceptait mieux ces revirements. Elle devinait que, pour lui, tout n'était pas si simple.

Elle, dès le début, avait osé mettre un nom précis sur ce qu'elle éprouvait. C'était d'autant plus déchirant qu'elle avait décidé de vivre cet amour jusqu'au bout, quelles qu'en soient les conséquences. Elle n'était pas femme des demi-mesures. C'était d'ailleurs peut-être son plus grand défaut : désirer avec trop d'ardeur. La foi d'Hélène était profonde, mais elle ressentait bien moins qu'Alexandre le poids de l'interdit. Elle aimait le jeune prêtre et Dieu était un Dieu d'amour. Cette conviction l'éloignait – du moins en partie – du remords et de la culpabilité. Restait la loi des hommes, celle qui interdisait le mariage des prêtres et qui les crucifierait. Elle savait que la pensée d'Alexandre était tout autre...

Cependant, cette nouvelle tentative du jeune prêtre pour fuir Hélène ne dura que quelques jours. Lui aussi, maintenant, semblait avoir besoin d'elle. Elle finit par redescendre presque tous les jours au presbytère, le plus souvent au crépuscule, le demi-jour et la nuit leur étant seuls permis.

Leur complicité, de plus en plus apparente, risquait sans cesse de les trahir.

Ils discutaient longuement, écoutaient de la musique. Les longs doigts d'Alexandre effleuraient parfois, doucement, en cercles concentriques, le dessus de la main d'Hélène, puis remontaient le long de son bras. Mais c'était tout. Lèvres serrées, le jeune homme détournait le visage.

— Il ne faut plus, Hélène. Plus jamais.

Elle psalmodiait, comme perdue :

— Mais où est le mal? Où est le mal?

— Je ne sais pas. Je ne sais plus. Arrête de me questionner. Sinon nous allons devenir fous.

Souvent l'image d'Alexandre venait hanter ses rêves. Une nuit de juin, elle s'éveilla en sursaut, le front brûlant, son prénom au bout des lèvres. Elle avait envie de pleurer, de crier, mais à quoi bon?

Elle s'installa au piano. En général le simple contact des touches l'apaisait. Les yeux fermés, elle égrena quelques notes, doucement, sans y penser...

Une image lui arriva, fulgurante : celle d'un enfant voyant la mer pour la première fois, et recevant de la lumière plein les yeux... Ou celle d'un jeune couple qui prendrait en plein cœur l'éclaboussure d'une île.

Les notes, petit à petit, se mettaient en place.

C'était cela, oui... Leur musique! À tous les deux. Elle brancha le magnéto. Les notes s'élevèrent une dernière fois, pures et tendres dans la nuit. Puis, totalement apaisée, Hélène se recoucha.

Elle remit la cassette à Alexandre le lendemain soir, avant de le quitter :

— C'est pour moi?

— Pour nous. Écoute-la tout à l'heure, lorsque tu seras seul.

Elle ne le revit que deux jours plus tard, le dimanche, en se rendant à la messe avec ses parents. L'office se déroula comme à l'accoutumée.

Soudain, alors qu'on attendait le dernier chant, et avant même qu'Hélène eût le temps d'en jouer la première note, une autre musique s'éleva parmi l'assistance nullement étonnée : Alexandre avait l'habitude de mêler des morceaux plus modernes aux liturgies habituelles.

C'était « leur » musique. Celle de la cassette. Celle qu'Hélène avait composée et qu'il faisait entendre ainsi, comme un message. Là, dans cette petite église, devant tous les fidèles réunis, Alexandre venait pour la première fois de lui rendre l'aveu de son amour, en présence de Dieu. Eux à qui toute alliance serait refusée, avaient trouvé une sorte de nouveau sacrement eucharistique, en dehors de la loi des hommes.

Et, dans la tête de la jeune femme, la même litanie tournoyait : « Où est le mal, mon Dieu, où est le mal? »

Tout à coup il lui sembla que quelque chose allait éclater en elle. Il lui fallait rejoindre sa maison, sa chambre pour y crier, rire, pleurer ou tout simplement essayer de se retrouver elle-même.

Elle ne savait plus ce qu'elle faisait ni qui elle était. Était-elle en train de devenir folle? Elle se jeta sur son lit, éperdue, mordant son oreiller pour s'empêcher de hurler : « Non, non, Alexandre, il te faudra aller jusqu'au bout! »

La semaine suivante, étant retournée tout naturellement voir Alexandre, elle lui jeta :

— Tu m'avais promis le Mercantour...

— Joins-toi à notre groupe de jeunes. Nous y allons souvent. L'ambiance est très gaie, tu sais.

— Tu avais dit : tous les deux...

Une lueur inquiète traversa le regard du jeune prêtre. Il répondit sèchement :

— J'ai des obligations. Il faut compter deux jours pour bien visiter. Nous ne pouvons pas, Hélène.

— Donc, tu ne tiens pas tes promesses.

Alexandre ferma un instant les yeux, partagé, semblait-il, entre la colère et le chagrin.

— D'accord, Hélène. J'ai un peu de temps libre la semaine prochaine. Mais...

— Mais?

— Je ne promets rien.

Fuites perpétuelles, indécision... Cette fois-ci, pensa Hélène, elle allait prendre les choses en main.

Dès le lendemain, elle téléphona au hameau de Casterino où elle savait qu'il était possible de trouver un gîte : il y avait bien deux chambres disponibles aux dates prévues. Elle les réserva sans même prendre le temps de la réflexion.

Finalement, pour Alexandre, être mis au pied du mur et ne pas avoir à faire de choix facilitaient les choses. Dès leur arrivée à l'hôtel, en fin de matinée, il se montra joyeux et impatient comme un enfant.

— Nous partons tout de suite au lac des Mesches, décida-t-il. Tu verras, c'est magnifique.

Ils enfilèrent leurs chaussures de randonnée et se munirent de vêtements chauds. La jeune fille manquait d'entraînement et devait s'arrêter souvent pour reprendre son souffle. Alexandre l'enveloppait alors d'un regard tendre et malicieux.

— Tout se mérite, Hélène!

Il finit par lui prendre la main :

— Nous ne sommes plus très loin, à présent.

Le lac apparut enfin. Le site, en milieu de semaine, était désert. Seul, au bord de l'eau, un troupeau de moutons rasait l'herbe drue.

Ils s'assirent tous les deux pour reprendre des forces, en contemplant le paysage nimbé de cette sorte de transparence lumineuse qui les avait déjà frappés sur l'île de Lérins. Il semblait à la jeune fille n'avoir jamais été aussi heureuse de sa vie.

Elle se tourna soudain vers son compagnon qui la fixait sans doute depuis longtemps. L'attraction de ce regard s'empara de son être tout entier et, irrésistiblement, elle se retrouva contre Alexandre. Leurs lèvres s'unirent. Il leur suffisait de sombrer, aucune force au monde n'aurait pu les retenir.

Le terrain à cet endroit était en pente. Les deux corps enlacés tournoyèrent. Le rire des deux jeunes gens emplit l'espace de la montagne et du ciel clair. La roulade folle s'arrêta à quelques mètres de l'eau.

Hélène sentait sur elle le poids d'Alexandre. Dans une sorte de fièvre, elle lui abandonnait son corps entier. La phrase obsédante : « Où est le mal, où est le mal », martelait son crâne, résonnait dans la poitrine à chaque battement de son cœur.

Il fut le premier à se ressaisir. Il se releva brusquement, remonta de quelques pas la pente, s'assit de nouveau et cueillit une marguerite qu'il commença machinalement à effeuiller.

Hélène aussi s'était relevée, l'avait rejoint. Elle lui prit la fleur des mains.

— Me perdre avec toi dans un champ entier de marguerites... murmura-t-elle, souriant légèrement. Des marguerites à un seul pétale.

Il la fixa, stupéfait.

— À un seul pétale?

— Oui. « Je t'aime », c'est suffisant. C'est l'inconséquence des hommes qui leur a fait inventer des adverbes de quantité et de qualité. Dieu aurait dû créer des marguerites à un seul pétale.

Cette fois-ci, le jeune homme éclata franchement de rire :

— Alors, pour toi je trouverai un champ entier de marguerites... à un seul pétale!

Ils étaient redevenus graves et mangeaient en silence. Peu après, Hélène éprouva une vague migraine, des nausées.

— Tu souffres du mal des montagnes.

Elle crut tout d'abord à une plaisanterie.

— Ça existe, je t'assure... Tiens, bois.

Il lui tendit une gourde d'eau fraîche.

— Sûrement la première chose offerte par Dieu à l'homme, murmura Hélène.

Alexandre sourit sans répondre. Il possédait ce don précieux de comprendre à demi-mot et, lorsqu'ils étaient tous les deux, de ne jamais parler inutilement. En présence d'amis, s'il se faisait plus volubile, ce n'était que poudre aux yeux pour cacher son âme de solitaire.

Ils arrivèrent à l'hôtel un peu avant le repas du soir, prirent un bain et dînèrent ensuite dans une complicité tendre et joyeuse. Puis, fatigués, ils se dirigèrent vers leurs chambres. Alexandre effleura sagement d'un baiser les cheveux de la jeune fille et lui souhaita bonne nuit.

Hélène cependant, ne pouvait se faire à l'idée de dormir. De tout temps son sommeil avait été capricieux, aujourd'hui l'altitude aggravait sans doute son insomnie. La proximité d'Alexandre, à vrai dire, n'arrangeait pas les choses et bientôt elle n'y tint plus. Elle se retrouva derrière la porte du jeune homme, cherchant à percevoir son souffle, et se risqua à gratter timidement contre le bois. Puis elle entendit un bruit venant de l'autre bout du couloir. Très vite elle frappa plus fort, de peur qu'on ne la surprît dans cette situation embarrassante.

Une voix chaude lui parvint.

— Entre, Hélène...

Lorsqu'elle fut à ses côtés, il termina sa phrase.

— Je commençais juste à m'assoupir, et tout à coup j'ai senti que tu étais là. Viens t'asseoir ici.

Il désigna la place libre à ses côtés, se redressa pour allumer la lampe de chevet qui diffusa une ambiance rose. Puis il saisit la main longue et fragile de la jeune femme qu'il attira vers lui.

Ils basculèrent ensemble. Elle se retrouva sur lui, profitant de ce qu'il fermait les yeux pour le dévisager. Elle discerna sur ses traits un mélange paradoxal d'angoisse et de bonheur fou.

— Tu sais, murmura-t-il, je pouvais refuser de venir. Ai-je fait le bon choix?

En guise de réponse, elle se pressa contre lui. Les

masques tombèrent, leurs bouches s'unirent. Un autre dialogue s'installa : celui de la chair, des sens et du sang. Leurs cœurs battaient très vite. Leurs gestes se firent fébriles et précipités; leurs lèvres savaient néanmoins où se poser : elles étaient de feu, sanguines et génératrices d'un plaisir suprême. Le bruit des respirations haletantes augmentait l'ivresse de cet instant.

Profitant d'une expiration, Hélène murmura :

— Je me sens tellement vulnérable dans tes bras...

— J'éprouve exactement la même chose : c'est tellement déroutant mais tellement merveilleux.

Hélène fit glisser ses doigts de musicienne sur la cuisse douce et musclée du jeune homme qui frémit à ce contact... Il saisit cette main, la guida vers son visage, la promena quelques instants sur sa bouche avide et douce. Il la dirigea ensuite vers sa poitrine, la chatouillant au passage de ses poils noirs et frisés, l'obligeant à s'attarder et à sentir les battements précipités de son cœur. Puis lentement il l'entraîna vers la ligne médiane de son ventre.

La réalité jaillit hors de leur conscience : plus de temps, plus d'espace. Seule restait la certitude des sentiments, si forts qu'ils balayaient toute pudeur.

Leurs nudités se découvrirent, les draps glissèrent comme des peaux inutiles, leurs corps siamois se confondirent en une lutte indécise dont personne ne sortirait vainqueur.

Plus tard, alors qu'Alexandre ruisselait de sueur, Hélène lui prit la main, l'étreignit de toute la force de l'amour qu'il lui avait donné. Jamais elle n'avait été aussi heureuse, jamais elle n'avait atteint une telle plénitude, un tel vertige.

— Je savais que tout serait si beau, si pur entre nous, soupira-t-elle.

Le jeune homme leva les yeux vers le plafond où la lampe de chevet projetait un cercle de lumière rose qui allait s'amenuisant vers les limites de la chambre.

— Vois-tu, dit-il, ton image me hante depuis le premier jour de notre rencontre. J'ai dû t'aimer tout de suite. Mais je ne le savais pas.

— Et maintenant?

— Maintenant, je me sens prêt à te le prouver jusqu'à la fin de mes jours! Jusqu'à ce que le moindre doute s'efface de ton esprit.

Il s'arrêta, le visage soudain torturé, puis reprit :

— Je crois que si ça continue je vais faire une bêtise : je vais tout laisser tomber. Je ferai ce que me dicte ton amour et non mon sacerdoce.

***

Sans guide, il était difficile de reconnaître l'itinéraire conduisant aux gravures rupestres du mont Bégo, mais Alexandre connaissait chaque pouce de terrain. Ils prirent lentement le chemin du vallon de Fontanalbe. Ils ne s'arrêtèrent que lorsque la faim les tenailla, puis recommencèrent leur marche régulière. Enfin le Bégo se dressa face à eux, sauvage et grandiose, entouré de ses deux torrents.

— Tu vois, Hélène, ce mont était vénéré déjà deux à trois mille ans avant notre ère... À la fois adoré et craint à cause de la violence des eaux qui en descendent... « Bego » signifie « Seigneur ».

Une pensée traversa l'esprit d'Hélène : une montagne tout entière offerte au Divin! Jamais Église ne lui était parue plus vraie.

Alexandre la mena face à chaque figure piquetée dans la roche, les suivant du doigt et les nommant de son accent chantant :

— Voici le Sorcier... La Danseuse... Ici, sans doute, une scène agricole. Et là, le Soleil Dieu Bego, un visage d'homme formé de deux cercles renversés, encadré de deux bras levés.

— C'est beau... Est-ce le même Dieu que prient les hommes, quel que soit le nom qu'ils lui donnent?

— Oui et non, répondit le jeune prêtre. La foi est une réalité vivante, elle évolue avec l'imaginaire des hommes et leur conception du monde. Mais, finalement, quelle importance? Je crois que je préférerai toujours les questions aux réponses.

— Pourquoi? s'étonna Hélène.

— Toute réponse nous enferme...

— Même si je te demande si tu m'aimes?

— Peut-être, répondit-il, le visage soudain assombri.

La jeune fille pensa en un éclair : « Peut-être suis-je coupable? Peut-être cette nuit a-t-elle été un sacrilège? »

Mais il lui suffit de regarder encore une fois la montagne, si solidement ancrée dans l'espace et le temps, pour retrouver la paix. Ces deux jours, ici, avec Alexandre, devaient être des jours de joie. Même si elle comprenait à présent que le bonheur n'était pas continuité, qu'il n'était fait que d'instants éparpillés, jetés comme des miettes, mais qu'elle saurait désormais saisir.

Et pourtant, quelques jours plus tard, la perspective d'une séparation de trois semaines, pendant le mois d'août, sembla à Hélène un trou béant, une déchirure après leurs deux jours de bonheur fou dans le massif du Mercantour et après tout ce mois de juillet où ils avaient été si souvent ensemble.

Alexandre et ses trois frères avaient l'habitude de se retrouver tous les ans à Cassis, chez leurs parents. Le jeune prêtre avait souvent parlé à Hélène, avec amour et respect, du couple uni que formaient sa mère et son père, et surtout de la chaude affection de ce dernier.

Elle ne pouvait s'empêcher de penser à la réserve distante d'Henri Monceval. Il y avait chez lui quelque chose de mal défini, une zone d'ombre où fille et père ne pouvaient se rencontrer.

L'été provençal tenait ses promesses, mais ce serait un été sans Alexandre.

D'abord, elle avait pensé partir de son côté. Mais à quoi bon? Finalement elle resterait auprès de France à se reposer et à rêver.

Un jour, alors qu'elle était installée sur une chaise

longue, à côté de sa mère, celle-ci la prit en photo. Au tirage, Hélène elle-même fut surprise : elle se souvenait exactement de la nuance du sentiment qui l'habitait à cet instant précis. Elle prit une enveloppe, y glissa la photo au dos de laquelle elle écrivit simplement ces quelques mots : « *Août. Hélène. Je pensais à toi* », et elle l'envoya à Alexandre.

Les jours suivants, elle resta à l'affût du moindre signe émanant de lui : elle frémissait à chaque sonnerie du téléphone, guettait anxieusement le facteur. En vain. Il semblait l'avoir oubliée. Elle reçut simplement de Cannes un faire-part de mariage qu'elle faillit déchirer aussitôt. Même si, depuis ces derniers mois, elle vivait en recluse, elle n'ignorait pas que les relations entre Philippe et Christiana avaient pris un ton plus intime. Elle en était heureuse et, en même temps, elle ressentait plus tragiquement ce que sa situation à elle avait d'étrange.

N'y tenant plus, ne sachant que faire d'elle-même, elle se décida à passer les derniers jours d'août à Brignoles, chez la sœur aînée de sa mère. Cette charmante vieille dame aux cheveux neigeux et aux manières quelque peu désuètes habitait une rue étroite et tortueuse, non loin de l'ancien château des Comtes de Provence. Toujours gaie, un sourire malicieux éclairant son visage, elle refusait de faire partager sa peine aux autres. Elle avait fait jadis un mariage d'amour, après avoir pris le temps, racontait-elle, de tourner la tête à plusieurs jeunes Provençaux. Veuve à présent, elle était d'autant plus seule qu'elle n'avait jamais pu avoir d'enfant. Hélène l'aimait beaucoup. Elle lui parla bien évidemment d'Alexandre.

— Je comprends, répondit la vieille dame. Et je crois qu'il faut aussi beaucoup de courage à ce jeune homme. Tu n'es pas seule à souffrir.

Le dernier jour, saisie d'une impulsion brutale, elle demanda :

— Tante, puis-je téléphoner ? Je dois retourner ce soir au

mas. Cassis n'est pas très loin... J'ai envie de faire un détour. Il faut que je voie Alexandre, tu comprends?

Ce fut lui qui répondit.

— D'où m'appelles-tu?

— Je suis à Brignoles, à quelques kilomètres à peine de toi. Je t'en supplie, Alexandre, il faut que je vienne... Je rentre chez moi ce soir.

Elle avait peur de sa réaction, mais elle l'entendit dire calmement :

— Ça tombe très bien. Je rentre moi aussi à Vindouris. J'étais venu par le train, tu me ramèneras. Et mes parents seront heureux de t'accueillir.

— Ils ne seront pas étonnés?

— Ils sont habitués à recevoir mes amis, coupa-t-il d'un ton sans réplique.

Alexandre présenta la jeune fille à sa famille très simplement, et tous eurent tôt fait de l'adopter.

Ils l'avaient devinée timide et mirent tout en œuvre pour qu'elle se sente à l'aise. Hélène sentait au regard de madame Rouffier qu'elle avait compris beaucoup de choses, mais s'efforçait de n'en rien laisser paraître. Le père d'Alexandre, plus âgé que sa femme et portant en permanence un béret sur son épaisse chevelure argentée, était charmant. Hélène retrouvait chez lui les attitudes attentionnées et le regard doux de son fils. Dominique, le frère d'Alexandre, était très sympathique. Hélène et lui se sentirent immédiatement des affinités. Alexandre se dirigea vers sa chambre pour rassembler ses affaires. Hélène, qui l'avait suivi, avisa sur son bureau la photo qu'elle lui avait envoyée quelques jours auparavant. Elle saisit le petit cadre doré, contempla un instant la jeune femme songeuse allongée sur la chaise longue. Puis, par une sorte de jeu stupide, elle se retourna et cacha la photo dans un des livres de la bibliothèque. En s'approchant de sa table de travail, Alexandre resta un instant décontenancé :

— La photo... Hélène, qu'en as-tu fait? Je suis sûr de ne pas l'avoir rangée!

— Je l'ai déchirée.

— Quoi?

— Puisque je suis seule à penser à toi...

— Tu n'avais pas le droit, articula péniblement le jeune homme, la voix à peine audible.

Son regard était incroyablement dur. Il était en proie à une de ses colères imprévisibles, rares, mais d'une violence telle qu'il tremblait.

— Je ne savais pas... commença Hélène.

Elle alla chercher la photo et la lui tendit.

— Je ne savais pas que tu y tenais tant. Pour moi, ce n'était qu'un jeu.

— Je t'en supplie... Il y a des choses avec lesquelles tu n'as pas le droit de jouer. Cette photo a été mon seul refuge durant notre séparation.

Étonnée, elle le regarda attentivement, mais ne répondit pas. Ainsi, il souffrait autant qu'elle. Chacun de ses silences était une torture qu'il imposait d'abord à lui-même.

Ils partirent de Cassis au milieu de l'après-midi. L'incident était clos, Alexandre semblait avoir retrouvé calme et joie de vivre. Profitant d'un instant où il avait l'air particulièrement insouciant, elle se décida à lancer la phrase qu'elle avait préparée depuis une semaine :

— Je sais que tu as encore dix jours de vacances... Nous partons.

Alexandre eut un mouvement de surprise, mais elle ne lui laissa pas le temps de parler.

— J'ai loué une petite maison en Vendée, à la Tranche-sur-Mer plus exactement, juste en bordure de la plage. Il y aura très peu de monde. Et la première semaine de septembre est encore belle...

— C'est un projet fou. Ce n'est pas possible. Si l'on tire trop sur la corde, elle finit par casser...

— Accepte de vivre ces quelques jours avec moi, simplement. Sans te poser de questions. Crois-tu qu'il me soit facile de faire encore et toujours les premiers pas? De mendier la moindre joie, en sachant que j'en paierai le prix en douleur?

— Et après? Tu penses avoir assez de force pour ne pas sombrer, pour refaire surface?

— Je préfère vivre une histoire, même douloureuse, même ne menant à rien, que de ne rien vivre du tout. Alors, Alexandre?

Il resta de longues minutes silencieux.

— Pourquoi avoir décidé si vite? déclara-t-il enfin. Sans m'en parler?

— Tu m'avais promis d'aller jusqu'au bout. Dans deux jours, nous partons.

— Laisse-moi réfléchir au moins jusqu'à demain.

— Si tu réfléchis, tu ne viendras pas, je le sais.

Alexandre se replongea dans son mutisme. Lorsque Hélène le déposa à la porte du presbytère, il attrapa ses deux valises et claqua la portière. Elle lui lança : « À lundi », et démarra.

Les deux jours qui suivirent, elle prépara fébrilement ses bagages, sans oser mettre le nez hors de chez elle. D'ailleurs, depuis quelque temps, elle osait à peine se rendre au village. Les conversations s'arrêtaient lorsqu'elle entrait chez l'épicier ou le boulanger. À l'église, le dimanche, elle sentait des regards s'attarder sur elle. La rumeur, qu'elle devinait, n'allait pas tarder à s'étendre, s'amplifier, devenir insupportable. Tout prenait une allure de « fin d'histoire », quelque chose semblait se tramer là, dans l'ombre... Raison de plus : puisqu'il leur restait si peu de temps, autant le vivre intensément.

Le lundi, dès le lever du jour, elle se rendit au presbytère. Alexandre était dans la cuisine, la tête entre les mains.

— Impossible, marmonna-t-il. C'est impossible, Hélène. Je ne viendrai pas. Je ne veux pas. Je ne peux pas.

Elle regarda longuement le sac de voyage du jeune prêtre posé à ses pieds. Elle avait eu raison de ne pas se manifester pendant ces deux jours. Ce bagage soigneusement préparé démentait les paroles d'Alexandre :

— Tu es prêt. Viens.

Le ciel était bleu et doux. Au bout du chemin, huit jours d'oubli, loin de tout, huit jours de bonheur qui les attendaient.

Des fenêtres de la villa, ils apercevaient les dunes d'un gris très doux sous le ciel pâle, les oyats balayés par le vent. Derrière, à une centaine de mètres à peine, il y avait la mer, dont la forte odeur iodée étreignait les narines.

Tout était simple. Ils se plaisaient à des joies enfantines, se levaient tard et partaient main dans la main déjeuner au restaurant le plus proche. Le patron de l'établissement les connaissait maintenant et il ne manquait pas de les taquiner :

— Dites, les jeunes amoureux, j'ai remarqué que, lorsque vous venez ici, j'ai toujours des coupures de courant. Trois soirs de suite, vous appelez ça une coïncidence, peut-être! Faut croire que c'est votre amour qui provoque des courts-circuits!

C'était vrai, plusieurs soirs de suite, les lumières s'étaient éteintes alors qu'ils dînaient en tête-à-tête. Ils avaient ri de bon cœur des paroles bon enfant du brave homme, comme des gamins insouciants.

Le temps restait frais et maussade. Ils profitaient des brèves apparitions du soleil pour s'étendre sur le sable. Alexandre, bras en croix et yeux mi-clos, souriait, inconscient d'être observé. Hélène fut étonnée, le premier jour, de l'expression d'infini bonheur qui détendait chacun de ses traits. Jamais encore elle n'avait vu son visage inondé d'une telle joie. Elle ne put résister au plaisir de le prendre en photo, ce qu'il détestait.

— Non, Hélène, non! Ne joue pas les apprentis-sorciers! Pas de photos qui feront souffrir plus tard.

Elle fit développer les clichés dès le lendemain. Ceux-ci rendaient merveilleusement l'expression d'Alexandre. Elle supplia :

— Cette photo ne me quittera jamais... Contrairement à

ce que tu crois, elle sera ma force. Elle restera dans mon porte-cartes pour conjurer le malheur. Tu dois y inscrire quelques mots...

Le jeune prêtre écrivit lentement à l'arrière du cliché, de son écriture légèrement penchée : « Le soleil n'était pas sur la plage, mais il illuminait ma vie. »

Hélène lut, sourit. Rien n'aurait pu mieux fixer cet instant de bonheur.

Il leur arrivait de faire quelques brasses. Puis, riant et grelottant, ils se séchaient vigoureusement, enfilaient un pull-over et partaient se promener durant des heures.

Un après-midi, sur la place du village, Hélène aperçut une marelle délaissée par les enfants. Elle ne put résister, saisie d'une envie puérile :

— Un pied, un pied, un pied, deux pieds, un pied...

Quand elle se trouva devant le demi-cercle « ciel », la haute silhouette d'Alexandre se dressa devant elle. Elle rit comme une gamine heureuse, prit son élan, sauta par-dessus la dernière étape et d'un bond fut dans ses bras ouverts. Le bonheur était simple comme un jeu d'enfant. C'était cela, ces quelques jours avec Alexandre : un pan de ciel clair et de paradis.

Ils redescendaient sur la plage le soir, lorsque le vent s'était apaisé, le ciel mystérieusement lavé de tout nuage, et que le soleil incandescent plongeait peu à peu dans la mer. Ils marchaient longuement, sans parler, sur le sable humide. Puis, lorsque la nuit était tout à fait là, ils remontaient vers les dunes. Haletants, impatients, ils s'immobilisaient. Les mains d'Alexandre s'attardaient sur le corps d'Hélène, la dépouillant lentement de ses vêtements. Quand ils étaient nus tous les deux, ils basculaient enfin dans un mouvement qui semblait ne jamais vouloir finir. Le froid, le sable qui irritait leur peau semblaient exacerber leur désir. Alors, bercés par le bruit de la mer, ils avaient vraiment l'impression d'être seuls dans l'univers.

Tout n'était pourtant pas si simple. Comme dans tout couple nouvellement constitué, il fallait aux deux personnalités le temps de s'accoutumer l'une à l'autre.

Alexandre était un actif, Hélène était plus portée vers la rêverie et les activités artistiques. Le jeune prêtre aimait particulièrement le football et la villa n'était pas pourvue de téléviseur. Un soir où un match important était programmé, Alexandre exprima le désir d'aller au bar-tabac – distant d'une centaine de mètres –, pour en suivre le déroulement.

— Tu peux y aller, Alexandre. Mais je ne t'accompagne pas, excuse-moi. Je n'apprécie pas particulièrement le sport, surtout à la télé. J'écouterai plutôt de la musique, en t'attendant.

Le jeune prêtre partit vers le bourg. Mais plus rien n'avait de sens, tout était vide sans lui, même ce qu'elle aimait le plus. Elle passa dans la salle de bain, avec l'intention de se doucher. Cela lui apporterait une détente. Sa surprise fut grande lorsqu'elle entendit la porte d'entrée s'ouvrir. C'était Alexandre qui se tenait dans l'embrasure de la porte, souriant. Elle se jeta dans ses bras.

— J'étais si triste sans toi, Alexandre. Il la calma doucement, la berçant dans ses bras :

— Pardonne-moi, Hélène. Ce match que je voulais voir m'est apparu sans intérêt. C'est avec toi que je veux être.

Il commença à la caresser. Ses mains étaient douces et chaudes. Hélène n'avait que son maillot de bain sur elle. Alexandre le fit glisser doucement vers le bas, découvrant lentement son corps juvénile. Puis il enleva la jeune fille dans ses bras pour la conduire vers la chambre à coucher. Il se renversa petit à petit sur le lit, l'entraînant dans son mouvement de chute. Il la retenait et l'attirait irrésistiblement à la fois, alors que lui-même se laissait glisser. Hélène se sentit parcourue de part en part par cette tendresse douce et sauvage, et le désir s'imposa à elle avec encore plus de force qu'à l'accoutumée. Elle se sentait merveilleusement bien, fondant dans ses bras, chaque sens extraordinairement en éveil. Jusqu'où pourraient-ils donc aller ainsi?

Cependant, la date du départ se rapprochait et chacun se sentait devenir nerveux. Alexandre, surtout, avait parfois des réactions bizarres, s'arrêtant soudain au milieu d'une phrase, les yeux fixés au loin.

Un matin, Hélène fut tirée de son sommeil par la sensation d'un regard la transperçant... Cela lui rappela la nuit où Alexandre était resté avec elle veiller sur France. Aujourd'hui encore, le jeune prêtre, hagard, les cheveux collés par la sueur, la regardait en pleurant silencieusement. Les mots qu'il prononça lui semblèrent étonnamment semblables à ceux de cette nuit lointaine, si ce n'est qu'elle y sentait aujourd'hui une détermination farouche :

— Hélène, finit-il par dire, je vais devenir fou. Nous devons arrêter de nous voir. Je ne peux plus... Comprends-moi : trop de joie, et en même temps trop de souffrance... C'est l'enfer. Nous sommes allés trop loin.

L'avant-dernier jour, pourtant, il fit preuve durant toute la matinée d'un entrain un peu forcé. Après avoir déjeuné au restaurant, sur le port, ils marchèrent le long de la jetée. Les mouettes tournoyaient en criant lugubrement dans le ciel gris.

Brusquement, Alexandre s'arrêta, saisit quelques galets et les lança au large en chantant d'une voix bizarre, odieuse :

— Ma petite Hélène, je t'aime... Ma petite Hélène, je vais te quitter... Ma petite Hélène, je t'aime... Ma petite Hélène, je vais te quitter...

Puis il s'effondra, riant nerveusement. C'était vrai, il semblait devenir fou.

C'en était trop. Comment supporter, à quelques jours, quelques heures d'intervalle, de tels paroxysmes de bonheur et de désespoir, d'amour et de haine?

C'était un étrange et cruel jeu du chat et de la souris. Chacun projetait sa douleur sur l'autre. Hélène eut un instant la tentation de pousser Alexandre, de tomber avec lui dans l'eau fétide du port... Elle s'enfuit en courant jusqu'à la villa, se jeta sur le lit, pleura longuement. Ce fut là qu'il la retrouva. Il semblait apaisé et lui demanda doucement pardon pour tout.

L'ultime journée de leurs courtes vacances coïncidait avec l'anniversaire d'Hélène.

— Fais-toi belle. Très belle. Nous allons faire de ce jour une fête. Mais je te préviens : ce sera notre dernier jour.

Aurait-il pu lui offrir plus horrible cadeau d'anniversaire ?

Ils mangèrent dans le meilleur restaurant, burent du champagne, dansèrent jusqu'à une heure avancée de la nuit, tout cela avec une excitation, un plaisir voisin du désespoir. Rentrés à la villa, ils se jetèrent sur le lit, s'empoignèrent et firent l'amour avec rage. Hélène retrouvait à peine son souffle, lorsqu'elle entendit les paroles qu'elle redoutait depuis des jours :

— Je pars... Je ne retourne pas à Vindouris. Je rejoins directement Pouy-Ferret où l'on m'attend. Je ne connais pas. Mais ça n'a pas d'importance... Là s'arrête notre histoire, Hélène. Aide-moi. Ne téléphone pas. Écris-moi le moins souvent possible. C'est aussi dur pour moi que pour toi.

Ils ne dormirent pas, passèrent la fin de la nuit dans les bras l'un de l'autre. La jeune femme, étouffant ses sanglots, était incapable de dire le moindre mot. Lui murmurait seulement de temps à autre : « Il le faut, mon amour. Il le faut. »

Elle retourna donc seule à Vindouris. Son chagrin était tel qu'il l'abrutissait. Le moindre geste quotidien lui paraissait monstrueusement difficile à accomplir.

Elle eut d'abord envie de retourner s'installer à Paris, mais elle n'avait pas le courage de s'y décider vraiment. De plus, France paraissait vraiment fatiguée. Autant rester auprès d'elle, tout au moins jusqu'à son prochain concert qu'il faudrait assurer.

Au crépuscule, parfois, elle fixait les monts qu'elle aimait tant. Ils avaient aujourd'hui la couleur rouge sang de sa douleur. Tout était lugubre. La foi, dit-on, abat les montagnes. Qu'en était-il de l'amour ?

Elle pensa encore à la Genèse. Avant la création, tout était ténèbres. Mais Dieu avait fait surgir la lumière, les monts, les vallées, les animaux et l'homme. Au soir du sixième jour, il avait créé la femme pour servir de compagne à l'homme. Pourquoi alors imposer à ses prêtres une épreuve souvent au-dessus de leurs forces, une solitude qui les accablait? C'était là une loi dictée par les hommes, non par le Créateur. Hélène en était certaine.

Alexandre et elle-même n'avaient-ils pas accompli, déjà, leur chemin de croix? Ne pouvaient-ils donc espérer le bonheur que dans l'au-delà? Un jour, elle en était persuadée, la loi de l'Église changerait, il ne pouvait en être autrement. Déjà, de nombreuses vocations d'hommes sincèrement attirés par la prêtrise avaient été brisées par cette exigence d'un choix frustrant. Et l'Eglise chrétienne manquait cruellement de prêtres. Ce serait l'aube d'un nouveau jour, une sorte de septième jour où homme et femme seraient à nouveau unis, même à l'intérieur du sacerdoce, sang du même sang et chair de la même chair. Un jour prochain, sans doute trop lointain pour eux...

Seule, éperdue, face au crépuscule sanglant, Hélène espérait contre vents et marées que naisse enfin cette aube.

V
La décision

Il lui tardait de rejoindre son studio. C'était la beauté de cette région, justement, le ciel, le vent, la douceur même, qu'elle ne supportait plus. Par contre, l'automne à Paris serait le reflet de sa grisaille intérieure.

L'état de santé de France empirait. Ses crises d'angine de poitrine, de plus en plus fréquentes, la laissaient terrassée de fatigue. Mais Hélène ne s'en apercevait pas. À son retour de Vendée, elle s'était entièrement confiée à sa mère, vidée de ce poids de désespoir qui avait pris possession de tout son être. Elle l'avait fait sans se demander si France aurait la force de le supporter. Celle-ci avait répondu doucement :

— Alexandre souffre certainement plus que toi. Et sa décision était sans doute la seule possible. Écoute-le : n'écris pas, ne téléphone pas...

Mais Hélène, enfermée dans sa douleur, secouait la tête sans vouloir comprendre.

Quelques jours plus tard, elle saisit le téléphone et composa le numéro du presbytère de Pouy-Ferret.

Alexandre lui-même répondit à l'appel. La voix calme et chantante, qu'elle n'avait pas entendue depuis de si longs jours, suffit à la faire éclater en sanglots. Elle réussit à prononcer, sans trop savoir ce qu'elle disait :

— C'est moi, Alexandre... Je t'en supplie, je souffre trop. Il ne me reste rien de notre amour, rien qu'une photo... Je voudrais tant une petite fille de toi... Une petite fille qui te ressemble. Personne ne saura jamais qui est le père, et j'aurai au moins quelque chose de toi...

La voix du jeune prêtre se brisa :

— Et en plus, elle me demande une petite fille! Une petite fille! Je sens que je deviens fou! Non, Hélène. Ça suffit. Tu sais quelle est ma décision. J'ai fait mon choix. Alors aide-moi...

Elle retrouva son studio et se plongea totalement dans la musique. Heureusement, jusqu'à la fin de l'année, son programme était assez chargé. Souvent, le nom d'Alexandre hantait ses nuits sans sommeil.

Parfois, elle songeait au pire : mais la pensée de sa mère, qui avait risqué sa propre vie pour la mettre au monde, la retenait. Causer une telle douleur à France, dont les lettres et les appels affectueux étaient son seul soutien, était inconcevable. De plus, Hélène était croyante. La vie était un don de Dieu; lui seul pouvait en fixer le terme. Pourtant... Parfois, il semblait à Hélène que la bête noire et insidieuse qui l'envahissait serait la plus forte. Son corps entier luttait alors, les muscles de ses épaules se tendaient, sa gorge se serrait; le mal semblait plonger ses racines dans les moindres fibres de son être.

De temps à autre, un message d'Alexandre lui parvenait, très bref, sur des cartes postales représentant le plus souvent des fleurs, comme ce champ de marguerites qu'il avait promis d'effeuiller pour elle. Elle lui répondait aussitôt, des mots tout aussi laconiques, alors qu'elle aurait eu tant de choses à lui crier...

Un jour, elle apprit qu'Alexandre était venu à Paris, dans l'île Saint-Louis, à quelques pas de chez elle. Elle faillit hurler. Comment avait-il pu, la sachant si près, avoir le courage – ou la lâcheté – de ne pas venir?

Ce fut peu de temps après, alors qu'elle se croyait arrivée au bout du chagrin, que le coup de téléphone fatidique arriva. Au bout du fil, la voix de son père était méconnaissable. Elle resta quelques minutes, hébétée, avant de réaliser ce qu'il lui disait :
— Ta mère est au plus mal... Viens tout de suite, Hélène...
Elle voulut demander des explications, mais aucun son ne put franchir sa gorge.
— Viens le plus vite possible, supplia de nouveau Henri Monceval. Je retourne auprès d'elle.

Hélène s'effondra. Ainsi donc, tout se liguait contre elle. Elle ne se sentait plus le courage de lutter. À quoi bon? Le destin, Dieu ou elle ne savait quelle puissance malfaisante avait décidé de l'accabler, de la réduire à néant. Tout ce qu'elle pouvait faire était de verser des torrents de larmes, gémir.

Elle finit tout de même par trouver la force nécessaire pour décrocher le combiné et composer le numéro de son agent. Il lui fallait annuler ses prochains concerts.

Puis elle se renseigna sur le premier vol pour Cannes et avertit Philippe et Christiana de son arrivée à quinze heures. Mais serait-elle au mas des Deux-Vents assez tôt? Reverrait-elle sa mère vivante? Un sombre pressentiment la torturait.

Ses amis l'attendaient à l'aéroport et la conduisirent à toute allure à Vindouris. Sans même remercier, elle bondit hors de la voiture. Son père, debout devant la porte, n'était plus qu'un vieil homme usé.

— Trop tard, murmura-t-il... Elle a eu une crise très violente il y a quelques heures, on n'a même pas eu le temps de la transporter à l'hôpital.

Hélène poussa lentement la porte de la chambre. France était étendue devant elle, sur le grand lit. La jeune femme s'approcha, tel un automate. Elle ne pleurait pas : sa douleur était au-delà des larmes. Elle contempla longuement le visage apaisé de sa mère. Celle-ci était morte dans son lit, ici, dans cette maison qu'elle aimait et c'était mieux ainsi, pensa Hélène.

France, très pieuse, s'était depuis longtemps habituée à l'idée de la mort. Mais la pensée qu'elle soit décédée sans avoir pu serrer une dernière fois sa fille dans ses bras, sans avoir pu lui insuffler un peu de son courage, mettait Hélène au désespoir.

— Pourquoi, mon Dieu, se répétait-elle, pourquoi? Pourquoi tant de douleur?

Elle se laissa glisser à genoux près du lit, posa sa main sur les doigts croisés de France. À cet instant, il lui fallait croire, croire de toutes ses forces que sa mère, là où elle se trouvait, l'entendait, la voyait encore, et pouvait la consoler comme autrefois.

Une déchirure atroce envoya son corps s'échouer sur les plages d'un territoire inconnu, laissant son esprit se noyer dans un tourbillon sans fin.

L'espoir d'un peu de réconfort ne pouvait venir que d'un seul être au monde : Alexandre.

Le souffle court, c'est presque à tâtons qu'elle s'empara du téléphone.

Un jeune homme à la voix inconnue et hésitante lui répondit :

— Allô! Bonjour... ici le presbytère de Pouy-Ferret!

— Je vous en supplie, pouvez-vous me passer le père Alexandre Rouffier?

— Il est absent.

— Je vous en conjure... Dites-lui qu'Hélène a téléphoné... que sa mère est morte cet après-midi.

La voix douce du jeune homme susurra avec embarras :

— Je l'avertirai dès que possible, je vous le promets. Ayez du courage.

Hélène raccrocha; noyée par son chagrin, elle ne savait plus que penser...

L'attente d'un signe accompagnerait sa tristesse. Son corps bougeait, mais son esprit vaquait ailleurs.

Puis elle chercha à lui trouver des excuses. Alexandre n'était pas là... Il était retardé... Il avait eu un empêchement. Son impatience momentanée se mua en espoir : il viendrait tôt ou tard...

Philippe et Christiana furent présents à chaque instant et l'assistèrent dans toutes les démarches indispensables.

Le lendemain matin, il lui sembla que les cheveux de son père avaient blanchi. Il n'était plus qu'un enfant effondré qui pleurait silencieusement.

Et toujours rien du presbytère! Elle prit son courage à deux mains et se décida enfin à rappeler.

La même voix douce et gênée lui répondit :

— J'ai transmis votre message, mademoiselle. Mais je ne peux vous en dire plus. Je suis désolé.

Effondrée, Hélène reposa le combiné. Que signifiait ce silence?

Le plus dur restait à accomplir. Il fallait s'occuper de la mise en bière.

Et comment affronter la cérémonie du lendemain? Jusqu'au soir, le temps s'écoula dans la douleur et dans l'attente. Christiana lui conseilla d'un ton ferme :

— Tu dois prendre un peu de repos. Tiens, avale ce cachet. Il faut dormir; Philippe et moi allons rester là.

Hélène s'enfonça dans un oubli artificiel et momentané... Lorsqu'elle se réveilla, le lendemain matin, elle crut avoir fait un long cauchemar. France allait venir l'embrasser, comme elle le faisait tous les matins lorsque la jeune fille était au mas des Deux-Vents. Puis elle se souvint : le corps de sa mère était là, à côté. Et Alexandre n'était pas venu.

Au moment où l'on enleva le cercueil, Hélène eut un cri de déchirement : puis elle demanda à rester seule dans la chambre. Là, elle ressentit un léger réconfort, inattendu, provisoire sans doute, mais perceptible. Il lui semblait que l'esprit de sa mère continuait à emplir la pièce. Ce n'était que son enveloppe mortelle que l'on venait d'enlever. France serait toujours présente au mas des Deux-Vents, elle resterait toujours vivante dans l'esprit d'Hélène, invisible mais bienveillante à ses côtés.

Elle assista à la cérémonie religieuse dans la dignité. Vidée de pleurs, elle vivait le drame en somnambule. Le prêtre prononça un sermon émouvant devant une église comble : cette femme douce, pieuse et un peu effacée s'était fait des amis de tous les villageois.

Dans son brouillard intérieur, le seul élément qui rattachait Hélène à la réalité était l'attente d'Alexandre.

Ce n'était pas possible, il n'avait pu l'abandonner ainsi.

Il allait arriver. Son pas – qu'elle aurait reconnu entre mille – allait résonner sur les dalles... Parfois, elle croyait l'entendre... Elle tendait l'oreille... Rien.

Il n'y eut pas de condoléances, Hélène ayant demandé que ce rituel lui soit épargné : elle n'aurait pas eu la force de le supporter. Au cimetière, Henri Monceval prit la main de sa fille dans la sienne. Hélène s'y accrocha. Elle fixait sans les voir les gens autour d'elle et le cercueil que l'on descendait à présent dans la tombe. Tout lui semblait monstrueusement irréel. Comment croire à quelque chose d'aussi horrible? « Ça ne doit être qu'un cauchemar », se dit-elle encore une fois. « Je vais me réveiller... »

Ce fut avec des gestes d'automate qu'elle quitta le cimetière, remonta dans la voiture et s'en retourna chez elle. Quelques membres de la famille et des amis proches étaient revenus au mas. Elle resta quelques instants en leur compagnie puis, écrasée de chagrin, elle s'éclipsa.

Tout à coup, un crissement de pneus et le claquement d'une portière se firent entendre : Alexandre, blême, remontait l'allée en direction de la maison. Il serra d'abord longuement la main d'Henri Monceval.

– Je n'ai pas pu venir plus tôt, je suis désolé... Je connais la vanité des mots en de telles circonstances. Même de la part d'un prêtre... J'espère seulement qu'elle n'a pas souffert.

– Non... Cela s'est passé si vite...

– Et Hélène?

– Elle est très choquée...

Le regard d'Alexandre se fit inquiet.

– Où est-elle? Je ne la vois nulle part.

Ils firent tous les deux le tour de la maison, puis du jardin, en criant son nom. Tout le monde finit par se joindre à eux. En vain. Les minutes s'écoulaient, l'anxiété se peignait sur les visages. Il fallait se rendre à l'évidence : Hélène avait fui le mas. Alexandre se rua vers sa voiture : il fallait la retrouver à tout prix, il la savait capable de tout...

Il rejoignit la petite église, pensant la découvrir réfugiée là, puis fouilla dans leurs moindres recoins la cure et le jardin du presbytère. Il parcourut le petit village en tous sens, jusqu'aux dernières maisons éparpillées dans les pins. Pourtant, la jeune fille ne pouvait être très loin : aucune voiture n'avait quitté le mas des Deux-Vents.

Peut-être même était-elle revenue là-bas... Il remonta dans sa voiture, murmura tout en conduisant : « Hélène, où es-tu? Hélène, reviens... Je t'aime tant. » Mais celle-ci demeurait introuvable. La famille, affolée, continuait à la chercher un peu partout. Alexandre repartit aussitôt vers la campagne que le crépuscule obscurcissait déjà, passa devant le cimetière accroché à flanc de colline...

Brutalement, il freina. Comment n'y avait-il pas songé plus tôt? Hélène ne pouvait être que là.

Effectivement, agenouillée devant la tombe, elle sanglotait. Parfois, elle se laissait presque glisser sur la pierre froide. Comment son corps pouvait-il contenir une si grande douleur?

Alexandre se figea à quelques mètres. En fixant la silhouette prostrée qui étouffait avec difficulté les convulsions d'un immense chagrin, il se sentit inutile et ridicule. Il aurait dû se précipiter vers elle, mais cette folle recherche d'Hélène avait été pour lui une torture. Maintenant il restait là, incapable d'un pas, d'un geste, comme s'il savait que ce pas, ce geste allaient bouleverser sa vie.

Hélène se retourna soudain, alertée par un sixième sens. Elle resta immobile, muette. Peut-être était-ce un mirage?

Peut-être était-elle tout à fait folle? Elle ne pouvait plus croire, à présent, à la venue d'Alexandre. S'obligeant enfin à bouger, il s'avança vers elle et la releva. Mais la souffrance de la jeune fille avait atteint en ces trois jours son paroxysme. Il lui semblait ne plus avoir de place en elle à présent que pour la haine... Invectivant Alexandre, elle lui tambourina violemment la poitrine à coups de poing, jusqu'à l'épuisement de cette tempête intérieure.

— Tu m'as abandonnée... Lâchement... Tu m'as laissée seule... Je ne te pardonnerai jamais...

Le jeune homme lui caressa les cheveux, puis tint le visage défait d'Hélène entre ses longs doigts. Il contempla ses yeux délavés par le chagrin; leurs cernes accentuaient la pâleur de sa peau. Lui aussi était blême, décomposé. Il la captura dans ses bras sécurisants, comme il aurait attrapé un animal effarouché. Il la serra de tout son amour, autant pour arrêter ses sanglots que pour lui communiquer la chaleur et le réconfort dont elle avait tant besoin en cet instant.

Il posa ses lèvres sur ses cheveux défaits.

— C'en est trop, dit-il. Je n'en peux plus. Dieu a voulu tout cela, sans doute... J'ai pris ma décision après ton coup de téléphone...

Hélène le regarda sans comprendre.

— Crois bien que cela a été dur, continua Alexandre. Voilà pourquoi j'ai mis si longtemps à venir. À présent, je suis là... Dès demain, j'envoie à mon évêque ma demande de réduction à l'état laïc, car je veux faire de toi ma femme non seulement devant les hommes, mais aussi devant Dieu...

***

L'homme qui se tenait en face d'Alexandre, debout derrière son bureau, portait bien la soixantaine. Il était grand et d'allure imposante. Il connaissait le jeune prêtre et l'estimait.

— Je sais que tu as longuement réfléchi, Alexandre. Mais ta décision est grave.

— Elle est irrévocable, Père.

— Peux-tu, tout de même, exprimer ta motivation? reprit l'évêque. Ta vocation était vraie.

— Elle l'est toujours. Mais j'aime une jeune femme, elle a besoin de moi, notre torture est insoutenable. Le vœu qui est le mien serait de vivre ma foi et mon sacerdoce à l'intérieur de mon mariage. Mais c'est impossible. L'Église exige un choix.

— Ne pouviez-vous pas choisir l'un et l'autre la voie du sacrifice? L'Église manque de prêtres, c'est toute une communauté que tu prives d'un bon serviteur, y as-tu pensé?

Alexandre fixa l'évêque droit dans les yeux :

— À qui la faute? demanda-t-il durement. Pourquoi l'Église exige-t-elle toujours la douleur? Pourquoi?

— Elle exige la soumission et l'humilité.

— Ma décision est irrévocable, Père. Je vous l'ai déjà dit.

— Je le savais... Je vais donc transmettre ta demande au Vatican. Je te préviens, l'attente sera longue, deux ou trois ans au moins, et ta requête a de grandes chances d'être refusée. Je pense que ton choix sera source de souffrance...

— La souffrance, pour moi, était dans les deux choix. Ma décision évitera au moins à Hélène de souffrir.

— Peut-être... murmura l'évêque, songeur. En attendant une réponse, tu peux continuer à exercer ton sacerdoce. Heureusement, tu as quitté Vindouris. Ta conduite avait commencé à faire parler. À présent, que Dieu t'aide...

***

Alexandre téléphona à Hélène pour lui faire un bref compte rendu de l'entretien avec son évêque. Puis ils décidèrent d'un commun accord de ne pas se revoir avant d'obtenir une réponse. Leur amour était assez fort pour cela.

Si tout se déroulait normalement à Pouy-Ferret où Alexandre n'était pas connu avant son arrivée, il en allait tout autrement à Vindouris. À présent que France était morte, rien n'empêchait les langues de se délier. Les médisances allaient bon train. Le secret que les jeunes gens avaient cru si bien garder s'étalait au grand jour. Puis vinrent les coups de fil anonymes. Même en plein nuit, le téléphone sonnait et une voix haineuse poursuivait Hélène :

— Vous avez détourné notre prêtre... Vous devriez avoir honte...

Hélène, paralysée, ne pouvait s'empêcher d'écouter :

— Vous connaîtrez votre pénitence sur terre comme en enfer...

Parfois même, il s'agissait uniquement d'injures.

Elle finit par se confier à son père qui fit preuve d'une grande compréhension. Le décès de France avait laissé Henri Monceval vieilli prématurément, totalement désemparé, démuni comme jamais Hélène n'aurait pu le supposer. Ils discutèrent très longtemps. Henri parla de l'éducation rigide et froide qu'il avait reçue de parents autoritaires. Il s'en voulait de n'avoir pas su être le père qu'elle aurait souhaité, que lui-même aurait voulu être. De plus, en refusant de dévoiler ses sentiments, ses problèmes, il avait fait souffrir inutilement France. Pourquoi fallait-il donc qu'il n'en prenne conscience que maintenant?

Hélène essayait de le comprendre, de le réconforter ainsi que l'aurait fait sa mère. Elle devait être la plus forte, alors qu'elle-même aurait tant eu besoin de soutien.

Les coups de téléphone continuaient et, au village, plus personne ne saluait Hélène.

— Le mieux est que tu retournes à Paris pour l'instant, dit un soir Henri Monceval. Si tu trouves quelque part une petite maison à acquérir, je dispose pour toi d'un capital suffisant. Tel était le vœu de ta mère.

— Mais toi, papa?

— J'ai besoin de solitude et je ne peux pas quitter la Provence. Ne t'inquiète pas, je serai assez fort. Je me débrouillerai. Je trouverai bien, au village, quelqu'un qui préparera mes repas et s'occupera de la maison.

***

Hélène se rendit une dernière fois sur la tombe de sa mère. En son absence, elle savait que son père ne manquerait pas de venir s'y recueillir, comme il le faisait souvent avec elle le matin. Elle accepta une dernière tournée de concerts autour de Paris. Mais elle aspirait à présent à une vie plus calme, plus sédentaire, et surtout à un bonheur tranquille aux côtés d'Alexandre. « Dans un an, peut-être, pensait-elle. Et je veux un enfant, une petite fille... »

Sa vie parisienne lui paraissait insipide. Seuls les appels et les lettres d'Alexandre la soutenaient. Henri venait souvent écouter les concerts donnés par sa fille, mais il reprenait rapidement le chemin de Vindouris.

Philippe et Christiana, eux aussi, avaient retrouvé Hélène à Paris. Ils l'avaient invitée dans leur petite maison de campagne d'Houlgate, en Normandie. Hélène s'était tout de suite éprise de cette région de bocages et de pommiers en fleurs. Bien sûr, le climat était plus humide et plus frais que celui de sa Provence natale, mais le ciel diffusait une lumière douce, les arbres et la terre verdoyaient à perte de vue. C'était là qu'elle voulait établir son bonheur. Le village n'était guère qu'à deux heures de Paris, elle pourrait donc aisément assurer sa tournée de concerts et venir retrouver le refuge dont elle ressentait de plus en plus le besoin.

Grâce à Christiana, Hélène dénicha la maison de ses rêves : la chaumière lui était apparue au détour d'un vallon, à la sortie d'Houlgate. C'était une petite ferme à colombages toute simple, à un étage, du plus pur style normand. La façade principale était tapissée de glycines mauves tandis qu'au faîte du toit, sur une bande de terre, poussaient des iris. Hélène s'en était étonnée. Le maire du village lui avait alors expliqué la présence insolite de ces plantes : les rhizomes tenaces des iris s'enracinaient dans le chaume, évitant à celui-ci de glisser trop rapidement. Il lui avait également appris que la maison était à vendre à un prix tout à fait raisonnable. Elle était à l'abandon depuis peu de temps et des herbes folles envahissaient le jardin, mais elle était entourée d'une magnifique clôture de rosiers. Hélène avait aussitôt pensé à France qui aimait tant ces fleurs.

Trois mois à peine suffirent pour passer les actes notariés, et, à la fin juin, elle fut propriétaire. Bien sûr, quelques rénovations étaient à prévoir, mais la jeune femme se sentait la foi des bâtisseurs!

Elle décida d'emménager tout de suite, afin de mieux suivre les travaux. Un vieux jardinier l'aida à faucher, bêcher, semer, tailler les arbres, planter quelques rosiers supplémentaires.

Dans une petite remise, au fond du jardin, elle avait trouvé tous les outils de jardinage nécessaires, ainsi qu'une bicyclette ancienne, en bon état, dont elle se promit de faire usage.

Derrière la maison, Hélène avait remarqué une étrange meule circulaire en pierre.

— C'est un « gadage », mademoiselle, expliqua le jardinier. Cela sert à « gruger » les pommes. Vous boirez votre propre cidre, si vous voulez.

« Je boirai le cidre avec Alexandre, pensa Hélène. Notre cidre... »

Elle dégagea avec précaution le « gadage » pour le mettre en valeur, et contempla les pommiers du clos. Leurs fruits verts ressemblaient à des cerises fripées, mais ils étaient prometteurs de fructueuses récoltes.

La cuisine était vaste et Hélène tint à lui garder son aspect vieillot. Elle conserva le bahut normand qui avait dû servir à garder la confiture de pommes et le miel pendant des générations de grands-mères, ainsi que la large maie sculptée. Le menuisier du village compléta l'aménagement de placards rustiques, d'une table et de deux bancs de bois. Elle décora la vaste salle à manger de rideaux à fleurs aux couleurs tendres. La jeune femme aimait le style anglais et elle acquit une grande bibliothèque à traceries en ogive.

Enfin, elle accrocha au-dessus de la cheminée un portrait de sa mère. Ainsi, elle se sentirait protégée...

Au crépuscule, elle tirait les tentures, allumait les lampes aux abat-jour grenat. La pièce se nuançait alors de teintes feutrées et chaudes. Dans ce décor rougeoyant, il lui semblait retrouver un peu la couleur et la douceur de son Esterel natal. Plus tard, à la fin de sa tournée de concerts, elle aménagerait dans le même style douillet les chambres du premier étage, pour l'instant simplement blanchies à la chaux. Le grenier serait parfait pour l'école de musique qu'elle souhaitait fonder. Dans ce havre coquet, elle pourrait se consacrer à Alexandre. Le jeune homme était au courant de tout ce qu'avait fait Hélène. La maison n'attendait plus que lui. Vibrait-il, se demandait la jeune fille, de la même attente qu'elle?

Elle ouvrit son école au début de l'automne. Elle donnait pour l'instant des cours dans ce qu'elle avait baptisé la « pièce-vie », où se trouvait le piano. Déjà ses élèves étaient nombreux. Elle pouvait vivre modestement mais décemment. Elle commença même à composer des sonates qu'elle nomma « les sonates de l'espoir ».

Tous les soirs, elle prenait la vieille bicyclette et se rendait au bord des falaises. Ivre de liberté, cheveux au vent, elle pédalait de bon cœur, avec pour seule musique celle de l'océan.

L'automne passa, l'hiver vint, et avec lui la solitude devint pesante. Deux ans... Aurait-elle le courage d'attendre jusque-là? Le vieux jardinier avait mis le cidre en bouteille, mais elle refusa d'y goûter :

— J'ai promis d'en partager le premier verre avec mon futur époux. Vous allez bientôt le connaître. Il s'appelle Alexandre, il est de mon pays... Nous nous marierons bientôt, mais c'est encore un secret!

Le vieil homme avait hoché la tête.

— De votre pays? Venir d'une si belle contrée pour se perdre dans nos brumes! Enfin je suis heureux pour vous, mademoiselle Hélène.

Henri Monceval vint passer une partie de l'hiver avec sa fille. Lui aussi ressentait parfois durement les effets de la solitude. Mais le climat normand ne lui convint pas et il dut écourter son séjour pour rejoindre rapidement le mas des Deux-Vents.

À Pouy-Ferret, la vie d'Alexandre se déroulait sans difficulté majeure. Il s'apprêtait à quitter sa charge avec sérénité et se préoccupait de ses possibilités de reclassement. Cette reconversion n'allait pas sans poser des problèmes. Puisque Hélène avait choisi d'habiter en Normandie, il n'était pas possible, ainsi qu'il l'avait d'abord pensé, de devenir guide de montagne. Par chance, il avait son bac et avait même commencé deux années d'études en faculté avant d'opter pour la prêtrise. Il décida donc de déposer une demande de poste d'instituteur remplaçant auprès de l'Inspection académique. Avec un peu de chance, il aurait peut-être un travail au mois de septembre suivant, lui avait-on répondu.

Le printemps revint, parant les pommiers de leurs premières fleurs. Pour Hélène, l'attente devenait de plus en plus insupportable. Déjà plus d'un an, et la réponse n'arrivait toujours pas! Un soir, n'y tenant plus, elle appela Alexandre :
— Je n'en peux plus... Quand viendras-tu?
— Tu le sais, Hélène : j'ai fait le serment de ne pénétrer dans notre maison que lorsque tu serais ma femme.
— Viens au moins me voir... À Honfleur. Nous serons ensemble, nous discuterons... C'est trop dur!
— Tu as raison. Pour moi aussi, c'est devenu un supplice. Je vais venir...

Hélène avait choisi Honfleur, car elle aimait le charme de cette vieille cité. Ils s'étaient donné rendez-vous, ce matin-là, sur les quais du vieux bassin.
Quand ils se retrouvèrent face à face, ils restèrent d'abord muets et immobiles, comme intimidés. Puis la même chaleur reprit possession du corps d'Hélène. Le magnétisme du regard d'Alexandre la pénétra pour la brûler comme un feu ardent.

Ils visitèrent l'étrange église Sainte-Catherine puis se perdirent dans les vieilles rues de la cité où Baudelaire avait écrit « L'Invitation au voyage ». Ils déjeunèrent place Hamelin, au numéro six, à l'endroit même où se situait la maison d'Alphonse Allais. Ils n'échangèrent que peu de mots. Le contact de leurs mains suffisait...

Ensuite, ils se rendirent au calvaire d'où l'on découvrait l'admirable panorama sur l'estuaire de la Seine et la rade du Havre. Hélène pensa à un autre calvaire, à cette nuit où Alexandre l'avait, pour la première fois, prise dans ses bras. Mais aujourd'hui, le temps avait passé et c'était le printemps. Leur amour avait assez attendu pour enfin paraître au grand jour. Cependant, le jeune homme n'avait pas tenté le moindre geste. Allait-elle devoir mendier une nouvelle fois?

Leur promenade les conduisit vers un jardin public magnifiquement fleuri, établi sur des terrains repris à la mer. Hélène s'arrêta soudain, épuisée.

— Alexandre, pourquoi cette torture? Je n'en peux plus. La réponse mettra peut-être des années à venir... Elle sera peut-être négative...

Le jeune prêtre se tenait face à elle, figé, incapable d'un geste. Ils se regardèrent longuement, puis se jetèrent dans les bras l'un de l'autre. Ils pleuraient et riaient en même temps. Alexandre essuyait les larmes de celle qu'il avait toujours aimée. Qu'importait! Ils étaient seuls.

— Hélène, je suis capable parfois de prendre des décisions tranchées. Je vais contacter à nouveau l'évêque. Je ne veux plus attendre pour faire de toi ma femme.

***

— Je voudrais que vous m'accordiez une entrevue avec vous, Père...

La voix de l'évêque se fit impatiente, presque dure :

— Je ne comprends pas, Alexandre. Je t'ai dit que l'attente serait longue. D'ailleurs, tu le sais, tes chances sont infimes...

— Je vous en prie, Père. Il le faut.

— Je t'ai déjà reçu en entretien. Le prochain sera pour te faire part de la décision qui a été prise à ton sujet. Pas avant.

Le ton du jeune homme se fit plus ferme :

— Je veux me marier... Tout de suite. Ma résolution est prise. J'assurerai donc mon service pendant une dizaine de jours encore, pas plus... Jusqu'à l'arrivée du prêtre qui viendra me remplacer.

— C'est une faute dont tu seras impitoyablement puni...

— La faute ne vient pas de moi, mais de ceux qui imposent cette attente inutile. Je suis prêtre et je le resterai, en esprit, même si je ne peux plus exercer mon sacerdoce...

— Dans ce cas, je crois que nous n'avons plus rien à nous dire, puisque tu t'entêtes dans le péché.

Un bruit sec claqua aux oreilles d'Alexandre. Son interlocuteur venait de raccrocher.

Le dimanche suivant, Alexandre prit congé de ses fidèles abasourdis. L'évêché lui avait demandé de ne pas donner la raison de son départ. Simplement, il était appelé « ailleurs ».

C'était la seule parole d'adieu qui lui était permise.

Il partit à Cassis passer quelques jours chez ses parents et les avertir.

La violence de leur réaction le surprit. Sa mère surtout, attachée à des principes religieux très stricts, ne voulut en aucun cas admettre – ni même seulement écouter – les arguments de son fils : quitter la prêtrise était un sacrilège. Elle n'accueillerait jamais dans sa maison la jeune femme qui en était responsable.

— Et n'espère pas revenir ici, ajouta-t-elle. Va rejoindre cette fille si tu la préfères à ta foi et à ta propre mère... Tu es la plus grande déception que la vie m'ait imposée.

Son père n'avait pas prononcé une parole, mais il le regardait tristement. Il ne pouvait qu'être solidaire de sa femme, comme il l'avait toujours été. Aucun membre de sa famille n'assisterait à son mariage, ni n'accepterait ultérieurement de le recevoir. Pourquoi rejeter si brusquement Hélène alors qu'elle aurait eu besoin d'une écoute maternelle? Tout semblait injuste à Alexandre, mais ne faisait que renforcer sa décision.

Pâle, les dents serrées, il claqua la porte et partit sans se retourner. Faire le sacrifice de sa vocation ne suffisait donc pas. Pourquoi fallait-il, en plus, être abandonné par ceux qu'il aimait le plus au monde?

***

Les bans avaient été publiés à la mairie d'Houlgate. La cérémonie aurait lieu le dernier samedi de juin. L'accueil bon enfant des villageois réconforta Alexandre. Personne n'était curieux du passé du jeune homme : c'était le fiancé de mademoiselle Hélène, cela suffisait. Quant au mariage civil, pour un instituteur, disait-on, c'était normal!

Christiana servit de témoin à Hélène et le vieux jardinier fut tout heureux d'être celui d'Alexandre.

La mariée portait une robe blanche courte et simple, et ses longs cheveux étaient parsemés de boutons de roses pâles. Elle respirait la fraîcheur. Le marié, quant à lui, avait revêtu un costume bleu marine qui mettait sa haute taille en valeur.

On dressa la table dans le verger. À la fin du repas présidé par le maire du village et sa femme, Alexandre, maladroit, eut beaucoup de peine à découper la traditionnelle pièce montée. Henri Monceval lui souriait paternellement.

Alexandre pensa un instant à ses parents, puis décida d'effacer tout chagrin de cette journée. À présent, il allait danser avec Hélène sous les pommiers du clos. Dans le courant de l'après-midi les petits élèves d'Hélène, accompagnés de leurs parents, vinrent présenter leurs vœux de bonheur aux jeunes époux. Ensuite ils allèrent jouer à colin-maillard dans le verger.

Le soir, la cuisinière confectionna un buffet campagnard.

Alexandre aurait aimé réunir le village, et expliquer : « Je suis prêtre, et j'aime Hélène. Aujourd'hui, nous sommes mariés et nous sommes prêts à assumer notre amour et notre foi... » Il lui semblait que personne n'aurait jeté la première pierre, personne n'aurait condamné. Mais ce n'était sans doute qu'un rêve...

Ce n'est que fort tard, lorsqu'ils furent seuls, qu'Hélène se mit quelques instants au piano. Les notes s'élevaient, très pures dans le silence, dictées semblait-il par un Dieu protecteur et tendre. Pourtant, la loi chrétienne avait refusé l'entrée de l'église aux deux jeunes gens.

Hélène, soudain, cessa de jouer. Son jeune époux s'approcha d'elle lentement, la souleva sans effort et monta l'escalier jusqu'à la chambre. Leurs regards ne se quittaient plus. Alexandre fit doucement glisser la robe de celle qui était maintenant « sa » femme.

***

Les jours suivants, Alexandre se mit au travail. Le vaste grenier devait être aménagé en salle de musique pour la rentrée. Repeint en bleu et blanc, ses fenêtres agrandies, agrémenté d'une moquette épaisse et de nombreux coussins pour les moments de détente, il ne ressemblerait en rien à une salle de classe.

Alexandre avait en même temps défriché un vaste morceau du clos pour en faire un potager. Il avait semé les premiers légumes, planté des herbes aromatiques. Hélène et lui mangeraient la nourriture saine du jardin. Ils aspiraient à un bonheur simple : la maison, les promenades, la mer toute proche... Le teint déjà doré par le soleil, Hélène était belle et épanouie comme un beau fruit de l'été. Jamais elle n'avait paru aussi resplendissante à Alexandre.

Parallèlement, la foi de celui-ci restait intacte. S'il ne franchissait jamais la porte de la petite église du village, il priait longtemps chaque jour, et le plus souvent dans la nature : dans le bocage ou sur le bord des falaises des Vaches Noires, face à la mer, les cheveux au vent.

Septembre arriva. Une classe unique attendait Alexandre dans un petit village, à quinze kilomètres de là. Sa nouvelle carrière – qu'il tenait également pour un sacerdoce – prenait le visage de ces vingt-cinq enfants de six à douze ans rassemblés autour de lui.

Peu de temps après avoir accueilli ses petits musiciens, Hélène se sentit inexplicablement fatiguée. Mais son inquiétude fut de courte durée : une simple visite chez son médecin confirma ses doutes...

Elle ne pouvait attendre pour annoncer la nouvelle à Alexandre. Elle bondit dans sa voiture et arriva devant l'école juste à l'heure de la fermeture, alors que le dernier élève repartait chez lui. Elle s'encadra, radieuse, dans l'embrasure de la porte. Alexandre la prit dans ses bras, l'enleva, la fit virevolter joyeusement.

– Ma chérie! Quelle bonne idée d'être venue!

– Fais attention! Tu es fou, Alexandre! dit-elle en riant. Tu pourrais être moins brutal...

– Penses-tu! Tu ne risques rien. Tu respires la santé.

– Oui, mais pour deux!

Il la reposa délicatement sur le sol et la regarda intensément, ne pouvant croire à son bonheur.

– Tu veux dire que...

– Oui. Au printemps, tu seras papa.

Il prit doucement Hélène dans ses bras, l'assit sur le bord de son bureau et se mit à chantonner gaiement. Puis, soudain, il s'arrêta et lança :

– Je ne me souviens pas exactement de quel compositeur est cette musique. À vrai dire, je crois bien que je viens de la composer! Disons que c'est la « Musique pour Aude », car notre petite fille s'appellera Aude... Mais j'y pense : si c'était un petit garçon?

– Ce sera une fille. Je le sais. Je la désire depuis le premier jour.

Alexandre, ce soir-là, monta dans la voiture d'Hélène au lieu de prendre le bus – la sienne ayant rendu l'âme quelque temps auparavant. Il se mit au volant et s'appliqua à conduire très lentement pour ne pas secouer sa compagne. Celle-ci, amusée, se mit à rire :

— Je ne suis pas si fragile, tout de même... Tu peux conduire normalement.

— Alors, je t'emmène au restaurant. À Honfleur, puisque c'est là-bas que nous nous sommes retrouvés.

Bientôt, le bébé prit vie. Le soir, Alexandre se lovait si étroitement contre Hélène qu'ils ne savaient plus qui portait l'enfant. Chaque jour passait dans un bonheur feutré et calme. Ils n'attendaient qu'une seule chose : la naissance.

Les murs de la chambre du bébé furent recouverts de satinette aux motifs naïfs, assortis au berceau alsacien qu'Hélène avait restauré et garni avec amour.

Une armoire de style anglais commença à recevoir linge et vêtements minuscules. Enfin, ils accrochèrent différents mobiles pour « peupler les rêves du bébé ».

Au début de l'hiver, le ventre d'Hélène s'arrondit sérieusement. Henri Monceval vint passer les fêtes de Noël avec eux. Ils lui avaient caché cette grossesse volontairement et il pleura de joie en découvrant ce bien doux secret. Mais à cette joie se mêlait le regret de l'absence de France...

Hélène, pourtant, commençait à être anormalement fatiguée. En janvier, le médecin ne lui cacha pas son inquiétude. Il lui faudrait se reposer. Alexandre se chargea de la plupart des travaux ménagers. Il engagea également une jeune fille pour seconder Hélène dans sa tâche de professeur de musique. Mais comment celle-ci aurait-elle pu s'ennuyer, malgré son repos forcé? La pensée du bébé occupait chacun de ses instants, et Alexandre lui parlait souvent des enfants dont il avait la responsabilité, commentait leurs progrès, leurs difficultés. Chacun de ses élèves était pour lui un cas unique, une source d'émerveillement.

— Tu as retrouvé un autre apostolat, lui disait tendrement Hélène.

— Tu as raison. C'est avec foi qu'on construit une vie, la foi en l'homme et la foi en Dieu.

En février, Alexandre dut aller faire un stage de quelques semaines au chef-lieu. Il ne rentrait que le soir fort tard. Hélène était de plus en plus fatiguée, mais elle ne lui en parla pas, ne voulant pas l'inquiéter.

Un après-midi, après le repas, elle fut prise de douleurs soudaines, violentes, de plus en plus rapprochées. Ce n'était pas possible, elle n'en était qu'à son septième mois de grossesse. L'enfant ne pouvait s'annoncer déjà... Elle trouva la force de monter l'escalier, se traîna jusqu'à sa chambre et s'affala sur le lit. Sans doute le repos ferait-il disparaître le mal? Son médecin lui avait recommandé de rester le plus possible allongée, et elle ne l'avait guère écouté.

Un quart d'heure plus tard, les contractions étaient toujours là, de plus en plus fortes. À chaque spasme, Hélène se tordait de souffrance et d'angoisse. Impossible, à présent, de bouger. Elle mit la main sur le téléphone à côté de son lit. Mais qui appeler? L'agenda et l'annuaire étaient restés en bas, près de l'autre poste. Elle fit le seul numéro qu'elle connaissait par cœur, celui de son père. Celui-ci garda son calme, ce qui apaisa un peu la jeune femme.

— Tu ne peux pas joindre ton médecin ou ton mari? Je m'occupe de tout. Je vais raccrocher et je te rappelle dans cinq minutes. Surtout ne bouge pas.

Pendant ces cinq minutes qui parurent des heures à Hélène, Henri se démena. Par la gendarmerie de Vindouris, il avait eu le numéro de celle d'Houlgate. Il demanda de faire venir une ambulance, ajoutant que lui-même allait partir le plus tôt possible pour la Normandie. Puis il rappela Hélène pour la rassurer, et lui parla jusqu'à l'arrivée du Samu.

À l'hôpital, Hélène termina son accouchement. Son enfant, sa fille, était morte en elle depuis au moins deux jours.

Alexandre fut prévenu fort tard, par des voisins, lorsqu'il rentra chez lui. Il bondit comme un fou à l'hôpital pour y trouver sa femme endormie d'un lourd sommeil dû aux sédatifs. Il tomba à genoux au bord du lit, lui prit la main et éclata en sanglots.

— Mon Dieu, pourquoi? N'avons-nous pas assez souffert? Pourquoi nous punir ainsi? Hélène, ma petite Hélène, comme tu as dû souffrir... Et je n'étais pas auprès de toi... À présent, je ne sais pas ce que nous allons devenir... Tu as été entraînée dans ce désastre... par ma faute... ma faute...

À l'aurore, les infirmières le retrouvèrent ainsi. Sa tête était simplement tombée sur le bord du lit. Il avait fini par s'endormir, d'un sommeil agité de soubresauts, faisant penser qu'il pleurait. Hélène dormait toujours. Elles refermèrent doucement la porte, les laissant cloîtrés dans leur malheur.

VI
Remords

Il fallut rentrer à la maison. Le premier geste d'Hélène en arrivant fut d'aller fermer la chambre du bébé. Puis elle se jeta sur son lit pour pleurer. Planté dans l'embrasure de la porte, Alexandre l'observait :

— La vie doit continuer, Hélène. Il faut avancer.

Puis, sans ajouter un mot, il sortit les bagages de la voiture.

Il avait largement eu le temps de réfléchir durant ces quelques jours d'hôpital. Une phrase de son évêque revenait sans cesse à son esprit, perfide, lancinante : « C'est une faute dont vous serez impitoyablement punis, cette jeune femme et toi... » Il aurait dû comprendre cet avertissement. Le divin n'était-il pas plus important que le temporel? Il aurait dû attendre la réponse du Vatican, et s'y tenir, fût-elle négative. Il aurait dû obéir, ne pas enfreindre la loi. Maintenant, il ne pouvait revenir en arrière, retrouver son sacerdoce. Les sacrements lui manquaient : dire la messe, communier par le pain et le vin...

Hélène guettait en vain un geste de vraie tendresse, une parole réconfortante. Mais rien : Alexandre, muet, tournait en rond dans la maison, comme torturé par quelque chose de plus horrible encore que la douleur de ces derniers jours. Mais quoi? se demandait la jeune femme. Lorsqu'elle réussissait à capter son regard, elle y retrouvait l'expression d'autrefois, si dure...

— Alexandre, cesse de t'agiter ainsi. Viens près de moi. Parle-moi.

— Pour te dire quoi?

— Tu avais raison tout à l'heure : il faut continuer. Nous aurons un autre enfant.

Hélène entendit alors ces mots terribles – ceux qu'elle redoutait, elle s'en rendait compte à présent, depuis le premier jour :

— Je n'aurais jamais dû t'écouter. Je n'aurais jamais dû accepter de te suivre. Dieu nous punit... Tu entends : Dieu nous punit.

Dès le lendemain, Alexandre retourna au chef-lieu, car il avait encore quelques jours de stage à finir. Hélène se remit au travail. Revoir les enfants, après avoir perdu le sien, lui faisait peur. Au contraire, ses petits élèves lui firent du bien.

Alexandre rentrait le soir très tard. « Le travail », disait-il, laconiquement. Après l'immense chagrin du début, s'installait à présent dans son cœur une révolte, un cynisme qui laissaient Hélène effondrée. « Pourquoi s'efforce-t-il ainsi de tout détruire? » songeait-elle. N'avait-il pas dit un jour, avant de partir : « C'est aussi bien ainsi. De toute façon, cet enfant né en dehors des sacrements de l'Église n'aurait été qu'un blasphème! »

Ces paroles amères s'étaient inscrites en lettres de sang dans le cœur d'Hélène. Comment Alexandre en était-il venu à qualifier ainsi l'enfant de leur amour, leur petite fille tant désirée? Pourrait-elle lui pardonner un jour cette terrible offense?

Un soir, enfin, il rentra plus tôt. Hélène était au piano. Incrédule, elle arrêta de jouer. Son mari s'assit face à elle et plongea ses yeux dans les siens. Elle crut y retrouver, un instant, toute la tendresse d'autrefois. Bouleversée, elle se précipita vers lui, lui prit la main.

— Je sais que tu souffres, Alexandre... Mais je souffre autant que toi. Il faut que nous parlions.

Le regard de nouveau glacial, il l'interrompit :

— Il n'y a rien à dire. Je suis coupable. Toi aussi, mais moins que moi. Je n'avais qu'à obéir à mon évêque. À présent, je dois payer.

Il quitta la pièce, claquant la porte. Hélène se remit machinalement au piano, démunie, privée de toute force, même de celle de pleurer. Le temps passa, une heure peut-être. Elle se sentait totalement vidée. Elle finit cependant par se lever, quitta le salon, monta directement dans leur chambre. Alexandre n'y était pas. Elle se coucha, chercha le sommeil, ne parvint à s'endormir que lorsqu'elle le sentit, des heures plus tard, se glisser dans le lit, de l'autre côté.

Alexandre reprit sa classe. Mais il annonça qu'il continuerait à rentrer tard, car depuis longtemps on le sollicitait pour faire partie d'un groupe de jeunes et il avait décidé d'accepter. Il pensait déjà partir avec eux en montagne pendant les vacances de Pâques toutes proches, pour faire connaître à ces jeunes Normands les plaisirs de l'escalade.

Hélène était toujours seule. La veille, Alexandre n'était rentré qu'après minuit. Deux jours avant les vacances, elle n'y tint plus. Elle jeta pêle-mêle quelques vêtements dans une valise, laissa un mot sur la table :

« *Je n'en peux plus. Je n'ai pas le courage de passer les vacances seule. Je pars au mas des Deux-Vents. Je t'attendrai là-bas. Je t'aime.* »

Elle prévint les parents de ses élèves – elle ne fermait que deux jours plus tôt – et appela un taxi.

Dans le train, elle repassa en pensée les dernières semaines écoulées depuis la mort de son enfant. Pourquoi Alexandre l'abandonnait-il ainsi? Quand il trouverait son mot ce soir, il comprendrait sans doute à quel point il était injuste et cruel. Et il aurait tout le temps d'y réfléchir pendant son séjour en montagne. Ensuite, il viendrait la chercher, et tout pourrait recommencer. Quant à elle, revoir sa Provence et retrouver sa maison natale lui feraient le plus grand bien.

Henri Monceval, revenu de sa surprise, lui ouvrit les bras :

— Ma petite fille! Comme je suis heureux... Tu es seule?

— Alexandre est parti en montagne avec des jeunes. Il me prendra au retour... Je suis donc là pour au moins quinze jours!

— Mais tu aurais dû prévenir. J'aurais préparé la maison, ta chambre.

— Tout s'est fait au dernier moment.

Elle avait décidé de ne pas parler à son père de ses problèmes avec Alexandre. La perte du bébé suffisait à expliquer sa tristesse, son épuisement.

Ils commencèrent par faire le tour de la propriété, allant d'abord à la roseraie de France. Henri l'avait entretenue avec dévotion. Hélène en fut émue et serra le bras de son père. Ils continuèrent leur promenade au milieu des pins et des chênes-lièges. Revoir les endroits où elle avait joué enfant, le kiosque d'été où elle se tenait souvent avec sa mère pour lire, travailler ou simplement parler lui fit monter les larmes aux yeux. Comment avait-elle pu rester si longtemps loin de chez elle? Elle se promit de revenir régulièrement, d'autant plus qu'elle avait trouvé son père encore vieilli depuis la dernière fois, le visage marqué de rides plus nombreuses, plus profondes. Une grande tendresse pour cet homme, qu'elle n'avait découvert qu'à la mort de sa mère, l'envahit.

Dans la maison, là aussi, Henri avait tout conservé comme au temps de France. Un piano semblable avait remplacé celui qu'Hélène avait emporté. Il était ouvert, quelques partitions éparses alentour. Elle s'approcha, prit place, fit quelques gammes. La tonalité lui plut. Elle attaqua les *Préludes* de Debussy. Henri, qui s'était approché d'elle, lui posa la main sur l'épaule.

— T'entendre jouer me manquait tant...

Les jours passèrent, calmes et tous semblables. Chaque matin, ils se rendaient au cimetière. L'après-midi, Hélène se mettait au piano. Le soir, assis au salon ou sur la terrasse quand le printemps, plutôt tardif cette année-là, le permettait, ils lisaient ou parlaient.

Mais aucune nouvelle d'Alexandre... Pourtant, les vacances de Pâques touchaient à leur fin. La jeune femme n'allait pas pouvoir cacher plus longtemps la vérité à son père.

— Je me doutais de quelque chose, dit celui-ci après qu'elle lui eut raconté les absences de plus en plus fréquentes de ton mari, son mutisme, ses colères et surtout ce sentiment de culpabilité qui le torturait.

— Sans doute cela passera-t-il, avec le temps, murmura Henri Monceval. Il faut savoir être patiente. De toute façon, tu dois retourner en Normandie.

— Oui, soupira Hélène. Mais en attendant, je crois que je vais passer un jour ou deux à Paris. Retrouver mes anciens amis me fera du bien.

Elle flâna quelques heures dans les rues de la capitale, fit des courses dans les grands magasins. Se retrouver dans la foule lui sembla étrange : l'agitation, le bruit ne lui apportaient pas l'oubli escompté. Au contraire, il lui semblait être ici encore plus seule.

Que faire? Le téléphone de Philippe et Christiana restait muet. Pierre Pascal, son ancien imprésario, était très occupé. Il lui avait proposé de lui préparer une nouvelle tournée. Elle avait refusé. Son école de musique lui suffisait.

Elle avait été stupide de ne pas rejoindre directement Houlgate. Alexandre devait être là-bas, chez eux. Mais elle ne voulait pas téléphoner. Il n'avait pas daigné lui donner signe de vie, lui...

La perspective de passer une soirée lugubre dans l'hôtel modeste qu'elle avait déniché la terrifiait... Non, il lui fallait absolument une présence amicale; quelqu'un à qui parler, simplement... C'est alors qu'elle pensa à Luc Lovar.

Ce fut lui qui décrocha.

— Il y a si longtemps, Hélène! Où es-tu?

— À Paris, pour un jour ou deux.

— J'ai su que tu étais mariée. Tu n'as pas repris tes concerts?

— Non. Je vis maintenant en Normandie.

— Et ce soir? Tu es libre? Nous pourrions dîner tous les deux.

— En camarades...

— En camarades, promis, répondit Luc en riant. Je passe te chercher à vingt heures. Je connais un petit restaurant sympathique.

Elle prit une douche, se vêtit d'une petite robe toute simple, mais très élégante.

Un peu avant vingt heures, elle descendit attendre Luc dans le hall de l'hôtel. Elle feuilletait machinalement un magazine, lorsqu'un magnifique cabriolet Mercedes blanc s'arrêta devant la porte vitrée. Le train de vie de Luc n'avait rien à voir avec celui qu'elle connaissait en Normandie! Elle prit plaisir à se laisser aller sur le cuir fauve des sièges, puis, plus tard, à se retrouver dans l'atmosphère luxueuse d'un grand restaurant. Tout cela était si loin de sa vie, à présent. Il lui semblait être de nouveau la jeune fille d'autrefois, insouciante et heureuse.

Luc était déjà bronzé. Il lui parut plus beau qu'avant. Hélène avait décidé de ne rien raconter. De passer seulement une soirée agréable, d'oublier... Était-ce l'effet de la bonne chère, des vins fins, du champagne? Elle confia finalement tout à Luc : sa vie là-bas, son mariage, sa grossesse... et la lente dérive des semaines qui avaient suivi la perte de son bébé. Luc l'entoura de son bras. De nouveau, l'attirance physique qu'elle avait ressentie dès leur première rencontre reprenait ses droits. Luc sécha ses larmes du bout de ses doigts et se pencha sur ses lèvres. Hélène, comme ivre, répondit à son baiser. Il n'eut plus qu'à la prendre par la main pour la conduire à sa voiture, la raccompagna à son hôtel, demanda lui-même la clef, pénétra avec elle dans la chambre et referma la porte derrière eux.

Le désir d'Hélène, exacerbé par des semaines de privation, la laissait sans défense. C'était elle, au contraire, qui allait au devant de Luc, le déshabillant, se déshabillant, l'attirant sur elle, en elle... Elle fit l'amour avec lui comme jamais ils ne l'avaient fait, pas même sous le soleil des Baléares... Il la fit crier plusieurs fois de plaisir, ne faisant que la rendre encore plus gourmande de lui, jusqu'à ce que tous deux, épuisés, s'endorment dans les bras l'un de l'autre.

Au matin, Luc s'éclipsa de bonne heure pour se rendre à son travail. Hélène resta allongée, nue, le corps broyé par cette nuit d'amour.

Tout à coup elle eut honte, se sentit souillée, tira les draps pour se couvrir et éclata en sanglots, en demandant pardon à Alexandre. Mais n'était-il pas, autant qu'elle, fautif? Ne l'avait-il pas abandonnée alors qu'elle avait, plus que jamais, besoin de lui? N'avait-il pas prononcé des mots terribles concernant leur enfant? Pourtant, elle l'aimait. Elle n'aimait que lui... Elle allait prendre le premier train pour la Normandie. Son mari, en rentrant ce soir, la trouverait installée à son piano. Il leur suffirait, à tous deux, d'un peu de courage : une vie toute neuve les attendait.

***

— Hélène? ...
Elle fit comme si elle n'avait pas entendu, continua de jouer.
— Hélène...
Lentement, elle se retourna. Alexandre, les larmes aux yeux, la regardait. Il avait maigri et paraissait épuisé. Comment ne pas tout lui pardonner? Elle se jeta dans ses bras, se sentit enlevée, en même temps que ces mots inespérés lui parvenaient à l'oreille :
— Ma chérie, comme tu m'as manqué!
Il la reposa, la gardant serrée contre lui.
— Je t'aime tant, Alexandre! Nous avons été stupides. Pourquoi n'es-tu pas venu me chercher?
— Je dois travailler avant le dîner. Après nous aurons toute la soirée pour nous deux, dit-il sans répondre à la question.
Le dîner fini, Hélène se remit au piano. Alexandre l'avait étourdie de paroles, il avait été délicieux, mais pas

une fois il n'avait parlé des problèmes qui les avaient séparés. Elle en souffrait, elle aurait préféré que tout soit clair entre eux. Mais elle saurait être patiente. L'essentiel n'était-il pas de s'être retrouvés?

Elle se mit à jouer ces « sonates de l'espoir » composées il y avait si longtemps, et plongea ses yeux dans ceux de son mari. Celui-ci attendit les dernières notes, puis s'approcha... Il la prit dans ses bras, se dirigea vers l'escalier, la porta jusqu'à leur chambre où il se laissa tomber sur le lit, l'entraînant dans sa chute. Leurs corps se retrouvaient.

Ce renouveau de bonheur dura quelques jours. Mais Hélène était torturée par le remords. Devait-elle avouer sa faute? Il lui était pénible de cacher quelque chose à Alexandre. Un soir, au salon, elle se décida :
— J'ai revu Luc, à Paris...
— Oui?
— Nous avons dîné ensemble. Et puis...
Alexandre avait levé les yeux de dessus son livre. Il avait un peu pâli.
— Et puis? demanda-t-il.
— J'étais tellement seule... Et nous avions un peu bu.
Alexandre bondit de son fauteuil
— Qu'essaies-tu de m'avouer? Tu as couché avec Luc?
— Tu m'avais abandonnée. J'étais totalement perdue, murmura Hélène, tentant de s'excuser.
Mais déjà Alexandre était parti, en claquant violemment la porte derrière lui.

Elle ne le revit pas de trois jours. Mais elle le savait à son travail. Le quatrième soir, enfin, il rentra très tard. Elle tenta de l'arrêter, de lui parler :
— Alexandre...
Il la regarda sans répondre, et alla directement se coucher. Malgré tout, pensa Hélène, il était là. Tout finirait bien par s'arranger.
Mais les jours passaient, et l'attitude d'Alexandre ne changeait pas. Il ne lui adressait pour ainsi dire pas la

parole, répondait à ses questions par des monosyllabes, et passait le moins de temps possible à la maison.

Très vite, la jeune femme perdit le sommeil, l'appétit. Mais son mari semblait ne s'apercevoir de rien. Il ne voulait pas voir non plus qu'elle avait pleuré. Souvent, lorsqu'il rentrait, il avait déjà dîné; il se servait un ou deux verres de whisky et montait se coucher, après avoir marmonné un vague « bonsoir ».

Hélène n'en pouvait plus. Cette solitude à côté de lui était la pire de toutes. Elle n'était pas assez forte pour la supporter. Depuis la mort de sa mère, surtout, il lui fallait quelqu'un à qui parler, à qui se confier, à qui se raccrocher... Alexandre l'aurait voulu! Un après-midi, elle appela Luc.

— Je deviens folle... Ça ne peut pas continuer ainsi... J'ai dû assumer seule le chagrin de la perte de mon enfant. Pire, au lieu de me consoler, Alexandre a eu des paroles terribles. Maintenant, il me délaisse.

Luc l'écouta, essaya de la consoler...

— Viens me voir, supplia-t-elle.

— Je serai là dès demain.

Le lendemain, en effet, Luc était là en tout début d'après-midi. Elle se laissa aussitôt aller contre lui en pleurant. D'un geste affectueux, il lui entoura les épaules de ses bras :

— Alors, c'est ainsi qu'on me reçoit?

Elle parvint à sourire, lui fit faire rapidement le tour du jardin, puis de la maison. Arrivée devant sa chambre, elle hésita. Tremblante, elle sentit une onde de désir la parcourir. Là, chaque nuit, elle dormait avec un homme qu'elle aimait, mais qui ne la touchait plus. Personne ne mesurait sa détresse. Elle aurait eu tant besoin que l'on s'occupât d'elle!

Luc l'attira doucement contre lui et l'embrassa. Puis il ouvrit brusquement la porte de la chambre.

— Nous ne sommes plus des enfants, Hélène. Et nous voulons la même chose tous les deux...

Elle ferma les yeux. Rapidement, elle fut nue sur le lit. Elle ne voulait penser qu'au plaisir tout proche, qui lui ferait tout oublier.

Tout à coup, elle eut l'intuition d'une présence... Elle se redressa vivement : Alexandre, blême, les regardait. Il semblait paralysé. Elle poussa un cri déchirant, attrapa le drap pour se couvrir, et se jeta vers lui, à genoux. Il trouva la force de se détourner, dévala l'escalier en titubant, comme ivre. Hélène se releva et hurla :

— Alexandre, écoute-moi! Écoute-moi, je t'en supplie!

Elle tenta de courir derrière lui, mais le drap la gênait. Alexandre était déjà parti. Tout s'était passé trop vite...

Elle resta là, recroquevillée au milieu de l'escalier. Elle gémissait. « Alexandre... mon amour... Qu'ai-je fait? C'est toi que j'aime... »

Luc, rhabillé à la hâte, s'arrêta devant elle et lui dit quelques mots auxquels elle ne prêta pas attention, pas plus qu'elle n'entendit sa voiture démarrer. Une seule chose occupait son esprit : Alexandre était parti pour toujours. Elle pleurait, implorait Dieu et invoquait sa mère. Depuis la mort de celle-ci, sa vie n'était qu'une longue suite d'échecs et de souffrances. Était-elle arrivée, cette fois-ci, au bout de son malheur? Voilà qu'elle se mettait à penser comme Alexandre : Dieu l'avait-il assez punie?

Pourtant, tout au fond de sa douleur, quelque chose qui ressemblait à de l'espoir persistait, et lui donnait la force de continuer à vivre : après tout, Alexandre n'était pas très loin. Elle savait qu'il s'était installé dans son école même, dans le petit logement réservé à l'instituteur jusqu'alors inoccupé. Elle avait même eu, habilement, son numéro de téléphone. Plusieurs fois, elle l'avait appelé sans jamais pouvoir dire plus que : « Alexandre, écoute-moi, je t'en prie. » Il raccrochait sans même prononcer un mot.

Oui, il fallait trouver le courage d'attendre, d'espérer, continuer à donner ses cours de musique. Alexandre allait partir en montagne tout le mois de juillet et elle irait sans doute se reposer à Vindouris. Que feraient-ils après? Alexandre la fuirait-il ainsi toute sa vie? Était-elle condamnée à l'attendre indéfiniment, avec çà et là quelques haltes de bonheur?

Elle mesurait l'ampleur de sa faute, mais lui aussi avait une large part de responsabilité dans leurs échecs successifs. Ne pouvait-il essayer de comprendre et de pardonner?

***

Elle revint chez elle en août. Vers la fin du mois, un soir, alors qu'elle était assise au salon, lisant comme à l'accoutumée en écoutant de la musique, un coup fut frappé à la porte, et Alexandre entra. Sans réfléchir, Hélène bondit, courut jusqu'à lui pour se jeter dans ses bras. Calmement, il l'arrêta, s'avança dans la pièce et alla se servir un verre. « Tu permets? » dit-il. Puis il s'installa sur un fauteuil.

— Hélène, j'ai demandé un poste en Afrique. Je viens de recevoir ma nomination dans un petit village. Là-bas, je serai utile. J'ai aussi besoin de réfléchir à ma vie, à ce que j'ai vécu avec toi. Je suis venu chercher des objets personnels et mes papiers.

Hélène retint ses larmes et s'installa en face de lui. Ce qu'il fallait, c'était parler, dialoguer, le retenir quelques instants...

Ils discutaient à présent, en personnes adultes et sensées des raisons de leur échec. Alexandre, régulièrement, se servait un nouveau whisky. Les heures passaient et il ne partait toujours pas. Il sembla à Hélène que son regard, rendu brillant par l'alcool, se faisait plus tendre. Par moments même, elle y lisait un désir presque brutal qui la faisait trembler.

— Viens près de moi, dit brusquement Alexandre, d'une voix étrange.

D'une main, il l'attrapa par la taille, l'attira fougueusement sur ses genoux et commença à l'embrasser pendant que ses mains se lançaient à la redécouverte de ce corps qu'elles avaient tant caressé. Bien vite, elle fut à moitié nue, les seins tendus vers la bouche sensuelle qui ne les quittait que pour sa propre bouche, le ventre ondulant sous les caresses qui la rendaient folle.

Entre deux baisers, elle murmura :

— Je t'en prie, ne restons pas là...

Alors, d'un coup de reins, il se leva, emporta son frêle fardeau vers la chambre où il la déposa sans ménagement sur le lit. Ses mains finirent de la dévêtir, pendant que sa bouche lui murmurait à l'oreille ces mots fous entrecoupés de baisers :

— Hélène... Nous allons faire l'amour une dernière fois... Ensuite je te quitterai pour toujours... Et pourtant je t'aime... Dieu seul sait combien je t'aime...

Des paroles perfides qui arrivaient au cerveau d'Hélène comme autant de coups de poignard. Mais ses sens étaient tellement embrasés, son désir de retrouver Alexandre était tel, qu'elles semblaient ne pas vraiment l'atteindre. Elle ressentit plus que jamais la force du désir qui l'assaillait. Étrange alchimie de l'érotisme! La fougue bestiale d'Alexandre mêlée à la crainte de le perdre, lui tournait la tête. Elle dériva longuement sur l'océan de ces caresses ultimes, se demandant quelle serait l'issue de ce corps à corps insensé. Tout se consuma très vite. Ils sombrèrent rapidement, ivres et épuisés. Il s'endormit le premier. Hélène n'osait bouger de peur de rompre ce qui n'était peut-être qu'un rêve. Elle regardait dormir cet homme qui était toute sa vie. Elle murmurait :

— Je t'en supplie, mon amour, ne t'en va pas. Reste avec moi... Nous serons heureux. Pardonne-moi... Laisse-nous une chance...

Mais, très tôt le lendemain matin, Alexandre se leva, s'habilla, prit les affaires qu'il était venu chercher et se dirigea sans un mot vers sa voiture. Elle se jeta à genoux, lui agrippant les jambes, se traînant à ses pieds, criant, hurlant son amour, le suppliant. Rien n'y fit. Il se dégagea sans un mot, monta dans sa voiture et partit.

Elle resta là, effondrée devant la porte, folle de douleur, sanglotant, implorant Dieu, quémandant son pardon. Qu'allait-elle devenir? Toutes ses forces l'abandonnaient. Elle sentait son corps, son esprit, se vider, se liquéfier. Dans un sursaut, elle se releva, pénétra dans le salon où elle se laissa tomber sur un fauteuil, consciente à demi.

Elle reprit ses esprits lentement, en même temps que l'étendue du désastre s'insinuait en elle.

Elle était seule, définitivement, abominablement seule, non pas pour quelques jours ni pour quelques mois, mais pour la vie. Car sa vie, c'était Alexandre! Pas un autre. Sa courte aventure avec Luc, qui avait tant fait de dégâts, en était la confirmation.

Que faire? Elle pensa quelques instants retourner à Vindouris auprès de son père, reprendre ses concerts pour s'étourdir. Mais il aurait fallu vendre ou louer la maison de Normandie... Cette pensée lui était insupportable. Elle ne pouvait permettre à des étrangers d'habiter ces lieux, de les transformer, de détruire les souvenirs de son bonheur éphémère.

Non. Il fallait rester là, coûte que coûte. Continuer à vivre. Et qui sait...

Cette décision prise, elle se remit à la tâche avec courage. La rentrée scolaire approchait. L'année dernière, avec sa grossesse, puis le drame, tous ses problèmes conjugaux, elle l'avait un peu négligée. Ses projets de présenter quelques élèves au Conservatoire reprirent corps. Elle allait se consacrer davantage à quelques-uns d'entre eux, particulièrement doués. Sept nouveaux s'étaient inscrits...

Sans espérer être heureuse – pourrait-elle jamais l'être de nouveau? –, elle essaierait au moins de trouver la paix.

Septembre vint, avec ses brumes et ses journées raccourcies. Un matin, elle fut prise de violentes nausées. Mais depuis le départ d'Alexandre, elle avait décidé de ne pas trop s'occuper de son corps et des différents symptômes qui étaient sûrement d'origine psychosomatique... Le lendemain, les jours suivants, les nausées reprirent.

« Non, pensa-t-elle, ce n'est pas possible... »

Le médecin du village était jeune, sympathique. Il avait suivi sa grossesse et connaissait toute la lamentable histoire d'Hélène. Son visage bronzé s'éclaira d'un grand sourire :

— Formidable, madame : vous voici de nouveau enceinte.

Devant le visage consterné de sa cliente, il ajouta :

— Ça nous fera une naissance en mai. Le mois des filles... Comment l'appellerez-vous?

— Je... je ne sais pas, balbutia Hélène. Véronique, si c'est une fille. Ce nom plaisait à mon mari. Mais je ne sais même pas dans quel pays d'Afrique il se trouve.

— Ce serait sans doute facile de le savoir. Voulez-vous que je m'en occupe?

— Non... non! supplia-t-elle. Il ne doit rien savoir.

Qui sait, peut-être mettrait-il en doute la parole d'Hélène, peut-être penserait-il que l'enfant était de Luc?

— Très bien, n'en parlons plus. Nous verrons plus tard, reprit le médecin.

— Que vais-je faire, à présent?

— Votre enfant, madame, pensez à votre enfant.

Puis, redevenant sérieux, il ajouta :

— Tout se passera bien. Comme vous avez eu une première grossesse à problèmes, nous allons surveiller celle-ci de très près. N'ayez aucune inquiétude, continuez à être courageuse, comme vous l'êtes depuis plus d'un mois...

Elle rentra chez elle, un peu désemparée. Tout ceci était si brutal... Mais à mesure que les minutes passaient, un étrange bonheur, inespéré, l'envahissait. Désormais, elle avait un but dans la vie.

VII
Une nouvelle vie

Hélène redevint rapidement enjouée. Depuis qu'elle avait accepté cette grossesse, tout était plus facile, d'autant que le médecin tint sa promesse, et exigea de la voir très souvent. Passionné de musique, il lui demanda un jour de jouer pour lui un ou deux morceaux. Depuis, il passait presque tous les jours, à la même heure, après ses consultations de la matinée, pour l'entendre ou tout simplement bavarder avec elle. Il apportait souvent quelques vieux disques de sa collection. Parfois, ils restaient de longues minutes sans rien dire, à écouter attentivement d'anciens enregistrements à présent introuvables dans le commerce.

Au bout d'un mois à peine, ils s'embrassaient fraternellement et se tutoyaient.

— Tu es ma pause au milieu de la journée, dit un jour Bernard en entrant et en se servant un grand verre de whisky. Ta maison est un havre de paix...

— Qui te fournit ton alcool quotidien! plaisanta Hélène. Est-ce raisonnable?

— Oh! Je m'accorde quelques vices...

Et il partit d'un rire si naturel, si communicatif, qu'elle ne put s'empêcher de rire à son tour. Comme il était bon de rencontrer un être simple, franc, qui semblait capable de surmonter tous les problèmes! À son contact, Hélène s'épanouissait, en même temps que son ventre commençait à s'arrondir.

Bernard, qui suivait malgré tout sa grossesse de très près, lui interdit de se rendre à Vindouris pour Noël, trois semaines plus tard.

— Tout se passe bien... Mais à cause des ennuis que tu as eus précédemment, je préfère redoubler de précautions.

— Alors, je dirai à mon père de venir.

— Et je serai ravi de faire sa connaissance. Après tout,

c'est presque un confrère, ajouta Bernard en souriant. Mais auparavant, tu viendras dîner un soir à la maison. Tu dois connaître ma femme et nos deux enfants...

— J'ai peur que les gens finissent par jaser...

Il se tut un instant, puis reprit :

— Je crois que Sandrine t'appréciera...

— Je l'espère!

Il eut encore un moment d'hésitation et son visage se fit grave. Il déclara enfin :

— J'ai toujours eu du mal à résister à une jolie femme... Mais avec toi, ça ne pourrait pas être une aventure. Alors il n'y aura jamais rien entre nous. Tu comprends?

Le visage d'Hélène s'empourpra légèrement.

— Je suis bien avec toi, Bernard. Et tu sais que j'aime Alexandre.

— Alors, essayons d'avoir une grande et belle amitié...

Bernard, de nouveau joyeux, lui lança avant de s'en aller :

— Alors d'accord? Tu viens dîner... disons demain soir. Sandrine est déjà au courant.

— D'accord.

Bernard avait raison : Hélène et Sandrine sympathisèrent immédiatement. Noël arriva très vite. Henri Monceval, heureux de la nouvelle grossesse de sa fille, passa quelques jours avec elle. Mais au moment de partir, il ne put s'empêcher de montrer un peu d'inquiétude.

— Je vous confie Hélène, dit-il à Bernard, venu l'accompagner à la gare. Tenez-moi au courant du moindre problème.

Bernard le rassura :

— Tout se passe à merveille, cette fois-ci. Elle vous donnera une belle petite-fille ou un petit-fils adorable, j'y veillerai! Dans quelque temps, vous serez fixé, sans doute.

L'hiver passa, le printemps refleurit aux pommiers, recouvrant la campagne normande d'un fin voile rose et blanc.

Hélène était resplendissante. Une échographie récente lui avait révélé la présence d'une petite fille en son sein.

Sandrine avait voué une franche amitié à Hélène et venait souvent passer l'après-midi en sa compagnie, amenant bien sûr Bertrand et Nathalie qui adoraient cette « tatie » tombée du ciel.

Quant à son école de musique, la jeune femme n'avait qu'à s'en louer, elle présenterait en définitive quatre élèves au Conservatoire.

Malheureusement, elle ne pourrait peut-être pas assister elle-même à l'examen, la naissance étant prévue à peu près en même temps.

La petite Véronique naquit un vingt-cinq mai, sous les yeux de Bernard et d'Henri Monceval arrivé quelques jours plus tôt. Au moment crucial de l'expulsion, affolée par une douleur plus violente que les autres, Hélène agrippa le bras de Bernard, y planta ses ongles en criant : « Alexandre! » et aussitôt, comme en écho, le bébé vagit.

— C'est bien une fille! annonça Bernard.

Il posa doucement le bébé sur le ventre de sa mère. Bouleversée, celle-ci regarda son enfant, la caressa : la ressemblance avec Alexandre était frappante...

Un instant, Hélène eut envie de pleurer. Mais la joie fut la plus forte. D'ailleurs, à présent, elle n'était plus seule et elle devait faire face : un petit être tout neuf avait besoin de son courage et de son amour.

On dit qu'un bonheur n'arrive jamais seul. Dès son retour chez elle, une autre joie l'attendait. Sur les quatre élèves présentés, trois feraient la prochaine rentrée au Conservatoire. « Tous mes efforts n'auront donc pas été vains, songea Hélène avec fierté. Et ma vie n'aura pas été si inutile, malgré tout... »

Il ne lui manquait qu'une seule chose, à laquelle elle refusait de penser.

La fin de l'année scolaire était proche. Elle allait pouvoir se consacrer entièrement à sa fille pendant plus de deux mois. Elle ferma la petite maison et partit, le cœur en fête, vers sa Provence natale qu'elle n'avait pas revue depuis un an.

Les vacances furent heureuses. La petite Véronique, dotée d'une joyeuse nature, ne pleurait pour ainsi dire jamais, et déjà sa peau, sous le ciel de la Provence, prenait une belle couleur dorée.

Bernard, Sandrine et leurs deux enfants, au retour de leurs vacances en Italie, s'arrêtèrent quelques jours aux Deux-Vents. On en profita pour baptiser Véronique. Bernard était un parrain tout désigné, et Christiana, en vacances à Cannes avec son mari, serait la marraine. Le temps était merveilleux. Seule ombre, au tableau, ce jour-là : l'absence du père... Mais Hélène ferait en sorte que sa fille, plus tard, n'en souffre pas.

Les jours, les semaines, les mois passèrent. Mère et fille étaient revenues à Houlgate, l'école de musique avait repris ses activités. Hélène n'avait guère de loisirs. Véronique tenait ses promesses et poussait comme un champignon. C'était une enfant heureuse de vivre, qui embellissait de jour en jour. Vinrent le premier rire, la première dent, les premiers pas... Hélène notait tout sur un album, jour après jour, chaque page étant ornée de photos. Plus tard, elle pourrait revivre tout cela. Et Alexandre aussi, si jamais il revenait un jour...

Véronique venait d'avoir trois ans. Elle avait l'habitude de jouer très longtemps seule, le plus souvent dehors, dans le clos. Mais, curieuse de tout, elle faisait souvent irruption dans la salle de musique avec sa dernière trouvaille à la main, un ver de terre ou un escargot.

— C'est quoi, maman? disait-elle, déclenchant à chaque fois les fous rires des élèves d'Hélène.

Ce fut juste après l'anniversaire de la petite fille qu'arriva de Paris une lettre dont Hélène reconnut aussitôt l'écriture : c'était celle d'Alexandre. Son cœur bondit dans sa poitrine et elle déchira nerveusement l'enveloppe. Il n'y avait que ces quelques mots :

Hélène, j'ai besoin de te voir. Je ne veux pas revenir à Houlgate, trop de souvenirs, bons ou mauvais, y sont rattachés. Je serai à Honfleur, à la terrasse de l'hôtel « La Caravelle », quai Lepaulmier, mardi matin. Peux-tu m'y rejoindre vers neuf heures, et laisser un message à mon hôtel actuel pour confirmer ta venue? Alexandre.

Suivait l'adresse d'un hôtel à Paris. Que voulait dire tout ça? Pourquoi lui donner rendez-vous à Honfleur, ville qui ne pouvait lui rappeler, comme à elle, que de bons souvenirs?

Bernard, passant comme d'habitude en fin de matinée, la trouva plongée au fond d'un fauteuil, l'air absent. Il comprit tout de suite :

— Tu as reçu des nouvelles?

— Oui. Regarde. Je ne sais qu'en penser.

Elle lui tendit la lettre qu'il parcourut rapidement.

— Tu vas y aller?

— Évidemment.

— Alors écoute, Hélène. Nous sommes vendredi. Tu as trois jours pour réfléchir. Viens dîner ce soir, nous parlerons de tout ça avec Sandrine.

Il fut décidé qu'Hélène viendrait dormir le lundi soir chez ses amis avec sa fille, et partirait seule le lendemain matin. Fallait-il révéler l'existence de Véronique à Alexandre?

Non. Du moins pas avant de savoir ce qu'il voulait. Il fallait, dit Bernard, ne rien brusquer, ne rien tenter qui puisse détruire le fragile équilibre que la jeune femme avait acquis au fil des mois. Lui et sa femme étaient inquiets. Ils pensaient qu'Hélène n'était pas encore assez forte, que les sentiments qu'elle éprouvait pour Alexandre étaient encore trop réels, et que ce rendez-vous avec lui venait trop tard ou trop tôt.

Hélène s'était levée de bonne heure ce matin-là : la peur de manquer l'heure peut-être, de laisser passer une occasion unique et précieuse. Après s'être préparée rapidement, elle avait choisi la sobriété. Elle avait tourné en rond un bon moment, buvant successivement plusieurs tasses de café, et repassant dans sa tête quelques flash-back des instants heureux passés avec Alexandre.

Elle pensa tout à coup que sa mémoire était bien sélective, et c'est avec lucidité qu'elle se mit tout à coup à réaliser que sa « moyenne de bonheur » avait été bien médiocre, en définitive.

Sur la route qui la menait à Honfleur, son esprit fut constamment monopolisé par cet homme.

Son imagination lui fit entendre toutes sortes de discours. Elle se demandait encore ce qu'il pouvait bien vouloir lui dire et son cœur battit sur tous les rythmes possibles.

Elle essuya plusieurs fois ses mains moites avec un mouchoir en papier, réalisant qu'elle éprouvait un certain trac, un peu comme avant de donner un récital.

Peur de n'être pas à la hauteur? Appréhension de devoir affronter un être différent et de constater que le dialogue n'était plus possible? Ou bien crainte de se blesser à un amour encore vif?

En voyant le panneau « Honfleur », elle eut du mal à réaliser qu'elle venait de faire le trajet. Aucun détail ne l'avait marquée, elle n'avait rien retenu du paysage. Elle avait conduit sur des kilomètres par pur réflexe, l'esprit ailleurs. C'est avec les mêmes automatismes qu'elle gara son véhicule...

Hélène arriva un peu en avance. Alexandre était déjà là, devant une tasse de café. En la voyant approcher, il se leva. Il avait beaucoup maigri, ses cheveux grisonnaient légèrement par endroits. La jeune femme ralentit le pas, essayant de retrouver son calme...

Des idées se précipitèrent dans sa tête. Avancer, repartir? Elle ne savait plus où elle en était, ni comment aborder cette personne tant aimée et pourtant si différente de ses souvenirs.

— Bonjour, Hélène. Assieds-toi. J'ai à te parler longuement. Ici, nous serons tranquilles. Je t'offre un café?

Hélène acquiesça d'un signe de tête, la gorge nouée.

— Il y a une chose que je veux te dire tout de suite, reprit Alexandre. Voilà : je désire divorcer. J'aurais pu te l'écrire, mais je pense qu'il valait mieux nous rencontrer...

Puis il parla de sa vie là-bas : c'était très difficile, très rude. Il avait eu l'impression de prendre un nouveau départ, croyant avoir oublié sa vie de prêtre, Houlgate, leur maison, et surtout elle, Hélène. Mais une nuit – trois mois, peut-être, après son arrivée –, il avait fait un cauchemar atroce. Il avait rêvé d'elle, et elle n'avait plus de visage. Il s'était éveillé couvert de sueur, en criant son nom : « Hélène! » Il s'était levé d'un bond, avait couru vers les étagères rudimentaires qui lui servaient de bibliothèque, mais il savait bien qu'il n'avait pas emporté de photos... Alors le cauchemar de la nuit était devenu réalité de chaque instant. Il avait découvert qu'il l'aimait toujours, qu'il l'aimerait toujours, et surtout qu'il ne pourrait jamais oublier cette vision : elle et son amant, nus, sur le lit...

Lentement il avait perdu le sommeil, l'appétit. On avait dû finalement le rapatrier vers un grand hôpital français. Il avait alors repris un poste, mais non plus dans un village isolé : il faisait partie à présent d'une équipe itinérante qui accomplissait un énorme effort d'éducation et de scolarisation.

— Pour l'instant, conclut-il, je suis en congé pour six mois en France. Vois-tu, Hélène, jamais pendant ces quatre ans écoulés, je n'ai cessé de penser à toi. Je sais que je t'aime toujours. Mais je sais aussi que je ne pourrai plus jamais vivre avec toi, oublier. Tu m'as fait trop de mal. Je suis sans haine envers toi, mais je souhaite que nous divorcions. Ainsi, tu pourras refaire ta vie... Es-tu d'accord?

— Oui.

Ce fut le seul son qu'elle parvint à articuler. Elle se leva et, sans ajouter un mot de plus, sans avoir touché à son café, elle se dirigea vers sa voiture. Pendant tout le long monologue d'Alexandre, elle l'avait écouté, comme figée. Simplement, peu à peu, les larmes avaient coulé sur son visage décomposé, laissant deux sillons humides. Mais lui, les avait-il seulement vues?

Maintenant elle marchait comme un automate. Elle ne se souvenait que d'une chose : Alexandre n'était revenu que pour lui dire qu'il voulait divorcer... Elle s'installa derrière le volant et reprit, sans même savoir ce qu'elle faisait, le chemin d'Houlgate.

Là-bas, Bernard était inquiet. Hélène aurait dû appeler pour leur dire si elle rentrait ou non déjeuner. Mais il était bientôt midi et ni lui ni Sandrine n'avaient reçu le moindre coup de fil.

— Nous n'aurions jamais dû la laisser y aller seule, dit-il. C'était une erreur...

Sa femme tenta de l'apaiser :

— Il est peut-être un peu tôt pour s'inquiéter...

— Peut-être. Mais j'ai un mauvais pressentiment, répondit Bernard en regardant Véronique qui, inconsciente de tous les drames des adultes, jouait dans le jardin avec ses enfants Bertrand et Nathalie.

Treize heures. Toujours rien. Ils appelèrent les enfants et déjeunèrent en silence. Le repas expédié, Bernard avala son café et se leva. Il sortit de la pièce et revint quelques secondes après :

— J'ai essayé d'appeler chez Hélène, mais ça ne répond pas. Je vais y passer avant de commencer mes visites...

Vers onze heures trente, Hélène rentra chez elle. Tout de suite elle se dirigea vers la salle de bains où elle prit un petit tube dans une armoire. Son regard était vide et fixe. D'un pas traînant et las, elle s'empara d'une bouteille de whisky déjà entamée et se réfugia dans sa chambre. Elle s'assit sur le lit comme un fardeau qui tombe; là, elle entreprit d'avaler systématiquement ses somnifères en déglutissant à l'aide d'un verre d'alcool. Elle répéta l'opération plusieurs fois jusqu'à l'écœurement, jusqu'à ce que le tube soit entièrement vide. Elle posa la bouteille par terre à côté d'elle et s'allongea sur le dos pour que la nuit la recouvre. L'œil terne et sec, elle fredonna ses airs préférés, ceux qu'elle jouait si bien. La pièce tournait avec elle, elle se sentait ivre, vidée, presque euphorique.

Puis le plafond devint noir, il fut subitement parsemé d'étoiles et d'éclairs blancs; Hélène fut parcourue de frissons. Elle s'imagina perdue dehors, à la belle étoile, tenta de fermer ses paupières pour tout oublier.

Elle était glacée maintenant; en s'efforçant de ne plus penser à rien, elle croisa ses doigts sur son ventre puis s'ouvrit au vide qui déjà s'insinuait dans ses veines...

Vers quatorze heures trente, Bernard appuya sur la sonnette, attendit un bref instant puis tourna la poignée. La porte n'était pas fermée à clé. La jeune femme, dans son affolement, avait-elle simplement oublié de le faire? Ou bien était-elle déjà rentrée? Il pénétra dans le salon. Personne.

— Hélène? C'est moi, Bernard...

Il se dirigea rapidement vers la chambre : Hélène était là, inanimée sur le lit.

À première vue, il crut qu'elle dormait. Puis ses yeux décelèrent petit à petit les détails d'une mise en scène qu'il connaissait déjà.

Un tube de médicaments vide... Un verre... Une bouteille... Un être inanimé au teint livide, affectant une sérénité presque macabre. Sauf que, cette fois-ci, il s'agissait de son amie. Bernard sentit son cœur se pincer douloureusement. Il mit un moment à recouvrer ses gestes de professionnel, puis il appela nerveusement le Samu.

Il fallait la transporter d'urgence. Peut-être était-il déjà trop tard...

À présent, Hélène était à l'hôpital, entre les mains d'un ami en qui Bernard avait une confiance absolue.

— Voici ce qu'elle a avalé, avait-il dit en tendant le tube de somnifères. Sans doute avec quelques bonnes rasades de whisky, j'ai trouvé la bouteille à côté.

— On va essayer de la tirer de là. Tu connais la routine. Lavage d'estomac, perfusions, réanimation et surveillance. J'espère qu'il n'y aura pas de problèmes...

— Ça serait une catastrophe. Elle a une toute petite fille à élever! Tiens-moi au courant régulièrement. Je dois retourner à mes consultations.

— Bien sûr.

— De plus, reprit Bernard brusquement inspiré, je pars ce soir à Paris.

Il venait de décider, en effet, de retrouver Alexandre, coûte que coûte. Ça ne serait sans doute pas difficile, puisqu'il avait l'adresse de son hôtel à Paris.

Il termina ses visites les plus urgentes et demanda à un jeune confrère de le remplacer pour un jour ou deux si nécessaire. Puis il fonça chez lui, annonça à Sandrine la décision qu'il venait de prendre.

— Je ne sais pas trop ce qui ressortira de cette entrevue entre Alexandre et moi. Mais après ce qui vient d'arriver, je pense qu'il doit être au courant.

— C'est ce que je me suis dit, moi aussi, répondit Sandrine.

Bernard rassembla quelques affaires, embrassa sa femme et ses enfants :

— Je serai sans doute de retour demain, leur dit-il.

Puis il s'engouffra dans sa voiture, et démarra.

Bernard attendait depuis une demi-heure dans le salon de l'hôtel. On lui avait assuré que monsieur Rouffier ne tarderait pas.

Il arriva en effet vers dix-neuf heures trente.

Bernard s'avança tout de suite vers lui :

— Je dois vous parler...

En reconnaissant le médecin, qu'il avait vu deux ou trois

fois lors de la première grossesse d'Hélène, Alexandre eut un air ennuyé.

— Que voulez-vous?

— Vous parler, je vous l'ai dit. Mais pas ici.

— C'est ma femme qui vous envoie? A-t-elle décidé de me pourchasser toute sa vie?

Bernard serra les poings, s'efforçant de maîtriser la colère qui montait en lui.

— Hélène est en ce moment même entre la vie et la mort.

Alexandre blêmit, chancela.

— Quoi? murmura-t-il.

— Je pense, malgré tout, qu'elle va s'en sortir. Mais venez. J'ai beaucoup de choses à vous dire. Avez-vous dîné?

— Non, répondit machinalement Alexandre.

— Alors, allons au restaurant à côté. Je n'ai rien pris depuis midi, il faut que j'avale quelque chose.

Ils s'assirent face à face à une table isolée. Bernard, sans détails inutiles, raconta à Alexandre tout ce qui s'était passé depuis qu'il était parti. Celui-ci prit sa tête dans ses mains.

— Une petite fille...

— Oui, Véronique a trois ans. Elle est née neuf mois, presque jour pour jour, après votre dernier passage chez Hélène...

— Mais pourquoi ne m'a-t-elle rien dit?

— Parce que vous vous êtes conduit comme un crétin!

Alexandre ne répondit pas. Il encaissa l'insulte comme une gifle méritée.

— Hélène aussi, d'ailleurs, reprit Bernard d'un ton moins dur.

Il regarda sa montre :

— Je vais téléphoner à l'hôpital, et aussi à ma femme. Attendez-moi là.

— Comment va-t-elle? cria presque Alexandre dès que Bernard le rejoignit, quelques minutes plus tard.

— Elle a passé un cap critique. Mais elle n'a toujours pas repris conscience. Elle est dans le coma. Ils auront un diagnostic plus précis d'ici quarante-huit heures. Et après ils la garderont encore cinq à six jours en observation.

Alexandre, silencieusement, se mit à pleurer.

— Demain matin, reprit Bernard, nous partons tous les deux pour Houlgate. Là-bas, vous la verrez. Vous verrez ce que vous avez fait...

— Je ne sais plus où j'en suis... Je l'aime comme un fou.

— C'est ce que vous lui avez dit, à Honfleur?

— Je lui ai dit que je voulais divorcer...

— Vous êtes un abruti!

— Mais comment oublier ce qu'elle m'a fait? balbutia Alexandre.

Bernard le prit par le bras, le secoua rudement.

— Quoi? Vous qui avez été prêtre, vous n'êtes pas capable d'oublier, de pardonner? Alors que vous êtes aussi fautif qu'elle, sinon plus!

Alexandre, effondré, posa la tête sur ses mains croisées, dans un geste de prière.

— Inutile, reprit Bernard plus doucement, de vouloir punir Hélène...

Alexandre releva la tête :

— Punir Hélène?

— Oui... Inconsciemment, vous lui en voulez toujours. À cause d'elle, vous avez quitté la prêtrise. Écoutez-moi... Dieu a peut-être voulu cela. Alors suivez ce nouveau chemin, avec confiance. Aimer un être est une autre façon d'aimer Dieu...

Il se tut quelques instants, puis reprit :

— Et c'est moi qui vous dis ça, moi qui ne suis même pas croyant.

Ils terminèrent leur repas en silence. Alexandre mangea très peu, mais il paraissait avoir retrouvé son calme et semblait même animé par une sorte de détermination. Brusquement, il déclara :

— Grâce à vous, Bernard, je commence à y voir plus clair. Peut-être fallait-il simplement que quelqu'un me dise où était mon devoir...

VIII
Un futur possible

Hélène bougea lentement la tête en la faisant rouler de gauche à droite, dans un signe de négation, au ralenti, puis elle ouvrit les paupières. Son regard hésita, fuyant la fenêtre d'où jaillissait une lumière trop vive. Il fit le tour de la chambre si blanche, tout en essayant de s'accrocher à des détails reconnaissables. Effort vain. Sa conscience glissait sur ce décor sans prise.

Deux hommes étaient assis sur le lit. Deux silhouettes la guettaient : elles semblaient attentives à ses moindres réactions. Deux ombres à contre-jour qu'elle n'identifia pas.

Elle renonça à se poser des questions. Elle se sentait bien trop lasse. Ses yeux se refermèrent...

Bernard, le premier, rompit le silence.

— Il est encore trop tôt pour lui parler. Elle a besoin de beaucoup de repos. Nous reviendrons ce soir. Elle semble tirée d'affaire; il n'y a rien à craindre maintenant. Laissons faire l'équipe qui s'en occupe et, dans quelques jours, elle pourra revenir chez elle.

Alexandre ne dit rien. Un énorme nœud de remords lui serrait la gorge.

***

Tout lui était revenu en mémoire. Le chagrin, la déception, le sentiment d'avoir tout raté, le brusque accès de dépression, le désir d'en finir avec la vie.

Elle s'en voulait beaucoup d'avoir agi ainsi à la légère, sans penser à sa fille qui avait tant besoin d'elle et qui comptait plus que tout.

Sa culpabilité lui donna la résolution de s'accrocher à ce qu'elle avait. Dorénavant, en mère responsable, elle se ferait une ligne de vie positive...

Son état l'arrangeait bien. Elle feignait la faiblesse

pour éviter de parler à cet homme, Alexandre, que tout son être rejetait.

Elle ne savait que lui dire. Elle aurait voulu l'oublier, lui et tous les souvenirs qu'il traînait dans son sillage.

Cela devenait difficile de l'ignorer maintenant : il était toujours là, il lui imposait sa présence, comme une ombre. Il lui faisait presque pitié avec sa mine triste et ses propos pleins de repentir.

Dans l'ambulance qui la ramenait chez elle, il s'assit à ses côtés, mais elle ne protesta pas.

— Je veillerai sur toi quelques jours encore, lui dit-il. Je te soignerai. Puis, lorsque tu seras assez forte, nous pourrons parler... Ensuite je partirai si tu le désires.

Hélène ne répondit pas. Elle regardait ailleurs, vers le futur peut-être...

Deux jours après son retour, dans le clos à l'ombre des vieux pommiers noueux couverts de fruits, Hélène se décida enfin à adresser la parole à Alexandre. Jusqu'à présent, elle s'était enfermée derrière un mur de silence, sans ignorer qu'elle abusait d'une situation dont il faudrait sortir, tôt ou tard.

Alexandre l'aida à s'installer sur une chaise longue. Le temps était doux, le soleil filtrait à travers les feuilles vert tendre et Hélène pouvait apercevoir les fruits, encore petits mais riches de promesses...

Brusquement, elle pensa au cidre de la prochaine récolte qu'elle aurait pu ne jamais goûter...

Tout ça, par la faute de cet homme assis dans l'herbe à ses pieds.

Une association d'idées lui traversa l'esprit : il ressemblait à ces chiens perdus qui se choisissent un maître, à ces animaux errants qu'on n'ose pas rejeter parce qu'ils débordent de tristesse.

— Je te hais, Alexandre!

Il sursauta.

— Oui, je te hais... Dès que je pourrai, c'est moi qui ferai les démarches pour divorcer.

Il la regarda. On sentait dans ses yeux noirs, humides, le refoulement de larmes.

— Écoute, Hélène... Nous pouvons encore tout recommencer.

— Je ne pense pas que...

— Non, ne m'interromps pas... C'est moi qui ai péché par égoïsme, par orgueil, surtout en refusant tout espoir... Mais rien n'est jamais perdu.

Hélène le regarda longuement. Elle essayait d'être hautaine et froide, mais l'on percevait dans sa voix la vibration de l'incertitude.

— Tu as dit toi-même que tu ne pourrais jamais me pardonner.

— J'ai eu tort d'être aussi catégorique. Quand j'ai prononcé ces mots, je manquais de confiance et d'espérance. Je m'en veux encore de t'avoir jugée d'une manière si égoïste, si subjective. Mais nous reparlerons de tout cela. Pour l'instant, laisse-moi te soigner, c'est le plus important.

— Encore un mot, Alexandre : je pense que tu n'es revenu que pour ta fille.

— Véronique va rester encore quelques jours chez Bernard et je ne l'ai pas encore vue...

Sur ce point, il mentait. Alors qu'Hélène dormait à l'hôpital, il n'avait pu résister au désir de faire un tour du côté de chez Bernard, à l'insu de tous.

Et là, il avait eu la chance d'apercevoir de loin une jolie petite brunette de trois ans qui jouait en toute innocence dans le jardin. Son cœur avait alors bondi dans sa poitrine. Après s'être arrêté une minute pour la contempler, Alexandre avait passé son chemin.

Il rajouta pour lui-même :
— Mais bien sûr...
— Bien sûr?
— Je ne pourrai plus envisager l'existence de la même façon, à présent.

Alexandre se sentait prêt à tous les sacrifices.

Pendant les jours qui suivirent, il se dévoua totalement à Hélène, s'occupa des courses, de la maison. Sa place était ici, il le sentait.

D'ailleurs sa décision était prise, il ne repartirait pas en Afrique. Même si Hélène ne voulait plus de lui – aurait-elle tort? –, il s'installerait dans la région. Au moins verrait-il sa fille grandir.

Hélène acceptait chacune de ses attentions sans un mot, sans un geste. Elle disait seulement de temps à autre : « Je te hais, Alexandre, quoi que tu dises et fasses... »

Il ne répondait pas. Il se contentait juste de courber un peu l'échine... Le soir, il installait un matelas dans le couloir, pour pouvoir répondre au moindre appel, être alerté par le moindre bruit...

Une nuit, il s'éveilla en sursaut... Il avait entendu des cris dans la chambre d'Hélène ou plutôt des mots hurlés de manière incompréhensible. Il s'approcha. Il crut alors saisir les pièces d'un puzzle dont le sens lui parut évident.

« Reste... non... Reste... Véronique et moi... Alex... besoin de toi... »

Il bondit dans la pièce...

En travers du lit, Hélène se débattait sous les couvertures. Les yeux clos, le visage en sueur strié de mèches collées à la peau, elle livrait un combat intérieur.

Alexandre, ému par son aspect fragile, s'approcha, la prit dans ses bras doucement, tendrement, la calma lentement sans l'éveiller. Il lui murmura à l'oreille : « Je suis là, pour toujours. Je t'aime. Nous pourrons être heureux encore, je te le promets. »

Il répéta plusieurs fois « je t'aime » pour laisser aux mots le temps de s'insinuer jusqu'à l'esprit confus et perturbé de la belle endormie. Le visage d'Hélène s'apaisa progressivement, son corps se détendit, ses mains relâchèrent la créature de cauchemar qu'elle croyait tenir.

Alexandre la recoucha et sortit doucement, le cœur empli de joie. À présent il savait : Hélène l'aimait encore. Tout était maintenant une question de temps. Et il attendrait s'il le fallait des mois, des années...

Bernard passait tous les jours voir sa malade. À la torture, Alexandre ne put s'empêcher de lui demander :

— Quand pourrai-je enfin voir ma fille?

Bernard lui fit signe de parler plus bas :

— Très bientôt... Je dois la préparer à rencontrer son papa...

Et dès le lendemain, il sonna à la porte puis entra sans attendre, selon son habitude.

Il tenait par la main une adorable fillette aux cheveux bruns et ondulés, aux grands yeux noirs.

— Maman...

En entendant la voix de sa fille, Hélène se précipita, comme portée sous l'effet d'une force nouvelle.

— Mon trésor! Quelle surprise! Et ton parrain qui ne m'avait rien dit!

— Tu es guérie maintenant?

— Oui, mon amour. Tout à fait guérie, puisque tu es là...

Elle souleva l'enfant dans ses bras, la fit tournoyer en l'air, la reposa en riant.

— Mais je croyais, reprit Hélène, que tu ne ramenais Véronique que la semaine prochaine?

Bernard adressa un clin d'œil discret à Alexandre.

— Elle te réclamait. J'ai pensé que ça vous ferait beaucoup de bien de vous retrouver, toutes les deux. Et à quelqu'un d'autre aussi...

Alexandre ne pouvait détacher ses yeux de sa fille, qui le considérait d'un air grave, sans rien dire. C'était son enfant, la chair de sa chair, le fruit tant désiré de son amour pour Hélène. Le don de Dieu, qu'il n'avait pas été là pour accueillir...

Ils dînèrent tous les trois. Hélène, enjouée, bavardait avec la petite. Alexandre eut un moment l'impression qu'ils étaient une famille heureuse, unie, que tout était normal.

Au dessert, Véronique se décida. Elle lança d'une voix assurée :

— C'est vrai que tu es mon papa?

— C'est vrai, répondit Alexandre en refoulant son émotion.

— Tu étais parti loin?

— Très loin.

— Derrière la mer?

— Derrière la mer, dit Alexandre en riant. Mais pas celle-ci. Derrière une autre mer...

La fillette l'interrompit.

— On ira demain? demanda-t-elle.

— Où ça?

— À la mer? Avec maman?

Alexandre se pencha, caressa du bout des doigts le visage de l'enfant.

— Tu vas aller dormir. Et après on ira. On prendra des sandwichs et on mangera sur la plage. Et s'il fait beau comme aujourd'hui, on se baignera.

— Avec maman? répéta-t-elle.

Alexandre plongea ses yeux dans ceux d'Hélène qui ne détourna pas son regard. Alors, il lui prit la main, la porta à sa bouche, regarda de nouveau sa fille, sans savoir pour laquelle des deux son amour était le plus grand. Puis il répondit doucement :

— Bien sûr. Avec maman.

DEUXIÈME PARTIE

IX
Là où passé et présent se rejoignent

Les passions bouleversent les hommes, mais la beauté de Vindouris semblait immuable, c'est du moins ce que pensait Hélène malgré sa peine. La douceur de l'air, la luminosité du ciel, la splendeur des paysages étaient inchangées. Le village était baigné d'une lumière pourpre irisée d'or et les toits de tuile semblaient capter tous les feux du soleil couchant. La forêt s'étendait au-delà, paisible, symphonie de verts profonds et de mauves délicats... Sur l'horizon embrasé, se découpaient les monts roses de l'Esterel qui viraient déjà au violet, sombres dentelles de roche d'une éternelle majesté.

Hélène ne se lassait pas de contempler cette vision familière, si chère à son cœur. Il avait fallu un événement d'une exceptionnelle gravité pour la ramener avant les vacances d'été au mas des Deux-Vents, sa maison natale.

Son père l'avait priée de venir de toute urgence, car il se savait mourant. Il s'était éteint doucement, en lui tendant la main, heureux de sa présence. Ce décès avait profondément affecté la jeune femme, mais elle avait appris à souffrir et c'était dans l'ordre des choses.

Cet homme d'humeur changeante, qui s'était jadis montré dur, indifférent, avait changé une fois devenu veuf. Hélène avait su renouer avec lui des liens solides. Il aimait les accueillir au mois d'août, elle et sa fille. Henri Monceval avait franchi le grand pas le cœur en paix, évoquant à mi-voix son épouse qu'il avait hâte de rejoindre. Ici régnait d'ailleurs en maître le souvenir de cette femme remarquable, trop tôt disparue...

De la baie entrouverte, en ce doux soir de juin, les roses exhalaient un parfum suave. France avait tant aimé ces fleurs que cette fragrance pénétrante ressuscita dans l'esprit d'Hélène la silhouette de sa mère. Longue, fine, élégante, l'ancienne cantatrice avait été si longtemps l'âme de cette maison que le jardin et les murs devaient avoir gardé son empreinte.

Le mas des Deux-Vents était situé au-dessus du village de Vindouris. Assise sur la terrasse, Hélène jeta un œil triste sur le clocher de l'église, puis ferma les yeux pour se laisser bercer par le vent tiède, en écoutant le chant strident des cigales. Des souvenirs vibraient dans l'air, d'anciennes images ou de plus récentes.

Il n'y avait pas eu foule aux obsèques de son père qui durant des années avait pourtant été le vétérinaire le plus apprécié de la région. Mais au cimetière, certains regards en disaient long lorsqu'ils s'étaient posés sur Hélène. Combien de temps, pour les gens d'ici, resterait-elle celle par qui le scandale était arrivé?

Elle avait nettement senti le mépris, la curiosité, et avait saisi des sous-entendus et même quelques réflexions méchantes. Si parfois elle avait envisagé de revenir vivre dans la maison de son enfance, l'attitude des villageois l'avait toujours contrainte à renoncer. Nul doute, Hélène demeurerait la pécheresse, celle qui avait détourné un prêtre de son sacerdoce...

— Et pour quel piètre résultat! pensait-elle amèrement ce soir-là face au jour déclinant.

Elle avait caché à son père la vérité sur ses relations avec Alexandre, son mari aux yeux des autres. Henri Monceval avait cru, comme beaucoup, que le couple connaissait maintenant un bonheur paisible. Hélène se mordit les lèvres en songeant à la réalité. Du présent, elle glissa à nouveau vers un passé assez proche.

Combien de temps s'était écoulé depuis le retour d'Alexandre? Bientôt deux ans... Deux ans de mensonges, de faux-semblants. La haine qu'elle avait éprouvée pour lui après sa tentative de suicide s'était peu à peu atténuée, pour virer à une sorte d'indifférence malsaine. Mais tous deux avaient tenu bon, car il y avait Véronique, Véronique si heureuse d'avoir enfin un père.

Hélène avait cependant posé des conditions. Dans

l'intérêt de l'enfant, ils avaient joué les familles unies. En vérité, ils cohabitaient, rien de plus. Alexandre couchait dans le grenier aménagé en salle de musique, sur un canapé-lit qu'il repliait soigneusement le matin. Tous ces repas pris dans la maison d'Houlgate, ces pique-niques sur la plage, ces goûters et ces soirées en compagnie de leur fille, Hélène en gardait une impression pénible de comédie. Mais pourquoi ternir la joie de sa fille? N'était-il pas préférable de cacher avec habileté ses véritables sentiments?

Pourtant, Alexandre s'était révélé tendre, attentionné, et très bon père pour Véronique. On le devinait meurtri par le remords et plein de bonne volonté. Bernard lui-même plaidait en sa faveur auprès d'Hélène. Le jeune médecin avait sympathisé avec l'ancien prêtre. Il écoutait d'une oreille compréhensive les confidences d'Alexandre qui ne parvenait pas à vaincre la froideur d'Hélène.

— Maman, regarde! J'ai trouvé des framboises!

Véronique accourait en gambadant sur l'herbe rase. Dans la clarté rose du crépuscule, vêtue d'une jolie robe blanche, la petite fille de cinq ans ressemblait à une fée surgie de l'ombre. Très brune, les cheveux frisés, dotée de ce regard sombre et profond qui faisait le charme d'Alexandre, elle était ravissante. Hélène se leva en riant :

— Des framboises! Tu m'en donnes une, ma chérie!

— Bien sûr, maman!

La fillette se précipita sur la terrasse, les mains en coupe afin de ne pas perdre un seul fruit.

— Elles sont énormes! Je suis allée jusqu'au fond du parc. Elles poussent le long du vieux mur. Tiens, prends celle-là, c'est la plus belle...

— Merci, mon trésor!

Entre la mère et l'enfant passa ce courant de complicité unique qui caractérisait leurs rapports. Que ce soit en Normandie ou en Provence, elles aimaient se régaler des dons de la nature, pommes vertes ou poires juteuses... La vie simple de la campagne les comblait. Ainsi, chaque année, Hélène produisait son propre cidre et faisait pousser des légumes dans son jardin.

— Maman, je peux jouer encore dehors! Il fait si chaud... et j'ai laissé ma poupée dans le kio...

Véronique avait des difficultés à prononcer le mot mais adorait l'endroit, frais et secret, tel un temple de bois blanc perdu dans la verdure.

— Dans le « kiosque »! Tu sais que c'est ta grand-mère qui a fait planter la roseraie? Je suis sûre qu'elle serait heureuse de te voir jouer là-bas...

— Elle me voit peut-être, du ciel, et grand-père aussi!

Hélène soupira. Elle avait réussi à épargner à sa fille le côté douloureux de la mort. Par contre, elle lui parlait souvent de ce grand-père que la petite avait à peine connu.

— Va chercher ta poupée, il fera bientôt nuit.

Au même instant apparut au bout de l'allée un grand chien au poil beige. C'était Saturne, le fils de Dolly, la chienne de race pyrénéenne qui avait été la compagne d'Hélène, quand elle n'était encore qu'une adolescente solitaire, la demoiselle du mas des Deux-Vents. Son père avait gardé un chiot de sa dernière portée. Hélène avait décidé de ramener le chien en Normandie. Le brave animal lui témoignait une vive affection et Véronique l'adorait.

Saturne vint la rejoindre sur la terrasse et, tout en le caressant, Hélène replongea dans ses souvenirs. En premier plan, Alexandre, toujours Alexandre! Il disait l'aimer avec ferveur et il ne comprenait pas pourquoi elle ne pouvait plus lui rendre cet amour. Quelque chose s'était brisé dans le corps et le cœur de la jeune femme. C'était sans doute une conséquence de sa tentative de suicide, comme le prétendait Bernard.

— Je n'ai que trente-quatre ans, mais mon corps est mort! songea-t-elle. Je me sens glacée à jamais! Et mon cœur ne bat que pour ma fille!

C'était le moment idéal pour faire le point. Ce décor aimé, la douceur du climat, la couleur du ciel, tout poussait Hélène à s'interroger sur les raisons de son mal de vivre.

Alexandre était au centre de ce tourment. Il représentait l'échec d'une passion violente, il portait sur ses épaules viriles le poids d'un couple déchiré par trop d'affrontements.

Néanmoins, cette existence des premiers mois n'avait pas manqué de douceur. Ses voisins, ses petits élèves, les gens d'Houlgate voyaient en eux une sympathique petite famille. Ils allaient au marché, bavardaient avec les commerçants, préparaient de bons repas en écoutant de la musique. Alexandre semblait sincèrement heureux entre Hélène et Véronique. Pour l'enfant, il inventait des jeux, prenait le temps de conter des histoires. Mais au moindre faux pas dans leur relation, il se heurtait à la froide colère de sa femme.

Ce mépris qu'elle lui témoignait, il l'acceptait comme une punition méritée. Alexandre n'avait pas oublié ses années de prêtrise. Sa foi était intacte et elle l'aidait à se montrer patient, d'une patience angélique qui agaçait Hélène.

Un soir, à l'occasion de l'anniversaire de Véronique, ils avaient organisé un dîner de fête. Bernard et sa femme Sandrine, accompagnés de leurs enfants, étaient venus prendre l'apéritif.

Ensuite, très gais, ils avaient dégusté tous les trois des fruits de mer et un sorbet à la fraise. Hélène avait ouvert une bouteille de champagne, et l'atmosphère joyeuse qui régnait dans la maison avait fait oublier toute prudence à Alexandre. Ils avaient couché leur fille qui s'était endormie avec sa nouvelle poupée, puis étaient redescendus en riant pour bavarder encore dans le salon qu'éclairaient seulement quelques bougies.

Hélène, vêtue d'une longue robe bleue, mince, presque gracile, ses cheveux blonds mousseux répandus sur ses épaules dénudées, était d'une beauté émouvante. Son visage aux traits délicats, éclairés de beaux yeux noisette, n'avait pas changé, il s'était simplement sublimé à chaque épreuve vécue.

Alexandre l'avait contemplée avec fièvre ce soir-là, incapable de lutter contre le désir qu'elle lui inspirait. En lui murmurant des mots tendres, il s'était agenouillé à ses pieds, avant d'enlacer ses jambes. Hélène s'était crispée, prise de panique. Il n'y avait pas pris garde. Son front s'était appuyé sur les cuisses de la jeune femme et soudain il s'était redressé pour la prendre tout entière contre lui, dans une étreinte fougueuse.

Elle avait hurlé en le repoussant violemment. Ses mains s'étaient tendues pour le rejeter. Elle roulait des yeux effrayés.

— Ne me touche pas, Alexandre. Crois-tu que j'ai oublié les jours terribles qui ont suivi la mort de notre premier enfant? Peux-tu comprendre ce que c'est pour une mère de perdre son enfant? Penses-tu qu'il m'a été facile d'effacer de ma mémoire tes paroles, lorsque que tu m'as crié que sa mort était peut-être préférable, car elle n'était qu'une bâtarde. Pourtant, à ce moment-là, je me suis tue.

— J'étais égaré par la souffrance et j'y ai vu un châtiment.

— Ta culpabilité, ta fameuse culpabilité! Tu n'avais pas, comme tu l'as toujours cru, l'exclusivité de la souffrance, Alexandre. D'autres parents ont perdu un enfant, sans avoir pour autant péché aux yeux de Dieu. Mais du moins, ils se sont soutenus mutuellement dans l'épreuve. Il m'a fallu faire mon deuil seule, désespérément seule.

Ce flot de paroles trop longtemps contenues dans son cœur crucifiait et libérait Hélène tout à la fois.

— Pardon, pardon, Hélène. J'ai beaucoup réfléchi depuis, j'ai mesuré mon erreur, pardon, répéta Alexandre.

— Trop tard. Dans ma souffrance et mon égarement, je suis allée jusqu'à te tromper. Et plus tard, j'ai voulu mourir. Je ne me le pardonne pas et je te le pardonne encore moins. Je te hais, tu m'entends, et je te haïrai toujours. Tu me dégoûtes autant que je me dégoûte. Ne m'approche pas...

À son long cri de révolte, avaient vite répondu les pleurs affolés de Véronique qui avait entendu la rumeur de leur dispute et qui les appelait. Hélène avait rassuré sa fille de son mieux. Heureusement, la fillette n'avait pas compris ou entendu leurs paroles.

— Tu criais pourquoi, maman?

— Je me suis brûlée, ma chérie. J'ai crié de douleur. Ce n'est rien, je t'assure.

L'enfant avait accepté cette fable, mais elle était inquiète pour sa mère.

Le lendemain, Alexandre avait décidé de louer un studio à Valflor. Il attendait une nouvelle nomination en tant qu'instituteur dans ce village.

— Puisque je te fais horreur, autant ne plus dormir sous le même toit! Je ne veux pas que ce genre d'incident se reproduise, à cause de Véronique! C'est trop dur, Hélène, d'être à tes côtés sans te toucher!

Elle lui avait rétorqué que les prêtres sont coutumiers de ces privations-là. Il avait haussé les épaules sans répliquer. Afin de ne pas perturber leur fille, ils avaient conclu un accord : Véronique irait chez son père les mercredi, samedi et dimanche et il pourrait dîner avec elles le mercredi soir.

Cette organisation durait depuis plus d'un an et convenait parfaitement à Hélène. Ses voisins d'Houlgate s'étaient étonnés et elle avait eu droit à quelques questions indiscrètes. Avec son sourire charmant, elle avait répondu de manière évasive mais rassurante. Sa petite classe d'élèves fonctionnait à merveille, deux de ses nouvelles recrues avaient été admises au Conservatoire.

À présent, Alexandre se donnait entièrement à son métier d'instituteur et ne lui faisait plus aucun reproche. Hélène en venait parfois à admirer sa capacité de résignation. En toute logique, elle ne pouvait que juger l'attitude de son mari digne de louanges. Il disait l'aimer avec passion et sa conduite, ses lettres le prouvaient. Mais malgré cela, Hélène continuait à chercher dans son cœur les vestiges de son amour pour lui.

— Maman!

Véronique l'appelait.

Abandonnant ses méditations aigres-douces, Hélène se leva pour descendre le perron :

— Ma petite fée! Viens vite m'embrasser! Je viens d'avoir une idée... Si nous allions dîner au restaurant toutes les deux?

— Oh oui! Et Saturne, on l'emmène?

— Bien sûr, mais en laisse!

La sonnerie du téléphone interrompit un joyeux câlin au milieu de la pelouse. Hélène, qui embrassait sa fille tout en la faisant tourner dans ses bras, déposa l'enfant à regret.

— Viens, ce doit être ton papa!

— Je peux répondre, alors?

— Mais oui, va vite! Je te suis...

La jeune femme regarda avec tendresse ce petit bout de femme qui grimpait le plus vite possible les marches du perron et se précipitait dans le salon par la porte-fenêtre restée entrouverte. Véronique tenait de son père cette vitalité rieuse des gens du midi, alliée à une séduction naturelle.

Hélène revit Alexandre le soir de leur première rencontre, dans ce même pays. Comme il était beau et quel n'avait pas été son désespoir lorsqu'elle avait compris qu'il était prêtre!

À présent, il était libéré de son sacerdoce, mais une autre barrière les séparait, qu'elle seule avait le pouvoir de renverser.

Songeuse, Hélène entra à son tour dans le salon. Véronique, assise en tailleur sur le canapé, discutait avec son père, son minois irradiait d'un bonheur total. Enfin elle couvrit l'appareil de bisous sonores en criant :

— Maman, papa veut te parler! Je lui ai dit qu'on allait dans un restaurant...

La petite se lova contre sa mère, qui, gênée, s'efforça de parler de façon banale :

— Oui, bonsoir, Alexandre!

— Hélène, comment vas-tu? Tu tiens le coup?

— Mais oui, je ne suis plus une enfant! Le pire est passé, pourtant la maison est bien vide!

— J'ai insisté pour t'accompagner. Tu as refusé. Je ne voulais pas te laisser affronter ce deuil toute seule...

— Je sais, Alexandre, je t'en remercie et je ne te fais aucun reproche.

— Et Véronique, comment as-tu fait pour la tenir à l'écart? J'aurais pu m'occuper d'elle le jour des obsèques...

— Ne te fais pas de souci. Une de mes cousines l'a emmenée au bord de la mer. Ta fille a déclaré que cette mer-là était bien plus belle que la nôtre...

— Et elle a raison! La Méditerranée est très belle. Hélène, je t'en prie, est-ce que je peux vous rejoindre? Nous sommes jeudi soir, j'ai la possibilité de partir demain vers midi. Je serai là dans la nuit! J'aimerais revoir Vindouris et faire visiter mes montagnes à Véronique... Dis-moi oui, ma petite Hélène!

Elle hésitait, prête à accepter, imaginant la joie de sa fille. Ils iraient tous les trois dans les bois de chênes-lièges et dégusteraient une soupe de poissons sur la terrasse. Non, il ne fallait pas. De plus, Hélène avait décidé de rentrer dès samedi.

— Écoute, Alexandre, c'est impossible! Ici personne ne nous a oubliés. J'ai eu droit à des regards méchants au cimetière et à des propos idiots. Nous serons là samedi soir, avec Saturne! Tu peux nous attendre à la maison.

— Bon, c'est comme tu veux. Ainsi tu ramènes Saturne! Crois-tu qu'il va s'entendre avec Perle?

La voix d'Alexandre se faisait caressante, grave et chaude. Hélène ne put s'empêcher de rire. Perle était une vieille chatte à demi-sauvage qui avait élu domicile dans le verger. Véronique et elle la nourrissaient sans réussir à l'amadouer.

— Nous verrons bien!

Ils échangèrent encore quelques phrases anodines. Hélène s'apprêtait à raccrocher lorsque Alexandre lui dit tout bas, d'un ton qui trahissait son émotion :

— Vous me manquez beaucoup toutes les deux! Je vous aime, je t'aime, Hélène! Ne l'oublie pas, ma chérie...

— Je ne l'oublie pas, Alexandre...

Elle avait répondu doucement, bouleversée par ce flux de souvenirs qui l'assaillait depuis son arrivée au mas des

Deux-Vents. À l'autre bout du fil, Alexandre avait frémi. L'espoir vibrait en lui jusqu'à la souffrance.

Le dîner à une des tables de la terrasse de l'hôtel restaurant des Mouettes fut gai et animé. Véronique babillait sans cesse, en mangeant ses frites de bon appétit. Hélène savourait ces moments hors du temps et du quotidien. Elle avait appris à se contenter des petites joies qu'offre la vie à ceux qui savent les saisir. Les mimiques de sa fille, la beauté du ciel nocturne, le parfum retrouvé de la cuisine méridionale étaient autant de plaisirs furtifs qu'elle appréciait sans arrière-pensée.

Un homme, à une table voisine, la regardait souvent. D'abord ennuyée, Hélène n'y prêta plus attention. Les hommages du sexe opposé ne l'atteignaient pas. Un instant, elle se surprit à imaginer Alexandre à ses côtés. À quarante-trois ans, c'était toujours un bel homme, très séduisant, malgré quelques rides et quelques fils d'argent dans sa chevelure brune de méridional. Dès qu'ils étaient séparés, la rancœur et la froideur qu'elle éprouvait à son égard s'atténuaient, laissant place à un vague besoin de sa présence, à une timide affection.

Samedi, je le reverrai! songea-t-elle. Et elle eut soudain hâte de reprendre la route vers la Normandie.

X
Les caprices de l'amour

Une pluie fine tombait sur le verger. Saturne courait à longues foulées dans l'herbe d'un vert intense. Le ciel, d'un gris tendre, se dégageait vers l'ouest, du côté de l'océan. Hélène contemplait ce paysage familier, si différent de celui de Vindouris. La Provence, avec ses couleurs chaudes, ses lumières dorées et sa végétation odorante lui apparut comme une terre lointaine, presque étrangère. Elle doutait d'y retourner un jour, puisque son père ne serait plus là pour l'accueillir. Pourtant il était hors de question de vendre le mas des Deux-Vents. Plus tard, il appartiendrait à Véronique.

Hélène ouvrit la fenêtre pour respirer l'air suave aux senteurs délicates. Cette averse au lendemain d'une journée chaude était une bénédiction. Sa dernière élève venait de partir, Véronique passait la journée chez son père. C'était un mercredi comme un autre, mais dans trois jours les vacances d'été commenceraient...

Alexandre devait ramener la fillette à dix-neuf heures, il restait à Hélène deux heures pour préparer le dîner. La sonnerie pourtant modulée du téléphone la fit sursauter. Elle décrocha, un peu inquiète, comme toujours lorsque son enfant n'était pas sous son aile.

— Hélène, c'est Bernard! Comment vas-tu?

— Très bien. Je suis de retour depuis samedi.

Le médecin prenait régulièrement de ses nouvelles. Là encore, il savait la cause de son absence et tenait à lui témoigner toute sa sollicitude.

— Ton père était un homme remarquable, Hélène, je suis heureux d'avoir pu le rencontrer. Un jour mémorable, te souviens-tu?

— Oh oui! Le jour où ma fille chérie est venue au monde, et vous étiez là tous les deux, papa et toi...

— Dis-moi, Hélène, j'ai une invitation à te transmettre! Et tu es obligée de dire oui!

Elle se mit à rire. Bernard parvenait toujours à la détendre.

— Si je suis obligée... De qui me vient cet impératif?

— De ma charmante femme Sandrine et de moi-même! Nous fêtons dans dix jours notre anniversaire de mariage! Huit ans déjà! Nous tenons absolument à ta présence.

— Bernard, est-ce convenable? Mon père vient de mourir, je n'ai pas envie de sortir!

— Hélène, cela te fera le plus grand bien et ton père t'aurait dit la même chose. Tu vis repliée sur toi-même, sur ce que tu nommes tes échecs! Tu me vexerais beaucoup en refusant. Tu as donc dix jours pour choisir une robe éblouissante!

— Et Alexandre, il est invité lui aussi?

— Oui, il a accepté tout de suite. Hélène, votre Véronique sera si contente de voir ses parents ensemble! Il y aura d'autres enfants qu'elle connaît, et les miens bien sûr!

— Je vais réfléchir, Bernard! C'est très gentil d'avoir pensé à moi, mais laisse-moi un peu de temps!

Le soir, lorsque Véronique fut couchée, Hélène proposa à Alexandre de boire un thé à la menthe dans le salon. Il accepta, surpris, car il avait l'habitude de partir dès que sa fille dormait.

La jeune femme mit de la musique, du Mozart, un de ses musiciens de prédilection, puis s'assit en face de lui :

— Alexandre, je voulais te parler. Durant mon séjour à Vindouris, j'ai beaucoup réfléchi. Je t'avoue que j'ai songé à plusieurs reprises à m'installer là-bas. Véronique est fascinée par les Deux-Vents. Elle aime ce pays! Qu'aurais-tu fait si j'avais pris une telle décision?

— Je vous aurais suivies! répondit-il sans hésiter. Je ne pourrais plus vivre loin de ma fille.

Hélène eut un petit rire désabusé. Elle se doutait bien de la réponse, mais ces mots la blessaient.

— C'est bien fini, nous deux!

— Parce que tu le veux, Hélène. Et je n'ai pas dit que je

supporterais ton absence... Cependant, dans les conditions où nous vivons, je me demande parfois si ça ne serait pas moins dur de ne plus te voir!

— Dans ce cas, tu iras seul à cette soirée chez Bernard et Sandrine. Tu emmèneras Véronique, je ne veux pas la priver, elle adore les fêtes, la danse...

— Hélène, tu peux nous accompagner! Je serais très heureux d'avoir ma femme à mes côtés un soir comme celui-ci. Nous avons appris à donner le change, pourquoi avoir peur?

Elle haussa les épaules, troublée par la gravité de ce regard d'homme qui se rivait au sien. Les yeux d'Alexandre possédaient un tel pouvoir.

— Je n'ai pas peur, mais je n'ai pas envie d'être mêlée à des gens joyeux qui ne penseront qu'à s'amuser. Et moi, comme toujours, je serai seule en vérité, même si tu es là! Surtout si tu es là...

Un sanglot la secoua. Elle balbutia, en larmes :

— J'ai tant pleuré, Alexandre, depuis ton retour! Je n'ai pas droit au bonheur! Tu es là, je voudrais revenir en arrière, pouvoir t'embrasser, mais je ne peux pas!

— Calme-toi, Hélène! Ma petite Hélène, mon amour.

Il serrait les poings pour ne pas lui tendre les bras. Assister impuissant à son chagrin le brisait. Il n'osait pas la prendre contre lui.

— Hélène!

— Pars, Alexandre, pars, je t'en prie...

Il dut obéir, emportant dans la nuit l'image de cette femme désespérée qui était sienne jadis. Il aurait voulu l'aider, la réchauffer de son amour, mais comment? Elle le chassait encore, elle le chasserait sans cesse. Il payait cher sa dureté de jadis. Juste retour des choses...

— Hélène, je t'aime! À demain!

Dix jours passent vite lorsque l'on est occupée du matin au soir. Hélène avait répondu par un oui hésitant à l'invitation de Sandrine et de Bernard. Dans trois heures, Alexandre passerait la chercher, ainsi que Véronique. La petite fille prenait un bain et sa mère, assise sur son lit, la surveillait par la porte restée ouverte.

— Elle est belle, ta robe, maman! cria l'enfant dans un bruit de clapotis.

— Je suis contente qu'elle te plaise, ma chérie. La tienne est très jolie aussi.

Hélène avait fait des frais. Pour sa fille, elle avait acheté une robe de coton fleuri, garnie de smocks sous la poitrine. Les coloris pastel mettaient en valeur le teint chaud de Véronique et, vêtue de cette toilette romantique, avec ses beaux cheveux bruns, la petite fille serait ravissante, sa mère en était certaine.

— Maman, pourquoi papa n'habite plus avec nous?

C'était la première fois que Véronique posait une telle question. Hélène resta saisie un instant, puis chercha une réponse satisfaisante :

— C'est à cause de son travail, ma chérie, l'école est un peu loin!

— Mais quand il n'y a pas école, il peut dormir là?

La jeune femme choisit de faire diversion, pour éviter de mentir davantage à sa fille :

— Oh! Et tes cheveux, je dois les rincer!

Elle se précipita dans la salle de bains, chatouilla l'enfant à travers la mousse qui lui montait jusqu'au menton.

— Vite, ma Véro! Je dois te coiffer, t'habiller. Nous bavarderons plus tard. Tu as un papa qui t'adore... C'est merveilleux, non?

Véronique éclata de rire en éclaboussant sa mère. Heureusement, Hélène était en peignoir de bain et ne craignait rien. Les heures qu'elle passait en tête-à-tête avec sa fille étaient toujours joyeuses et animées. Ce samedi avait des allures de fête : le soleil était au rendez-vous, le jardin se parait de fleurs. Comment ne pas être sensible à cette atmosphère estivale?

— Dès que nous serons prêtes, nous irons cueillir un bouquet pour Sandrine! dit-elle à l'enfant.

Véronique frappa dans ses mains, enchantée à cette

idée. Hélène, qui l'avait sortie de l'eau et la séchait, ne put s'empêcher de l'embrasser follement :

— Ma chérie, je t'aime tant!

Il fallait oublier les soucis, les angoisses. Pour quelques heures, sourire sans contrainte, s'abandonner à la douceur de l'air, à la beauté de la campagne environnante. Hélène sentit un flot de vitalité envahir son corps frileux et frémit tout entière, saisie d'une étrange impatience.

***

— Hélène! Tu es sublime!

Sandrine accueillit son amie par cette exclamation sincère. Bernard accourut pour renchérir :

— Alexandre, tu es vraiment bien entouré! Notre Véronique est aussi élégante que sa maman!

Hélène protesta à voix basse. Elle portait une robe assez longue, jusqu'aux chevilles, un modèle fluide et souple qui lui donnait une silhouette de sirène. Le tissu, soyeux, était d'un vert profond, nuancé de reflets bleus. Cette toilette rehaussait le teint clair de la jeune femme et l'éclat de ses cheveux mordorés. Le jardin où se déroulait la réception était décoré avec goût et il y avait déjà plus d'une trentaine d'invités qui bavardaient et plaisantaient assez bruyamment.

Hélène se sentait très intimidée, car elle avait perdu l'habitude de la foule. Lorsqu'elle donnait des concerts, quelques années plus tôt, la même appréhension l'étreignait face à tous ces gens qui guettaient son entrée en scène. Ici, à une moindre échelle, les regards braqués sur les nouveaux arrivants, en l'occurrence le couple qu'elle formait avec Alexandre, la mettaient mal à l'aise. Son mari, vêtu d'un costume noir et d'une chemise blanche, était d'une élégance sobre. Ainsi, avec son beau visage viril, ses traits harmonieux, il évoquait obscurément le prêtre des temps passés. Son regard sombre, pénétrant et magnétique portait l'empreinte d'un mystérieux malheur, ce qui en faisait un homme d'une rare séduction.

— Viens vite boire un apéritif, Hélène! lui proposa Bernard, conscient du malaise de son amie. Je vais te présenter à cette joyeuse société...

— Est-ce indispensable? chuchota-t-elle.

Alexandre, d'un geste instinctif, prit le bras de sa femme. Elle ne se déroba pas à ce contact qui la rassurait.

— Hélène, regarde notre fille! Elle s'amuse déjà et se fait admirer.

Véronique gambadait parmi plusieurs joyeux bambins, dont Bertrand et Nathalie, les enfants du médecin. Sandrine avait tout préparé avec soin : le cocktail, le buffet disposé sur une longue table drapée de blanc, garnie de toasts et de crudités. De la musique de qualité, des rires, le brouhaha des conversations : l'ambiance appelait à la détente et à la bonne humeur.

Bernard décida de couper court aux présentations d'usage. D'ailleurs il y avait là des visages connus, des parents dont la progéniture suivait ou avait suivi les cours de piano d'Hélène. Le jeune médecin, très à l'aise, prit la main de son amie et lança à voix haute :

— Mesdames, messieurs, nous avons le plaisir d'avoir parmi nous Hélène Monceval, la célèbre concertiste qui a délaissé la scène pour enseigner son art à nos chères « têtes blondes »...

Des murmures approbateurs s'élevèrent, suivis de quelques applaudissements. Hélène, les joues roses, fit les gros yeux à Bernard, mais celui-ci se mit à rire :

— Tu gagneras peut-être ainsi de nouveaux élèves!

Un bel homme s'avançait vers eux. Assez grand, il possédait beaucoup d'allure avec ses cheveux bruns légèrement ondulés, ses traits virils, son regard sombre. Il s'inclina devant Hélène, lui prit la main et y déposa un baiser à peine perceptible.

— Si vous êtes bien Hélène Monceval, je tiens à vous exprimer toute mon admiration et à vous remercier pour les heures de bonheur que vous m'avez offertes.

La voix était grave, un peu rauque : Hélène, stupéfaite, ne savait quelle attitude adopter. Alexandre fronçait les sourcils, agacé. L'inconnu reprit d'un ton courtois :

— J'ai assisté à deux de vos concerts, il y a quelques années. Votre maîtrise égalait votre extraordinaire virtuosité... De plus, lorsque vous jouiez, il apparaissait évident que vous donniez au public un peu de votre âme! Dommage que vous ayez abandonné la scène.

— Merci! répondit-elle dans un souffle.

Sandrine, qui passait par là, un plateau à la main, s'écria :

— Ah! Quentin, tu as déjà fait la connaissance d'Hélène! Toi qui rêvais de la rencontrer...

Ces mots furent étrangement apaisants pour l'intéressée qui demanda à son admirateur :

— Où m'avez-vous entendue jouer, monsieur?

— À Paris et à Bourges... Vous portiez une robe blanche, vous ressembliez à un ange! Un ange habité par la passion de la musique!

— J'étais jeune alors...

— Vous n'avez pas changé, je vous l'assure! Mais, dites-moi, pourquoi avoir abandonné les concerts?

— Ce serait trop long à raconter.

Durant ce dialogue, Alexandre avait fait figure de témoin silencieux. Il ne voulait pas montrer à Hélène combien l'attitude de cet homme lui déplaisait. D'un naturel jaloux, il tenta d'entraîner sa femme vers le buffet :

— Ma chérie, si nous allions goûter aux merveilles que Sandrine a préparées?

— Si tu veux!

Quentin Meyrot les suivit à quelque distance. Il fut abordé en chemin par une charmante jeune fille et ne put se dérober à sa conversation. Quand Bernard, qui se souciait du bien-être de tous, put enfin rejoindre Hélène et Alexandre, il les trouva silencieux et la mine grave.

— Alors, mes amis! Que pensez-vous des prouesses de ma chère petite épouse?

— Elle a des dons remarquables de cuisinière! répliqua Hélène avec un léger sourire.

À cet instant, un air très doux s'éleva. Des couples dansaient déjà sur la pelouse. La nuit tombait et les lampions multicolores, accrochés aux arbres, diffusaient une lumière fort agréable.

Le médecin tendit la main :

— Hélène, accorde-moi ce slow!

Elle accepta, surtout pour fuir Alexandre. Celui-ci, en soupirant, se resservit une coupe de champagne. Il se sentait très seul au milieu de tous ces gens apparemment sans soucis ni chagrins. À une vingtaine de mètres, Hélène dansait, le visage tendu vers Bernard. Elle avait tout de suite confié à son docteur et ami la querelle qui venait de l'opposer à son mari :

— Je m'en doutais! lui dit-il. C'est pour cette raison que je t'ai invitée. Vous n'arriverez jamais à faire la paix, vous deux?

— Ce n'est même pas ça! Je ne peux pas retrouver une parcelle de l'amour que je lui portais. Cela me déchire, car c'est le père de ma fille et, pour elle, j'aimerais reformer un vrai couple avec Alexandre.

— Un vrai couple! Quelle gageure! Tu n'as toujours pas de relations intimes avec lui? Pardonne ma franchise, mais c'est le médecin qui te parle...

— Je ne t'en veux pas. Au contraire! Il me semble que si je pouvais briser cette barrière-là, tout serait possible.

— Hélène, tu es une femme! Jeune encore, désirable. Mon ami Quentin en est la preuve, il te dévore des yeux. Alexandre doit vivre un calvaire! Il t'aime passionnément.

— Je sais! Il vient juste de me faire une scène de jalousie, à cause de cet homme...

— Eh! je le comprends! Quentin Meyrot est un de tes fervents admirateurs. C'est un juge de grande valeur. Il est originaire des Charentes.

— C'est un bel homme! murmura Hélène. Et si poli, si galant!

— Hélène, ne joue pas avec le feu! De plus, je trouve qu'Alexandre boit beaucoup depuis votre arrivée ici. Pense à Véronique, elle est bien petite pour supporter vos disputes et les contraintes de votre séparation.

— Je te remercie, Bernard, mais tu devrais savoir que le bonheur de ma fille passe avant toute chose.

Irritée, Hélène délaissa les bras du médecin. Il ne se vexa pas, connaissant ses mouvements d'humeur et son émotivité. Elle voulait retrouver le groupe d'enfants qui jouaient sur la terrasse, mais n'en eut pas le temps. Des mains chaudes la saisirent au vol :

— Chère petite madame, je vous invite à danser, je vous en prie, ne refusez pas!

C'était Quentin. Hélène ne put ni ne voulut lui échapper, car le regard ardent de cet homme lui redonnait un peu de féminité. Depuis la naissance de Véronique, elle n'avait jamais eu cette réaction face aux hommages masculins, et ce trouble qui se réveillait en elle la rendait encore plus séduisante.

— Madame, puis-je vous appeler Hélène? C'est un si beau prénom! Il vous va à merveille!

— Si vous le désirez!

— Hélène, je suis vraiment heureux de pouvoir vous approcher, d'entendre votre voix!

— Ce n'est pas si extraordinaire, pourtant?

— Vous n'en savez rien!

Ils tournaient sans hâte, sans se quitter des yeux. Grisée par le champagne, flattée par les attentions de ce personnage énigmatique, Hélène croyait renaître. Là où l'amour soumis et patient d'Alexandre avait échoué, les propos aimables et caressants du juge produisaient leur effet. La jeune femme se mit à rire, à plaisanter.

— Vous êtes adorable! chuchota Quentin. Votre mari a de la chance!

— Ces mots replongèrent la jeune femme dans la réalité.

Elle haussa les épaules :

— Oh! mon mari...

— Vous n'êtes pas heureuse avec lui?

Il la serra un peu plus fort, pris au piège de sa présence, de ce charme particulier qu'elle exerçait sans le savoir sur les hommes.

— Monsieur, cela ne vous regarde pas...

— Appelez-moi Quentin! Et pardonnez mon indiscrétion, sans doute due à ma profession!

Elle rit doucement en cherchant à se dégager. Son cavalier la retint tendrement :

— Ne me fuyez pas! Je n'espérais pas vous approcher un jour, alors, pensez, une danse!

Il ponctua ces mots d'un regard ardent, d'une telle éloquence que la jeune femme s'abandonna à son étreinte. Elle s'aperçut soudain qu'Alexandre avait disparu. Certaine qu'il ruminait à l'écart de la foule ses ressentiments, elle préféra rejoindre Sandrine qui servait des sorbets et prit congé du juge à regret.

— Dis-moi, Hélène, tu sembles plaire à Quentin!

— Peut-être! Sais-tu où se trouve Véronique?

— Là-bas, avec les autres enfants. Alexandre a décidé d'allumer un feu de camp dans la prairie et de leur raconter des histoires. Veux-tu un peu de glace?

— Volontiers!

Alexandre avait fui la joyeuse assemblée pour ne plus voir Hélène dans les bras de Quentin Meyrot. Le cœur meurtri, brûlant de jalousie, il avait cherché sa fille. Elle jouait avec Nathalie et Bertrand, ses amis de toujours. Les joues rouges, un peu décoiffée, sa belle robe maculée de jus de fruits, Véronique s'amusait bien. En apercevant son père, la fillette avait couru vers lui. Il l'avait soulevée et fait tourner en l'air, selon leur habitude.

Il n'avait pas le droit de surveiller Hélène. Cette évidence le torturait, s'imposait à lui avec cruauté. Elle ne lui appartenait plus, il était incapable de la rendre heureuse.

Son nouveau sacerdoce – ainsi considérait-il son métier d'instituteur – lui apportait de grandes joies. Pour cette raison, après avoir reposé Véronique sur le sol, il resta de plein gré parmi les camarades de sa fille. Deux d'entre eux étaient d'ailleurs ses élèves. Ils commencèrent à bavarder, puis l'idée d'un feu de camp fut lancée. Bertrand, jeune maître des lieux, courut demander la permission à son père. Bernard accepta et conseilla pour cela le pré voisin.

Bientôt des flammes claires dissipèrent l'obscurité et des chants montèrent vers le ciel. Les enfants entonnaient des airs appris à l'école et la voix grave de l'ancien prêtre reprenait les refrains. Combien de fois avait-il animé de telles veillées au sein de la nature? Malgré la jalousie qui le tenaillait, de bons souvenirs lui revenaient, ses excursions dans le massif de l'Esterel, ses randonnées dans les Pyrénées. C'était avant Hélène, avant cette douloureuse découverte de l'amour...

Alors, sa mémoire lui renvoyait l'instant de leur première rencontre à Vindouris, lorsqu'elle s'était présentée au presbytère.

Hélène apparut au bout du pré, vaguement éclairée par les lueurs jaunes du foyer. Cette vision le troubla. Il ne savait plus à cet instant s'il la détestait ou s'il l'adorait. Elle fit quelques pas vers lui, mais un homme la rattrapa. Encore Quentin Meyrot!

Alexandre le vit prendre Hélène par le bras pour la ramener dans le cercle des danseurs. Elle le suivit, avec un rire provocant. Ce rire résonna dans l'esprit confus de l'ancien prêtre, tel un coup, une insulte. Il signifiait : « Il y a d'autres hommes que toi... des hommes qui sauront me rendre heureuse! »

Alexandre resta un long moment abattu, tel un boxeur étourdi par son adversaire. Puis la rage monta en lui. Hélène lui appartenait, il n'allait pas laisser un inconnu la séduire. Titubant, il s'élança, mais Bernard le rejoignit à grandes enjambées. Pressentant un drame, le médecin dit d'un ton anodin :

— Je venais voir le feu de camp! Les enfants sont ravis, Alexandre!

— Laisse-moi! J'ai un compte à régler avec ce type qui fait la cour à ma femme!

— Du calme, mon vieux! Je ne veux pas de scandale chez moi... Votre fille vous regarde!

— Restez avec elle, cinq minutes... seulement cinq minutes! Rassurez-la... Je vais chercher Hélène!

Bernard tenta de s'interposer, mais Alexandre le repoussa.

165

— Alexandre, je vous en prie, ne faites pas l'idiot!

Nathalie appela son père. Le jeune médecin fut bien obligé de s'intégrer au cercle des enfants. Il vit le mari d'Hélène rejoindre les lumières, là-bas, sur la terrasse.

Depuis quelques minutes, Hélène vivait un rêve. Dans les bras de Quentin, le passé s'effaçait. Elle avait oublié combien il peut être agréable de se sentir femme, de recevoir les hommages d'un homme dont on ne sait rien, si ce n'est qu'il vous murmure mille compliments.

— Hélène, j'aimerais vous emmener loin, vous redonner le goût de vivre, de rire!

Elle fermait à demi les yeux. Sur ses épaules nues, les mains du juge se faisaient chaudes, caressantes. Son corps renaissait enfin, des vagues de plaisir la faisaient frissonner, palpiter. Comme il serait facile de céder à ce délire qui l'envahissait!

Quentin l'avait entraînée à l'écart, dans l'ombre d'un bosquet de lilas. Lui d'ordinaire si maître de ses sentiments ne se dominait guère. La femme silencieuse qu'il tenait dans ses bras s'alanguissait, telle une enfant perdue que l'on réconforte et qui se rassure, avide de tendresse. Il pressentait en elle des tourments sincères, un mal de vivre profond. C'était une artiste, une âme fragile, mais aussi une longue sirène au parfum grisant.

— Hélène, vous me fascinez!

Leurs lèvres étaient dangereusement proches. Quentin se pencha un peu, au mépris de tous ses principes. Il la savait mariée, mais comment résister à l'appel bouleversant qui émanait d'elle?

Il choisit d'oublier quelques secondes le monde des conventions. Un baiser, un seul baiser... Tendu, grave, il prit sa bouche. Elle ne se déroba pas, mais soudain Alexandre se rua sur le couple enlacé, les séparant avec hargne. Quentin reçut un coup de poing en pleine poitrine. Hélène se mit à crier, horrifiée, une gifle la fit taire.

— Tu es devenu fou, Alexandre! balbutia la jeune femme, effrayée.

— Viens, nous partons! Tu t'es assez donnée en spectacle.

Elle le suivit, brûlante de honte. La scène avait eu trois ou quatre témoins dont Sandrine. Très digne, Quentin Meyrot recula en adressant à Alexandre un regard furieux. Pourtant il se sentait coupable à l'égard de cet homme et il préféra s'éloigner. Il se heurta à Bernard qui, après avoir confié les enfants à un de ses invités, accourait, anxieux. Avant de pouvoir poser une seule question, le médecin vit de loin Hélène prendre son sac et son gilet sur une desserte. Alexandre la tenait par le bras, le visage défait.

Sandrine lui expliqua brièvement la situation, en roulant des prunelles inquiètes :

— Bernard, je crois qu'il vaut mieux que nous gardions Véronique! Va le leur proposer, la petite sera plus tranquille ici! Alexandre me fait peur!

Son mari approuva et rejoignit le couple. Sandrine et Quentin assistèrent à l'entretien, très bref. Hélène faisait un signe de tête affirmatif, l'air affolé.

— Je plains Hélène! chuchota l'épouse du médecin. Elle n'a pas de chance, sa vie ressemble à un mauvais roman.

— Elle mériterait un peu de bonheur! commenta Quentin. Une femme comme elle...

Sandrine lui jeta un regard réprobateur. Alexandre avait des torts, mais elle n'appréciait pas le rôle que le juge avait joué dans cet incident. Il ne fut pas dupe :

— Je suis désolé, Sandrine. Je me suis conduit comme un idiot... Ceux qui en font des gorges chaudes autour de nous doivent imaginer je ne sais quelle sombre histoire d'adultère. Ils se trompent, j'ai simplement perdu la tête!

Elle ne répondit pas, surprise cependant. Quentin Meyrot, perdre la tête, cela ne lui ressemblait guère...

XI
Sur les vagues du désir

Alexandre roulait doucement sur la route qui les ramenait vers Houlgate. Leur départ avait tout d'une fuite. Ils avaient accepté de confier leur fille à Bernard; il était inutile de lui imposer une atmosphère lourde de menaces. Véronique serait sans doute ravie de cet imprévu. Une violente querelle allait les opposer, ils le pressentaient tous les deux. Quand Hélène avait suivi Alexandre vers le portail, Bernard avait pu la retenir quelques minutes pour lui dire gravement :

— Hélène, je suis sûr que tu aimes toujours Alexandre. Tu as provoqué sa jalousie, cela te regarde... Mais fais un effort, jette-toi dans ses bras, tu verras bien le résultat!

Elle avait fermé les yeux, prise de vertige. Il lui paraissait impossible de renouer le fil de sa passion défunte. Quentin, lui, avait su la bercer de paroles flatteuses, tout en éveillant ses sens endormis depuis longtemps. Alexandre avait deviné le trouble de sa femme. La voir embrasser cet homme l'avait comme encouragé. Il était blessé dans son amour-propre, et, sous l'emprise de l'alcool, il s'était révélé un être violent, capable de frapper son rival et de la gifler. Elle ne le reconnaissait plus... À présent, ils hésitaient à parler et regardaient le paysage nocturne, sans même goûter le charme de la campagne normande endormie. Alexandre avait ouvert la vitre et un air parfumé entrait dans la voiture. Ce furent ces senteurs suaves de foin coupé, d'herbe fraîche qui le poussèrent à déclarer d'un ton âpre :

— Belle nuit pour les amoureux! Ce bellâtre en a profité! Tu semblais aux anges dans ses bras! Tu n'as pas changé, Hélène... Toujours prête à te jeter à la tête du premier venu!

— C'est agréable, la compagnie d'un homme qui ne m'a jamais fait aucun mal! Je n'avais pas peur de lui... J'en suis la première surprise!

Elle le narguait, pleine de rancune, autant pour le scandale et ses possibles conséquences que par colère. Sa joue lui faisait mal. Alexandre demanda d'un ton dur :

— Parce que tu as peur de moi?

— Avoue que je pourrais avoir des raisons! Tu m'as giflée, en public!

— Je devais peut-être te laisser t'exhiber avec un autre! Tu embrasses ce type dans un coin sombre, alors que, depuis deux ans, j'espère en vain un geste de toi... Un peu de tendresse me suffirait! Un baiser de temps en temps! Mais non! Je n'ai même pas droit à ça...

— Je suis navrée, je ne peux pas! Cela vient sans doute de notre passé! Qui peut me reprocher ce qui s'est passé? J'ai des torts, j'en conviens, pourtant je ne le regrette pas. Cet homme a su m'apprivoiser, me redonner confiance...

Furieux, Alexandre se trompa de direction, oubliant de tourner à droite. Hélène lui en fit sèchement la remarque. Il se mit à hurler :

— Désolé! Je ne suis même plus capable de conduire. J'aurais pu tuer ce type quand je t'ai vue dans ses bras, et te tuer aussi! Tu me rends fou, Hélène! Et si je rate un virage, tant mieux, nous mourrons ensemble!

Il freina brusquement puis s'écroula en larmes sur le volant. La chanson monotone des grillons venait jusqu'à eux, telle une petite musique mélancolique. Hélène éprouva une sorte de pitié pour son mari.

— Alexandre... Pourquoi en sommes-nous arrivés là? Je voudrais tant te pardonner!

Sa main se tendit vers la nuque inclinée de son mari, mais une fois encore elle retint ce mouvement de compassion.

— Emmène-moi au bord de la mer! dit-elle d'une voix changée. Nous sommes d'ailleurs dans la bonne direction!

Il se redressa, la dévisagea attentivement :

— Tu le souhaites vraiment?

— Oui, j'ai envie de marcher sur la plage...

La rumeur éternelle de l'océan apaisa Hélène dès

qu'elle l'entendit. Alexandre n'avait pas prononcé un mot durant le trajet. Avait-il lui aussi pensé à leurs folles étreintes de jadis, avec comme seule couche le sable fin des dunes?

Ils s'arrêtèrent sur une esplanade déserte, non loin du front de mer. À cette heure tardive, les vacanciers dormaient derrière les persiennes bien closes des villas.

— Merci, Alexandre! murmura la jeune femme.

Elle descendit de voiture sans le regarder et s'éloigna d'une démarche vacillante vers la mer dont les vagues se devinaient dans la nuit grâce à leurs crêtes argentées brillant sous la lune. Hélène avait l'impression d'avancer sur une corde raide.

Elle cherchait un équilibre qui la fuyait sans cesse, et le vide la terrifiait tout en l'attirant. D'un côté il y avait la vie simple, la douce présence de sa fille, de l'autre l'abîme de ses sentiments confus, le cri muet de son corps privé d'amour...

Ce trouble dans les bras de Quentin Meyrot pouvait-il renaître à nouveau? Signifiait-il qu'elle devait fuir son mari, un mari de pacotille?

— Hélène!

Alexandre s'était décidé à la suivre, inquiet de la voir marcher droit vers l'océan. Elle ne se retourna pas. Cette voix familière qui criait son nom lui fit songer à l'appel d'un fantôme qui la poursuivrait. Ce fut le contact de l'eau froide sur ses chevilles qui la ramena à la réalité.

— Hélène, ma chérie! Que fais-tu?

Une vague plus forte éclaboussa la jeune femme jusqu'à la taille, mais elle ne recula pas.

— Je voudrais mourir... gémit-elle.

Affolé, Alexandre lui prit le bras. Elle se débattit, lui échappa encore, brûlant d'une fièvre singulière. Il entra lui aussi dans l'eau, mais ne put la retenir. Hélène s'était laissée tomber et, appuyée sur un coude, offrait son visage au flux écumant, salé et amer. Ruisselante, les paupières closes, elle ressemblait à une sirène échouée là au gré des flots.

— Hélène, relève-toi... Hélène!

La robe légère épousait les formes menues de cette naufragée de la vie qui pleurait à présent, frissonnante. Alexandre se pencha, vibrant de désir. Elle n'avait jamais été aussi belle.

— Mon amour, mon pauvre amour!

Il se pencha puis l'enlaça. Ses mains étaient chaudes, caressantes. Hélène ne fit pas un geste lorsqu'il effleura ses seins dont la pointe durcie tendait le tissu mouillé.

— Viens... viens... Je t'aime tant.

Elle fit non de la tête mais ne résista pas à son étreinte. Alexandre la conduisit sur la bande de sable humide que les vagues n'atteignaient pas. La marée descendait, la nuit était tiède, les étoiles, innombrables...

Hélène sentit sa robe glisser de ses épaules, et le contact de l'air sur son buste dénudé la troubla. Un spasme la traversa, comme un réveil de ses sens endormis depuis trop longtemps. Sa bouche ne protesta pas quand les lèvres fermes et savantes d'Alexandre quémandèrent un baiser impérieux.

Le plaisir naissait, d'abord timide, puis allait en s'enflammant. Elle retint son mari lorsqu'il se dégagea doucement de ses bras.

— Ne me laisse pas...

— Je ne te laisse pas, je te regarde! Tu es belle, si belle... J'ai envie de toi!

Il s'allongea sur elle, embrassa ses seins, son ventre en la dévêtant avec délicatesse. Elle haletait, soudain impatiente, toute son attention concentrée sur ce réveil inattendu de ses sens.

— Alexandre... Alexandre... J'ai besoin de toi... Je t'aime! Je t'aime.

Il prit possession de son corps avec frénésie, au rythme de ces mots d'amour qu'elle criait enfin, après les avoir bannis de son cœur durant des années. La passion trop longtemps contenue vibrait dans toutes les fibres de son être. C'est ce feu dévorant qui avait tant effrayé Hélène, ce feu invincible contre lequel elle avait lutté en vain.

Sur le sable, sa tête blonde roulait de droite à gauche, puis de gauche à droite, un mouvement inconscient qui révélait la violence de son égarement. Alexandre s'abattit enfin sur elle dans un râle incrédule. Il ne parvenait pas à croire à ce miracle, la sentir sous lui, douce, amoureuse. Les yeux fermés, il continuait à l'embrasser avec tendresse sur le front, les joues, le menton.

— Hélène, ma petite Hélène! Je t'aime...

Il craignait encore une parole dure, un geste de répulsion qui détruiraient la magie de ces instants, mais elle ne bougeait pas, ne disait rien. Pourtant lorsqu'un frisson la prit, il s'alarma :

— Ma chérie! Tu es gelée! Viens, nous allons rentrer chez nous! Si tu veux bien...

— J'ai froid! Alexandre, ne me quitte plus, plus jamais!

— Plus jamais! Je te l'ai promis mille fois.

***

La vie quotidienne reprit son cours. Hélène donnait seulement ses leçons de piano avec plus d'entrain, et ses élèves étaient ravis de l'entendre parfois plaisanter ou rire. Depuis cette folle nuit de juillet, bien des choses avaient changé. La jeune femme ressassait ce souvenir dès qu'elle se retrouvait seule. Chaque minute de leur étreinte sur le sable mouillé s'était inscrite dans sa chair.

Elle revoyait Alexandre lorsqu'il l'avait installée à la place du passager, transie, émue. Il la regardait avec une telle adoration. Ils étaient rentrés ensemble chez elle, dans cette maison qui avait abrité leurs premiers mois de bonheur, des années auparavant.

Ensuite, Alexandre l'avait portée jusqu'à sa chambre et l'avait à nouveau dévêtue fébrilement.

La somme d'amour qu'elle gardait captive en son cœur

s'était enfin libérée. Ils n'avaient pas dormi, ivres de désir, de plaisir. Il était le seul homme capable de lui offrir cette communion totale des corps et de l'âme. Sous ses mains sa chair frémissait, brûlante, avide, elle ne pouvait se détacher de lui. Comment avait-elle pu rester si longtemps loin de ses bras? Comment avait-elle pu le faire souffrir?

Cette énigme n'était pas résolue. Hélène ne comprenait pas plus les raisons de sa froideur, de sa haine qu'elle ne s'expliquait pas, le mystère de ce brusque revirement. Elle en avait bien sûr parlé à Bernard. Le médecin s'était montré un peu ironique :

— Cherche la solution en toi, Hélène! Mais n'oublie pas que la haine est très proche de l'amour... Tu repoussais ton mari à cause des souffrances que tu as connues par sa faute. Tu redoutais la passion qui en vérité couvait en toi. Alexandre a largement payé sa part... Je vous souhaite d'être très heureux!

Rien n'était simple cependant. Hélène, en accord avec Alexandre, avait décidé qu'il viendrait dîner le soir et resterait dormir. Mais elle n'avait pas encore accepté une véritable cohabitation. Il lui semblait prématuré de le laisser ramener ses quelques affaires, livres et vêtements.

— Je ne peux pas te dire pourquoi. Alexandre, ne m'en veux pas! Laisse-moi du temps. Je me suis habituée à vivre seule...

Elle n'avait pas pris conscience de ce que révélait son attitude. C'était l'amant qu'elle accueillait et non l'époux. Pourtant, les dîners en compagnie de Véronique étaient animés et se passaient dans une joyeuse ambiance familiale. Alexandre, lorsqu'il rentrait le soir, ne pouvait s'empêcher d'embrasser sa femme. Elle semblait gênée, mais souriait malgré tout, ravissante avec son petit tablier à fleurs.

Le bonheur était à portée de leurs mains, ils en avaient tous les deux la certitude. L'attirance presque magnétique qui les avait toujours troublés jouait à nouveau son rôle. Sous le regard brun d'Alexandre, Hélène rougissait, oubliait ses craintes du lendemain. La nuit les jetait l'un contre l'autre, affamés, passionnés, c'était à chaque fois une sorte de miracle.

Un matin, très tôt, alors qu'ils s'éveillaient encore enlacés, Alexandre lui dit d'une voix douce, caressante :

— Hélène, ma chérie, je voudrais te dire merci! Je désespérais de te retrouver un jour! Je n'oublierai jamais cette nuit sur la plage. Je te désirais tant et tu m'as donné une telle joie! Pourquoi m'as-tu ouvert les bras cette nuit-là?

Elle le dévisagea avec un sourire triste.

— Je ne le sais pas vraiment moi-même... J'étais malheureuse, je me sentais perdue. Si Véronique était rentrée avec nous, rien ne serait arrivé. Quand tu as pleuré, dans la voiture, j'ai eu honte pour nous deux, honte de ces échecs qui nous poursuivaient... J'avais envie de mourir, mais tu étais là, toi que j'aimais... Tes mains ont tant de pouvoir sur moi!

Il l'attira sur lui, soudain gai :

— Et tu as tant de pouvoir sur moi! Toi! Hélène, tu es la seule femme que j'ai touchée, la seule. Et je n'ai pas envie qu'il en soit autrement. Dieu a peut-être eu pitié de nous...

Elle se dégagea, puis se leva d'un bond. Entendre Alexandre évoquer Dieu lui causait un malaise indéfinissable. Au fond de son cœur dormait une terreur toute-puissante, celle de le voir un jour se détourner d'elle et de leur fille. Il avait été prêtre; un tel engagement ne s'effaçait pas. Son sacerdoce les avait séparés, les avait opposés durant des mois. Hélène se sentait faible face à cette force divine à qui elle l'avait disputé jadis.

— Hélène! murmura-t-il. Hélène, n'aie pas peur. J'ai compris depuis des années que l'on peut aimer Dieu et une femme. Depuis un an, j'ai obtenu ma réduction à l'état laïc, et mon souhait le plus cher est de m'unir religieusement avec toi, dans l'église d'Houlgate. Dès que tu seras prête. Je veux que Véronique ait un vrai foyer!

— Je ne sais pas si je serai prête un jour, Alexandre! répondit-elle sans le regarder.

***

Hélène raccrocha le combiné téléphonique avec une expression perplexe. Son ancien imprésario, Pierre Pascal, venait de la contacter pour lui proposer de donner un concert à Paris. La jeune femme réfléchissait. Elle gardait un souvenir particulier de cette époque de sa vie où, parée d'une grâce encore adolescente, elle jouait devant des salles pleines, vêtue d'une longue robe blanche. Les applaudissements, les gerbes de fleurs, les louanges dans la presse, tout cela ne lui manquait pas. Seule lui importait alors la mystérieuse transe que la musique lui offrait... Oui, son âme s'envolait, ses doigts légers faisaient naître le rêve en elle mais aussi chez un public enthousiaste. Un concert... à Paris! Pourquoi pas?

— Suis-je encore capable d'éblouir les foules, de jouer avec cette ferveur que j'avais en moi. Je croyais en l'avenir, en l'amour, je me sentais à l'aube d'une existence pleine de promesses! Mais à présent...

Hélène décida de demander conseil à Bernard, en qui elle avait toute confiance. Il ne lui vint pas à l'esprit de partager ses doutes avec Alexandre. De son mari, elle se méfiait trop, malgré leur récente réconciliation. Il était son amant, celui qui lui redonnait la merveilleuse sensation d'être une femme, à nouveau capable de plaisir. Elle se laissait prendre à ce piège troublant, mais souvent se demandait si ce qu'elle éprouvait était bien de l'amour...

Elle appela Bernard : il était absent. Sandrine promit que son mari la contacterait dès son retour. L'épouse du médecin la connaissait. Elle la sentit anxieuse :

— Qu'est-ce qui ne va pas, Hélène? Tu ne veux pas m'en parler? Je suis ton amie...

— Tu as raison! Ton avis me sera précieux, et je suis sotte de prendre au sérieux tout ce qui bouleverse l'ordre établi. Voilà, on me propose de donner un concert à Paris. Le cachet est très honorable, mais je ne sais vraiment pas si je peux assumer un tel engagement.

— Hélène! Tu joues comme une fée! C'est formidable, c'est une occasion unique de remonter sur scène. Accepte!

Sandrine se fit persuasive, sa voix chaleureuse réconfortait Hélène qui ajouta, d'un ton inquiet :

— Si j'accepte, je n'ai que quinze jours pour me préparer. Bien sûr, on me laisse le choix des morceaux à interpréter, j'ai déjà une petite idée de ce que je choisirais, si...

— Hélène! Tu seras à la hauteur, je regrette de ne pas pouvoir assister à tes prouesses...

— Mes prouesses! Justement, parlons-en, il y a une sérieuse différence entre les leçons que je donne aux enfants et un concert... Je vais devoir travailler quotidiennement, et repousser des heures de cours.

— Je peux garder Véronique plus souvent, ne te fais aucun souci, tu peux compter sur moi!

Hélène remercia chaudement Sandrine. À la fin de l'après-midi, elle avait pris sa décision. Quand Alexandre rentra pour dîner, elle lui annonça aussitôt, d'un air de défi :

— Dans deux semaines, je donne un concert à Paris. Je serai absente au moins quatre jours. Le mieux serait que tu gardes Véronique.

— Mais... ma chérie!

— Tu ne veux pas!

— Je ne t'ai pas dit ça! Explique-moi au moins ce qui se passe!

Ils discutèrent un bon quart d'heure, puis Hélène fit prendre un bain à sa fille. Lorsque tous trois se retrouvèrent à table, Alexandre parut songeur. Il souriait peu, mangeait à peine. Hélène en fut agacée. Elle prit l'attitude de son mari pour de la froideur et, déçue, s'empressa de fuir cette atmosphère oppressante :

— Viens vite au lit, ma chérie...

— Mais je n'ai pas joué avec papa!

Hélène la souleva en riant :

— Accroche-toi à mon cou! Ce soir, je te lis une très longue histoire... Et puis, je te fais un câlin gros comme ça!

— Alors, je vais au lit! Bonne nuit, papa!

— Bonne nuit, mon ange!

Alexandre s'approcha pour embrasser la petite qui

souriait, ravissante poupée aux boucles brunes. Il lança à sa femme un regard ardent dont elle comprit le sens. Les yeux noirs d'Alexandre étaient assez éloquents...

— Je t'attends dans le salon! lui dit-il avec une douceur inattendue.

Hélène revint une heure plus tard, prête à une altercation. Mais Alexandre lui tendit la main :

— Viens près de moi, ma chérie!

Hésitante, elle obéit. Il l'enlaça et chuchota à son oreille, tout en l'embrassant dans le cou :

— Et si je t'accompagnais à Paris? Tu voulais toujours que je te rejoigne là-bas, quand j'étais à Vindouris. Ce que nous n'avons pas pu réaliser jadis, pourquoi ne pas le faire aujourd'hui?

Elle se blottit contre lui, frémissante, avide de tendresse.

— Et ton travail... Et Véronique?

— Il y a toujours des solutions. Je peux prendre deux jours de congé, nous pouvons confier Véro à Sandrine. Hélène, accorde-moi cette escapade en amoureux...

Il la tenait serrée sur sa poitrine, comme pour lui communiquer sa force virile. Elle succombait aux caresses qu'il lui imposait. Tout près du sien, elle voyait son visage transfiguré par le désir.

— Alors, quelle est ta réponse?

— Je ne sais plus... Alexandre! Je dois me concentrer avant de jouer. De plus, je devrai répéter, je risque de ne pas être très disponible.

Alexandre se raidit soudain, les traits crispés par une brusque colère, blessé dans sa fierté :

— Très bien, tu me refuses quelques heures de bonheur, des nuits seul avec toi... Je ne peux même pas te voir en concert! Très bien, agis à ta guise! Je resterai là, avec Véronique! J'espère que tu profiteras bien de ta liberté... Tu reverras sûrement d'anciennes connaissances, en toute tranquillité...

— Alexandre! Qu'est-ce que tu insinues?

Hélène se redressa, livide. Elle referma d'un geste nerveux son corsage que son mari avait déboutonné un instant plus tôt. Ils s'affrontaient du regard, à nouveau séparés par les vieilles rancœurs qui dormaient en eux.

— Je n'insinue rien! Tu sais parfaitement à qui je fais allusion. Ce sale type qui a brisé notre couple... Luc Lovar! Si tu le revois, qui me dit que tu ne vas pas te jeter dans ses bras, comme avant?

— Et c'est pour cela, uniquement, que tu désirais me suivre! Pour me surveiller! Quelle belle preuve d'amour!

Furieux, Alexandre se leva, empoigna son blouson et sortit à grands pas. Hélène ne fit pas un geste pour le retenir. Combien de fois avait-elle vécu ce genre de scène? La porte qui claque, la voiture qui démarre en trombe et cette pénible impression de solitude, d'échec. Elle ferma les yeux, des larmes d'humiliation coulaient sur ses joues. Le bonheur lui échappait toujours, mais qui devait porter la faute de cette succession de querelles? Elle ou Alexandre?

Pourtant, à sa grande surprise, son mari ne fut pas long à réapparaître.

— Hélène, ma chérie! Pardonne-moi! Je t'aime, je suis fou de toi... et jaloux, oui! J'étais déjà jaloux à Vindouris, quand je te savais ailleurs, adulée, admirée. Tu me téléphonais et je te répondais durement, afin de lutter contre cet amour qui me brûlait, un amour auquel je n'avais pas droit. Maintenant je suis libre de t'aimer, de te le prouver, je suis ton mari, mais tu me méprises, tu me traites comme un coupable, et je souffre.

Elle le regardait, stupéfaite. Avait-il vraiment changé à ce point? Lui l'orgueilleux, le distant. Il baissait les armes bien vite à présent. Hélène, d'un geste machinal, effleura les cheveux d'Alexandre qui avait posé sa tête sur ses cuisses. Encore meurtrie par les mots cinglants qu'il lui avait adressés, elle ne pouvait pas le repousser.

— Viens, allons dormir! Je ne veux pas rester seule, j'ai peur!

Il tressaillit tant la voix de sa femme semblait lointaine, fluette. Elle demeurait, par cette voix enfantine, la jolie petite Hélène qui venait au presbytère pour le seconder, gênée, discrète. Peut-être pourraient-ils un jour se retrouver, délivrés de leurs hantises, de leurs souvenirs douloureux?

— Mon amour, n'aie pas peur, je suis là.

Il l'emporta dans ses bras, en embrassant son front avec respect. Elle sourit timidement, amusée d'être portée telle une fillette. Dans son cœur, un vague espoir murmurait, malgré tout.

XII
Lorsque renaît la passion...

Les applaudissements éclatèrent, fervents, ils tonnaient, persistaient... Quelqu'un jeta même un bouquet de roses sur la scène. Hélène saluait, longue silhouette vêtue de noir. Cette toilette de velours qu'elle avait choisie d'une grande sobriété faisait paraître plus clairs ses cheveux et conférait à sa peau des nuances de nacre.

Elle avait joué de toute son âme, malgré le trac des premières minutes, malgré cette amertume qui demeurait dans son cœur. La musique s'était révélée comme jadis une complice, mieux encore, elle l'avait emportée très loin, sur les ailes d'un rêve éternel, rêve d'amour et de bonheur.

Pourtant, en arrivant à Paris, Hélène se sentait blessée, désespérément seule. Alexandre l'avait accompagnée à la gare, avec Véronique. La fillette avait envie de pleurer, parce que sa maman la quittait pour quatre longs jours. Ces adieux moroses n'avaient guère contribué à donner du courage à la jeune femme. Seuls le piano, l'atmosphère si particulière de la capitale et les préparatifs du concert avaient su tirer Hélène de son abattement. Elle avait triomphé...

La preuve en était cette rumeur admirative qui animait un public sous le charme. Dans les coulisses, on fêta le retour de la concertiste virtuose...

— C'était fabuleux!

— Tu n'as rien perdu, Hélène, ton jeu a pris de la vigueur, de la maturité...

Elle les écoutait à peine. Durant ces trois jours, Hélène s'était uniquement consacrée aux répétitions, se cloîtrant le reste du temps dans sa chambre d'hôtel. Demain, elle repartait pour Houlgate et cette pensée la réconfortait.

— Il n'y a pas eu de communication pour moi? demanda-t-elle en entrant dans sa loge.

— Non, personne! Mais vous avez reçu des fleurs! lui répondit la femme de service.

En effet, deux gerbes l'attendaient sur une table. Elle soupira. Alexandre ne lui avait pas téléphoné. Il devait juger que c'était inutile de la féliciter, ou, au moins, de s'informer de l'issue du récital. Hélène avait eu sa fille en ligne la veille, mais son mari n'avait pas daigné lui dire trois mots. Un profond découragement l'envahit. À présent, elle regrettait son entêtement. Pourquoi avoir refusé sa présence?

« Si Alexandre était là, nous aurions pu aller dîner tous les deux... Il m'aurait applaudie, lui aussi. J'ai besoin de ses caresses, de son regard! »

Elle secoua sa chevelure, ôta sa robe noire à regret pour s'envelopper dans un peignoir de satin vert. Les consignes données par Hélène à son imprésario et au personnel étaient respectées : elle avait demandé à ne paraître à aucun repas, à aucun cocktail. De plus, elle ne voulait pas de visites. Tristement, la jeune femme se pencha vers les magnifiques fleurs. Le bouquet de tulipes roses lui plut. Intriguée, elle ouvrit la petite enveloppe, déchiffra la belle écriture qui lui était étrangère. Un sourire étonné naquit sur ses lèvres tandis qu'elle parcourait les quelques lignes tracées à son intention :

Chère Hélène, merci pour l'émotion que vous avez fait naître en moi ce soir. J'ai vécu des heures uniques. Votre talent égale votre beauté délicate. Je reste votre dévoué admirateur... Quentin.

Hélène reposa la carte, rêveuse. Quentin Meyrot, cet homme séduisant qu'il l'avait invitée à danser chez Bernard et Sandrine, qui s'était aventuré à l'embrasser, provoquant la colère d'Alexandre! Il devait être parmi le public et il s'était arrangé pour lui faire porter les fleurs dès la fin du concert. Cette marque d'attention, de galanterie, la toucha beaucoup. Mais elle aurait préféré que les tulipes fussent un cadeau de son mari... Lorsque l'on aime sincèrement une femme, certains gestes ont le pouvoir de la conquérir ou de la reconquérir.

Soudain, le cœur d'Hélène se mit à battre plus vite. Le second bouquet, c'était peut-être Alexandre qui l'avait envoyé? Ces onze roses rouges, symbole d'amour, qui d'autre que lui avait pu les lui adresser? Nerveusement, elle s'empara du message : « *Je ne t'ai pas oubliée!* »

Qui pouvait lui dédier une telle phrase? En tout cas, ce n'était pas Alexandre! À cet instant, la porte s'ouvrit. La jeune femme avait dû oublier de fermer le verrou. Furieuse, elle allait protester contre cette intrusion, mais ne put proférer un son en voyant qui pénétrait dans la loge.

— Luc! Que fais-tu ici?

— Je viens te saluer, ma chérie!

— C'est toi, les roses?

— Bien sûr! Je ne t'ai jamais oubliée, et je tenais à te le dire de vive voix!

Luc Lovar... Il avait changé : ses traits défaits trahissaient une certaine veulerie. La minceur de jadis avait cédé la place à un léger embonpoint qui ne lui allait pas du tout. Dire qu'à une époque déjà lointaine Hélène lui trouvait un air de ressemblance avec Alexandre! L'image de son mari la traversa. Il avait gardé, lui, sa prestance de jeune homme, son visage s'était modelé harmonieusement, malgré quelques légères rides qui, loin de lui nuire, ajoutaient à son charme viril.

— Luc, j'avais donné des ordres stricts! Je ne comprends pas comment tu as pu venir jusqu'à moi.

— L'amour donne des ailes! En tout cas, Hélène, tu es toujours aussi jolie.

Il s'approchait, un sourire suffisant aux lèvres. Mais qu'imaginait-il? Qu'elle allait tomber dans ses bras? Elle se sentit vulnérable, seulement vêtue de son peignoir.

— Sors tout de suite! Je ne veux plus entendre parler de toi... Tu entends? Tu as brisé ma vie! C'est à cause de toi que j'ai perdu Alexandre...

— Qu'est-ce que tu racontes? J'ai appris que vous viviez ensemble!

— Peut-être, mais rien ne sera plus jamais comme avant! Va-t'en!

Il haussa les épaules, en séducteur sûr de lui. D'un geste brutal, il la prit par un bras :

— Hélène, ne fais pas la fine bouche! Je te connais assez. Je t'ai observée pendant le concert. Tu n'es pas heureuse, tu as besoin que l'on s'occupe de toi!

— Non! Laisse-moi, je t'en prie! dit-elle tout bas pour ne pas provoquer de scandale. Pourtant, elle avait envie de crier.

— Hélène, ne me repousse pas! J'ai pensé à toi bien souvent, tu dois le savoir. Il y a des femmes que l'on ne peut effacer. Je te désire... comme avant!

Ces mots firent l'effet d'un coup de fouet à la jeune femme.

Elle revit la scène horrible qui la hantait, lorsque son mari était rentré dans leur chambre d'Houlgate pour la trouver nue dans les bras de Luc. Alexandre était parti, défiguré par la haine et le dégoût, blessé à mort. Hélène recula, avec un regard de répulsion pour son ancien amant. À l'époque, elle s'était donné des excuses. Mais ce soir, tous ses torts lui apparaissaient, elle éprouvait à son tour l'infinie torture qu'avait endurée Alexandre. À cause de cet homme à l'expression rusée et vaniteuse...

— Luc, si tu as gardé un peu d'affection pour moi, pars tout de suite. Je ne veux plus te voir, jamais... Le passé est le passé. J'ai pu chercher refuge dans tes bras, t'appeler à l'aide, mais je ne suis plus la même. J'ai une fillette que j'adore; pour elle, je tente de reconstruire un couple stable. J'ai appris à lutter seule, à être forte. Et j'aime Alexandre, tu entends, je l'aime toujours! D'ailleurs, il est là, à Paris, il m'attend à l'hôtel.

Ce mensonge lui semblait justifié, afin de convaincre Luc de la laisser en paix. Il hocha la tête, mit ses mains dans ses poches :

— Bon, très bien! Si c'est comme ça, autant nous dire adieu. J'imaginais un autre accueil de ta part, tant pis.

Pourtant, ma chérie, tu étais loin d'être indifférente à mes caresses...

— Tais-toi! Tu me répugnes...

— Très bien, je m'en vais!

Luc Lovar sortit en claquant la porte, avec un juron insultant. Hélène, tremblante, s'empressa de tourner le verrou. Une sueur froide coulait sur son front. Tout son être était bouleversé par une émotion violente. Une barrière s'était brisée, sous le choc de cette entrevue. Luc Lovar, en voulant la séduire à nouveau, lui avait ouvert les yeux. Ce cri qu'elle avait jeté : « J'aime Alexandre », il était sincère et, en jaillissant de ses lèvres, il avait pris une puissance étonnante.

— Alexandre! Combien je t'aimais! Et je t'ai fait du mal, moi aussi. Toi, tu ne m'as jamais trahie; ton corps, je suis la seule femme à l'avoir embrassé, touché... Tu m'en as fait le serment, mais je m'en moquais.

Une grande chaleur rayonna dans le cœur de la jeune femme. Un élan passionné la poussait vers son mari. Elle aurait pris, si cela avait été possible, un train de nuit pour le rejoindre sans plus attendre.

— Mon amour! murmura-t-elle, mon seul vrai amour...

***

Le lendemain matin, Hélène téléphona très tôt à son mari, afin de lui indiquer l'heure d'arrivée de son train. Alexandre n'était guère aimable :

— Bien, j'irai te chercher, mais je serai seul, Véro est invitée chez Sandrine. Elle y passe la journée et dort là-bas le soir.

— Ce n'est pas grave... Le principal est qu'elle s'amuse. Alexandre, je t'aime... Je t'aime!

Sans lui laisser le temps de décocher quelque réplique acerbe, elle raccrocha.

Sur le quai de la gare, angoissée, Hélène cherchait

parmi la foule des voyageurs la silhouette familière de son mari. Soudain, il s'avança, les traits tendus. Elle marcha plus vite, fascinée par le visage de celui qui, depuis des années, prenait une telle importance dans son existence.

— Alexandre!

Avait-il compris qu'elle revenait en femme amoureuse? Il lui ouvrit les bras, avec un sourire timide...

— Hélène, comme tu es belle! chuchota-t-il en l'embrassant dans le cou, au creux de l'épaule.

***

Houlgate. La vieille ferme se dore au soleil, offrant à la chaude lumière d'été ses murs couverts de fleurs grimpantes. Des criquets stridulent dans l'herbe sèche, le chien dort sous un des pommiers.

Leur chambre semble parée pour une fête mystérieuse, grâce à ces bouquets de marguerites qui sont disposés sur la commode et le bord de la fenêtre. Alexandre, la gorge nouée par un bonheur incroyable, a tiré les lourds rideaux de toile rose. La pénombre se fait douce, tiède, complice.

Après avoir pris sa douche, Hélène s'est allongée sur le lit, enroulée dans une serviette bleue. Sa peau est constellée de gouttelettes d'eau. C'est elle qui l'a appelé, d'une voix étrange. Maintenant, il hésite, puis, pris d'une fièvre nouvelle, se couche à ses côtés. Hélène respire vite, les yeux fermés. Elle dit doucement :

— Alexandre... je t'aime tant! Viens!

Il se penche, baise ses lèvres avec respect, s'obligeant à freiner l'impulsion de son désir. Il veut la rendre heureuse, lui redonner cette extase qui les a si souvent fait vibrer ensemble. Il la devine toute livrée à lui, sans crainte ni retenue. Ce n'est pas seulement son corps qu'elle lui offre, mais aussi son âme.

Alexandre se déshabille, haletant. Il écarte d'un geste lent la serviette de toilette, dévoile les seins menus, le ventre lisse, les longues jambes graciles. Sa femme, sa tendre amante. Jamais aucune autre ne pourrait lui procurer ces sensations exacerbées, ce plaisir profond et fou. Il couvre sa poitrine de baisers, ses mains s'aventurent plus bas, explorant la chair brûlante dont il s'emparera bientôt, ivre de possession.

Hélène gémit, langoureuse, abandonnée à cette houle de jouissance qui la soulève vers lui, toujours lui. Un instant, elle ouvre les yeux, et le regard noir d'Alexandre lui donne le vertige. Il la fixe avec intensité et, dans ses prunelles de velours sombre, la jeune femme peut lire l'aveu d'une passion entière, avide. Ce regard-là la transporte, l'embrase. Elle attire le corps de son mari sur le sien, l'enlaçant, comme s'il voulait la fuir :

— Mon amour, je suis là! Hélène, tu me rends fou...

Leurs lèvres s'unissent, frénétiques, assoiffées. Ce jeu savant les excite, les enivre, jusqu'à ce que l'homme, tout son être tendu par un désir forcené, achève sa conquête. Ils ne font plus qu'un. L'amour les emporte loin, très loin, sur cette île enchantée où se retrouvent les amants, depuis l'aube des temps...

***

Hélène s'est installée à contrecœur à son bureau. La maison est calme, Alexandre et Véronique sont partis passer la journée au bord de la mer. Elle ne les a pas accompagnés, afin de mettre ses papiers à jour.

Le mois d'août touche à sa fin. Il y a plus de trois semaines que la jeune femme est rentrée de Paris, trois semaines de passion, de bonheur fou. À présent, la rentrée approche. Penchée sur les factures occasionnées par les frais du mas des Deux-Vents, Hélène constate, angoissée, que, dans l'état actuel de ses finances, la meilleure solution serait de vendre la propriété. Le cachet fort honorable que lui a valu sa prestation parisienne n'a pas suffi à rétablir la situation.

— Pourtant je ne peux pas vendre le mas, je dois le garder pour Véro...

Tout en cherchant une solution, Hélène se rappelle

soudain les paroles de son imprésario, alors qu'il la félicitait pour la réussite de son concert. Pierre Pascal ne lui avait-il pas proposé d'organiser une tournée sérieusement rémunérée d'un mois en province? Elle n'avait pas pris ces mots en considération, peu désireuse de s'éloigner de son foyer. Mais cela mériterait réflexion.

Pêle-mêle, des images lui reviennent, celles de cet après-midi de folie amoureuse avec Alexandre, le jour même de son retour. Comme elle avait été heureuse sous ses caresses! Leurs corps se comprenaient, leurs cœurs s'étaient rejoints. Plus d'amertume ou de méfiance. Un enchantement. Un goût de paradis à chaque heure de la journée ou de la nuit.

Leur fille avait senti cette transformation. Non sans malice, elle avait demandé un soir à ses parents ce petit frère dont elle rêvait. Hélène s'était mise à sourire... Un autre enfant? Elle hésitait, son mari également, car ils étaient tous deux jaloux de leur nouvelle intimité. Ils s'étaient retrouvés au-delà de leurs espoirs les plus insensés et le moment ne semblait pas venu d'affronter une autre maternité. Hélène renaissait, sensuelle et gaie, tout son être rayonnait d'une rare séduction. Bernard, qu'elle avait consulté pour de légères migraines, lui avait dit d'un ton moqueur :

— Je ne te reconnais plus, Hélène! Le bonheur te va bien. Tu ressembles à une jeune fille, avec le charme de la maturité. Si Quentin Meyrot te voyait, il serait encore plus sous le charme.

— Que veux-tu insinuer? avait-elle demandé, surprise.

— Oh! rien...Quentin me téléphone de temps en temps, et son seul sujet de conversation, c'est la merveilleuse Hélène, qui joue du piano comme une fée, qui semble si fragile, si douce.

Hélène avait feint l'indifférence, pourtant l'admiration de Quentin la touchait. Elle n'avait pas oublié le bouquet de tulipes roses, même si, d'un geste instinctif, elle l'avait laissé dans sa loge, ainsi que les roses de Luc Lovar. C'était un épisode de son séjour parisien que la jeune femme refusait d'évoquer, Alexandre en ignorait tout. Le sachant d'une jalousie farouche, tout comme elle d'ailleurs, elle avait préféré se taire. De toute façon, cet incident n'avait pas d'importance pour Hélène, bien qu'il lui ait permis de voir clair en elle.

D'autres images encore lui reviennent, leurs baignades en famille, Véronique radieuse perchée sur les épaules de son père, elle-même allongée sur le sable, les regards brûlants de son mari, les mots d'amour qu'il lui murmurait à l'oreille. Une cruelle pensée traverse brusquement l'esprit d'Hélène. Combien de temps leur reste-t-il à jouir de cette prodigieuse entente? Elle chasse ses idées sombres. Tout sera simple désormais, ils forment un couple uni, leur fille chérie est sage, adorable.

Pour se rassurer, la jeune femme contemple une récente photographie de Véronique, qui esquisse un pas de danse, vêtue d'une robe blanche. Dès septembre, elle l'inscrira à un cours de danse. Sa main se pose sur le combiné téléphonique. Il lui semble jouer son avenir à cet instant précis. Quelle sottise! Elle doit gagner de l'argent, donc il lui faut accepter ce projet de tournée.

— Je n'ai pas à avoir peur! Je ne signerai que pour un mois. Alexandre pourra sans doute me rejoindre certains week-ends...!

Elle compose le numéro de Pierre Pascal. Son imprésario est ravi de sa décision et lui promet de tout arranger au mieux.

— Tu verras, Hélène, ce contrat en amènera d'autres. Tu as tort de t'enfermer dans ton coin perdu... Ah! si tu m'avais écouté, tu roulerais sur l'or. Tu serais célèbre...

— La fortune ne me tente pas, Pierre, le bonheur est tellement plus précieux. Ce qui compte pour moi, sur le plan pratique, c'est de pouvoir conserver le mas des Deux-Vents. Quelqu'un veut le louer, cela m'aiderait, mais j'ai des frais à régler, et des travaux sont nécessaires...

— Tu as bien fait de m'appeler. Ne te fais pas de souci, cette tournée aura du succès. Il y a encore des amateurs de grande musique, heureusement! Je m'occupe de tout, commence à travailler...

Hélène a raccroché, songeuse. Elle constate alors qu'elle a pris cette décision sans même en discuter avec son mari. Alexandre sera peut-être surpris.

— Tant pis, je n'avais pas le choix!

***

Quinze jours s'écoulèrent. Alexandre prit assez bien l'annonce que lui fit sa femme d'une tournée d'un mois d'un bout à l'autre de la France. Cette séparation ne l'enchantait pas, mais il ne voulait surtout pas briser ce cercle d'amour qui les enfermait tous les deux dans un univers d'harmonie.

— Nos retrouvailles n'en seront que plus passionnées, ma chérie! avait-il dit en riant.

Ils avaient consulté attentivement le planning qu'avait envoyé Pierre Pascal. Ce soir-là, après avoir couché Véronique, ils se penchèrent à nouveau sur la liste des concerts.

— Lorsque je jouerai à Rennes, vous pourriez venir passer deux bons jours avec moi, Véronique et toi?

Hélène poussa un soupir de découragement. La date de son départ approchait inexorablement et elle ressentait une anxiété croissante. Tous ces jours sans Véronique, sans Alexandre, comment les supporterait-elle?

— Alexandre, je regrette d'avoir accepté. Tu vas me manquer, notre fille aussi, je vous aime tant...

Il l'enlaça, prit ses lèvres d'un mouvement avide. Aussitôt, la jeune femme se lova contre lui, cherchant tendresse et réconfort. Elle murmura d'un ton humble :

— Tu viendras à Rennes, c'est promis?

— Oui, ma chérie, je te le promets! Et notre fille sera très contente de voir sa maman sur scène, vêtue de cette merveilleuse robe noire que j'ai aperçue dans ta garde-robe!

— Ah! ma robe de scène, celle de Paris? Ainsi, tu te permets d'explorer ma penderie?

Hélène souriait, étonnée. Elle avait oublié l'existence de cette toilette somptueuse achetée en grand secret avant son départ pour la capitale. Alexandre l'embrassa à la naissance des cheveux, sur la nuque, ce qui la fit frissonner de plaisir.

— Si tu voulais me combler, tu la mettrais ce soir, cette robe, afin que je puisse t'admirer en tout égoïsme. Tu dois être si belle, moulée dans ce velours noir...

— Alexandre, je n'ai pas fait la vaisselle!

— Laissons la vaisselle... Allons plutôt dans notre chambre.

Rougissante, tant les yeux de son mari exprimaient une fièvre amoureuse, Hélène se soumit au jeu. Un quart d'heure plus tard, ce fut une autre femme qui sortit de la salle de bains, cheveux blonds évanescents, visage discrètement maquillé, longue et presque irréelle dans la robe noire. Ses yeux noisette, fardés avec soin, brillaient d'une émotion étrange. Alexandre en eut le souffle coupé :

— Mon amour, tu es superbe...

Il sentit sa gorge se nouer, saisi du regret de ne pas avoir su la protéger. Toutes ces années qu'ils avaient perdues! Loin de cette femme qui lui appartenait, il ne savait que survivre.

— Ma chérie! Ma petite Hélène, je t'aime... Tu es à moi, dis, je t'en prie, dis-le-moi!

Alexandre l'attira à lui presque brutalement, s'emparant de son corps d'un geste possessif.

— Je ne veux plus te quitter, Hélène, jamais! Je ne sais plus si je dois te laisser partir! J'ai peur!

— Mais... mon amour, qu'est-ce que tu as? De quoi as-tu peur?

Elle le dévisageait, bouleversée. À cet instant, plus rien ne les opposait, ils n'étaient plus qu'amour ardent, amour absolu. Ils échangèrent un long regard, quêtant dans les yeux de l'autre le même aveu d'une entente nouvelle, invincible.

— Alexandre, si tu me le demandes, j'annule cette tournée! Je reste là avec toi, avec Véro. Je vendrai les Deux-Vents s'il le faut! Moi aussi, j'ai peur, j'ai peur que le destin nous meurtrisse encore!

Il la serra plus fort, elle suffoquait, heureuse cependant de cette étreinte forcenée.

— Non, Hélène, tu n'as pas le droit de te sacrifier pour moi. Le mas des Deux-Vents t'appartient, tu aimes cet endroit, notre fille aussi. Nous sommes un peu sots de nous affoler. Un mois, cela passera vite! J'ai cédé à une panique stupide, comme si nous ne pouvions faire face à la moindre séparation. Mais nous avons eu si mal tous les deux, n'est-ce pas? Je crains toujours pour notre bonheur.

Elle pensait la même chose et pourtant ne l'avoua pas. Ce serait donner prise au malheur de faiblir, de se croire en danger. Les mains de son mari caressaient son dos dénudé, sa bouche chaude couvrait de baisers ses épaules menues.

— Alexandre... Je suis à toi, tu entends, à toi!

***

La robe de velours noir gisait sur le tapis... L'aube s'annonçait, bleuissant la fenêtre et conférant aux rideaux de voile rose des reflets mauves. Hélène s'éveilla, tendit la main pour toucher le dos de son mari. Avait-elle jamais été aussi heureuse que cette nuit-là? Ils avaient atteint ensemble une frontière mystérieuse, les limites de la passion. Fusion des âmes, des cœurs et des corps, égarements, supplications, mots d'amour murmurés, confidences enfin osées.

Cette nuit de folie les liait pour l'éternité. Son souvenir les marquerait d'un sceau ineffable et saurait abolir les affres de l'absence. Ils étaient allés si loin dans le plaisir, vers une extase insoupçonnée, celle d'une communion totale, sans pudeur, jusqu'à cette sublime ivresse qui les avait laissés épuisés, attendris. Hélène s'était endormie la tête posée sur la poitrine d'Alexandre, tandis qu'il la caressait encore, sans hâte, comme s'il lui était impossible de se rassasier de ce corps de femme, si tendrement abandonné.

Tout en évoquant ces heures exquises, Hélène s'étira, jeta un regard complice à la robe noire. La vie était belle, leur avenir serait à l'image de cette nuit folle. Elle n'avait plus peur, les anciens démons s'étaient enfuis.

XIII
Quand rôde la discorde...

Hélène salua pour la troisième fois, un sourire contraint aux lèvres. Les ovations, les applaudissements ne tarissaient pas, mais la jeune femme n'avait qu'une idée, fuir cette agitation et ce vacarme qui ne faisaient qu'aggraver une migraine naissante.

Elle prit un taxi, indiqua le nom de son hôtel. Il pleuvait sur Orléans, une pluie fine d'octobre. Déjà quinze jours sur les routes, loin de son cher foyer d'Houlgate! Hélène n'en pouvait plus. Avec soulagement, elle songea que, dans quarante-huit heures, Alexandre et Véronique la rejoindraient à Rennes.

Sa chambre, bien que luxueuse – Pierre Pascal avait bien fait les choses –, lui parut sinistre. Il était trop tard pour téléphoner à son mari, pourtant elle hésita, la main posée sur l'appareil. Non, il était préférable d'attendre le lendemain. Elle l'appellerait à l'heure du déjeuner, à l'école.

La tournée se déroulait au mieux, la virtuosité et la sensibilité d'Hélène enthousiasmaient les passionnés de musique classique et de piano. Une réussite, selon les termes de son imprésario, manifestement enchanté. Dans chaque ville, un public de qualité emplissait la salle, mais ce succès était presque indifférent à la principale intéressée. Hélène en profitait néanmoins pour faire un peu de tourisme, pour envoyer à sa fille des cartes postales et pour acheter des souvenirs qu'elle offrirait à son retour. C'était une distraction, mais aussi une manière de penser à ceux qu'elle aimait et qui lui manquaient beaucoup.

Le lendemain, vers treize heures, la jeune femme téléphona enfin à Alexandre. Elle avait bien dormi et la perspective de revoir bientôt son mari et sa fille lui donnait un regain d'énergie.

— Alexandre... Mon chéri, comment vas-tu? Et ma petite Véro? Si tu savais comme j'ai hâte de vous retrouver!

— Tout va bien, Hélène...

La voix d'Alexandre n'avait pas son timbre habituel, caressant, chaleureux. Elle devina une tension, une préoccupation :

— Tu es sûr, tu as l'air soucieux?

— À vrai dire, Véro a un peu de fièvre... Rien de grave, mais je l'ai confiée à Sandrine. Bernard l'examinera tout à l'heure.

Hélène s'inquiéta aussitôt. Sa fille adorée était malade, et elle ne pouvait pas veiller sur elle. Alexandre protesta :

— Ne te tracasse pas, ma chérie! Je ne voulais pas t'en parler, justement. Je te connais, tu serais capable de tout laisser tomber pour venir la soigner!

— Parfaitement! Je suis certaine que Véro a pris froid, avec ce temps humide. Tu n'aurais pas dû aller travailler, mais rester avec elle.

— Hélène, ne dis pas de bêtises, je sais que mon salaire d'instituteur est médiocre, comparé à ce que tu gagnes avec cette tournée, mais je tiens à mon emploi. Et je te le répète, Véronique n'a rien de grave, sans doute un léger rhume ou une bronchite... Tu as confiance en Bernard, il me semble? Rappelle-le dans l'après-midi.

Le ton agacé de son mari glaça Hélène qui avait un besoin désespéré de tendresse et de réconfort. Elle balbutia :

— Mais... Alexandre, vous deviez partir pour Rennes dès demain. J'ai réservé deux chambres. Si Véro est encore malade, comment allons-nous faire? Elle était si contente d'assister à ce concert...

— Ah! c'est vrai! J'avais oublié cette histoire de Rennes!

Cette fois, Hélène ne sut que répondre tant la déclaration laconique d'Alexandre la décevait. Comment? Elle attendait ces instants magiques où ils seraient réunis avec une telle impatience! L'approche de leurs retrouvailles à Rennes l'avait obsédée, l'avait aidée à affronter les soirées en solitaire, les heures de route, mais son mari, lui, avait tout simplement oublié cette date.

— Alexandre, tu te moques de moi! dit-elle avec espoir,

le cœur battant d'une terrible angoisse. Tu n'as pas pu oublier!

— Eh bien si, désolé! Nous en avons parlé au téléphone, il y a huit jours, je crois, mais depuis, je n'y pensais plus. Ne te vexe pas, je suis surchargé de travail en ce moment. Trop d'élèves, les contrôles à corriger, sans compter que je dois m'occuper de Véronique et du ménage, des courses, des repas du soir! Pour Rennes, ma chérie, il vaut mieux renoncer, je t'assure.

— Comment? Renoncer à quoi? s'écria-t-elle.

— Renoncer à ce voyage, ne fais pas semblant de ne pas comprendre, Hélène! Véronique devra probablement rester au chaud, quant à moi je suis épuisé. Je vais profiter de ce week-end pour me reposer et chouchouter notre fille. Nous te téléphonerons...

— Alexandre, ce n'est pas possible, je me faisais une telle joie d'être avec vous. Tu ne peux pas m'abandonner ainsi, après toutes les promesses que nous avons échangées... Tu as aussi oublié cette nuit merveilleuse, la nuit de la robe noire?

— Hélène! Ne complique pas tout, et surtout ne fais pas un drame d'un simple empêchement!

Dans l'esprit de la jeune femme s'élevait pourtant une tempête de chagrin. Le cauchemar recommençait, il avait suffi de quinze jours loin l'un de l'autre, Alexandre avait repris ses distances. Il n'avait pas changé, toujours le même en vérité, capable de froideur dès qu'on le dérangeait, incapable de se contraindre. Elle insista néanmoins :

— Tu peux confier Véro à Sandrine, et venir seul, je t'en supplie, Alexandre! Si tu m'aimes autant que tu le prétends, viens seul, j'ai tellement besoin de toi!

Il soupira, gêné :

— Je vais réfléchir, ma chérie, mais je ne suis pas en grande forme. Rappelle-moi ce soir.

***

D'Orléans à Rennes, Hélène n'eut guère le temps de

s'appesantir sur ses états d'âme. Encore un hôtel, une salle de concert à découvrir, des heures de répétitions. Elle prit des nouvelles de sa fille qui souffrait d'un début de bronchite. Sandrine et Bernard proposèrent d'eux-mêmes de la garder jusqu'au lundi. Alexandre était donc libre d'agir à sa guise. De tout son être, Hélène espérait qu'il la rejoindrait. Elle s'était raisonnée, voulant se persuader que son mari, lors de leur dernier entretien téléphonique, était sans doute nerveux, préoccupé par son travail et la maladie de Véro.

La jeune femme eut des difficultés à se concentrer pendant l'ultime répétition, et son jeu s'en ressentit. Elle avait décidé de ne pas rappeler Alexandre. S'il la pensait vexée, il choisirait sûrement de venir à Rennes. Il viendrait, elle retrouverait le refuge de ses bras, l'odeur de sa peau, la chaleur de ses lèvres.

Hélène se prépara dans un état de fébrilité déplorable. Sans cesse, elle demandait à son accompagnatrice de guetter l'arrivée en coulisse d'Alexandre Rouffier, son mari.

— Mais, madame, personne ne s'est présenté à ce nom, il est presque vingt et une heures. Vous devez entrer en scène...!

Il fallait l'admettre, Hélène avait encore fait une erreur en jouant sur la carte du silence. Elle aurait dû l'appeler comme prévu, le convaincre de faire le déplacement. Malgré tout, elle l'attendait; il serait dans la salle ou à l'hôtel plus tard. Il ne pouvait pas l'abandonner. Ce rendez-vous de Rennes, ils l'avaient prévu ensemble, dans une atmosphère d'amour infini, de tendresse, de rires et de baisers. Alexandre n'avait pas le droit de renoncer, de la trahir, comme avant, comme avant...

Lorsque la jeune femme se présenta au public, toute pâle et menue dans une nouvelle robe d'un bleu nuit, nul ne soupçonna les tourments qu'elle endurait. Ses doigts se posèrent sur les touches du piano, se firent légers, caressants. Son âme, grâce à la musique, repoussait le malheur, l'échec, et s'envolait vers son bien-aimé. Le visage de son mari lui apparaissait dans une sorte de brouillard, avec le feu de son regard noir, magnétique, dont elle subissait l'emprise depuis des années.

« Alexandre, viens... je t'en prie! »

Elle jouait pour lui, l'imaginant parmi le public. Cette toilette de satin bleu nuit, c'était une surprise qu'elle réservait à son mari et à sa fille, une robe de rêve qu'elle avait choisi d'étrenner à Rennes seulement. Le bustier mettait sa poitrine en valeur, dégageant également les épaules graciles, la ligne pure de ses bras. La jupe, plus large, se faisait ample et souple. Véronique aurait dit, avec son adorable sourire, que c'était une « vraie robe de princesse »...

Des larmes de dépit et de rancœur coulaient sur les joues d'Hélène lorsqu'elle égrena les notes finales de la sonate de Mozart qui clôturait son récital. Un étau enserrait son cœur, en cette soirée qui aurait dû la voir si heureuse. Pour tenir ses engagements, la jeune femme avait dépassé les limites de sa résistance nerveuse, mais à présent elle ne pouvait plus feindre.

Alexandre n'était pas dans la salle, c'était évident. Il s'était montré lâche, il l'avait déçue. Elle se précipita dans sa loge, se jeta sur le téléphone pour composer le numéro de son domicile d'Houlgate.

— Oui, j'écoute! fit la voix endormie de son mari.

Elle raccrocha immédiatement, écœurée. Il n'avait pas bougé, pas un geste, même pas un bouquet de fleurs pour la rassurer, la consoler. Un atroce sentiment de vide, de solitude, envahit Hélène. Toute sa foi en leur amour s'effondrait...

***

On frappa à sa porte. Avec un soupir, Hélène ouvrit à demi le battant. Elle avait eu le temps de se changer, troquant sa robe de scène pour un jean noir et un pull de laine bleu. Un jeune homme se tenait devant elle, un bouquet de tulipes roses à la main. Il le lui remit et s'éclipsa, comme intimidé.

— Des tulipes roses!

La jeune femme fronça les sourcils, car il n'y avait pas une seule carte. Elle songea à Quentin Meyrot. Il était peu probable qu'il fût à Rennes. Cette fois, pourtant, elle garda les fleurs.

Dix minutes plus tard, en quittant le théâtre afin de monter dans le taxi qui l'attendait, elle tenait toujours serré contre sa poitrine le bouquet mystérieux. Alors qu'elle allait ouvrir la portière du véhicule, un coup de klaxon lui fit tourner la tête. Hélène ne rêvait pas, à deux mètres à peine, au volant d'une puissante voiture vert foncé, elle reconnut le juge. Il fit un signe d'amitié, puis, baissant sa vitre, s'écria gaiement :

— Bonsoir, Hélène!

Elle ne comprenait pas ce qu'il faisait là, dans cette ville envahie d'une brume froide. Autant par politesse que par curiosité, elle se rapprocha :

— Bonsoir, monsieur! Je suis surprise de vous rencontrer ici.

Quentin haussa les épaules, l'air amusé, avant de dire d'une voix douce :

— Accepteriez-vous de boire un verre avec moi, je vous raccompagnerai ensuite.

Hélène, blessée par l'attitude d'Alexandre, ne perdit pas de temps à réfléchir. Après avoir décommandé le chauffeur du taxi, elle s'installa aux côtés de son admirateur. Il lui sourit, de toute évidence très heureux de la revoir.

— Je vous remercie, pour le bouquet de tulipes, à Paris! murmura-t-elle. Est-ce également vous, celles-ci?

Hélène montra les fleurs de serre, avec un mouvement de tête interrogateur.

— Oui! J'avais un dîner d'affaires à Rennes, mais je savais que vous jouiez ici, grâce à votre ami Bernard! Hélas, je n'ai pu voir que la seconde partie de votre concert...

— Je n'étais guère brillante!

— Quelle idée, vous avez été émouvante, sublime... Vous êtes trop modeste, ma chère!

Sur ces mots, il éclata de rire. Ils roulaient dans le centre-ville. Quentin se gara devant un café renommé, au cadre raffiné. Ils s'installèrent à une table, dans un recoin envahi de plantes vertes.

— Que buvez-vous, Hélène? Du champagne? demanda le juge.

— Non du chocolat chaud. J'ai un peu froid...

Il la regarda attentivement. Dans ce pull de laine angora, elle ressemblait à une adolescente fragile. Le charme qui émanait de toute sa personne le bouleversa.

— Hélène, j'aimerais vous dire combien je suis enchanté de ces instants en votre compagnie. Je voudrais aussi vous présenter mes excuses pour ce qui s'est passé chez Bernard et Sandrine. Cela ne vous a pas causé trop d'ennuis?

— Non, aucun ennui! Pour être franche, cet incident nous a même rapprochés, mon mari et moi... dit-elle avec un sourire mystérieux.

— Tant mieux, je me suis fait tant de reproches, c'est la première fois que j'agis de manière aussi spontanée. Mettons cela sur le compte de votre irrésistible séduction, d'accord?

La jeune femme soupira, en penchant un peu la tête. Elle ne semblait pas très à l'aise, comme hantée par un tourment intérieur. Quentin ajouta, sans la quitter des yeux :

— Je n'ai pu résister au plaisir de vous revoir sur scène, et, compatissant, le hasard m'a permis de vous rencontrer devant le théâtre. Et vous êtes là!

— Vous êtes gentil, Quentin... Voyez-vous, la vie est bizarre. Ce soir, justement, j'attendais mon mari et ma fille. Ils devaient me rejoindre à Rennes, mais Véronique est malade.

— C'est pour cette raison que vous paraissez si triste? Allons, faites-moi un vrai sourire!

Cette voix d'homme, câline et grave, fit du bien à Hélène. Un vague apaisement l'envahissait, sous le regard plein de sympathie de Quentin. Pourquoi ne pas se confier à lui? La jeune femme avait tellement besoin de faire le point. Elle éprouvait à nouveau cette impression persistante de se trouver sur une corde raide. À l'autre bout, toujours Alexandre, qu'elle aimait, mais sous ses pas, le vide, un gouffre de doutes, de craintes malsaines.

— Je lutte sans cesse pour connaître le bonheur, mais il me fuit! déclara-t-elle enfin, sans oser regarder son interlocuteur.

— Que voulez-vous dire?

— C'est simple, chaque fois que je crois atteindre l'harmonie, l'amour parfait, tout s'écroule. Je ne supporte pas ces échecs répétés.

Quentin Meyrot eut une moue perplexe. Habitué à se pencher sur les êtres humains, il devinait qu'Hélène avait besoin de parler.

Bernard, sans trahir les confidences de sa patiente et amie, lui avait cependant expliqué que le couple d'Alexandre et d'Hélène n'était pas très stable.

— J'aimerais vous aider! lança-t-il, mais vous vous exprimez de manière bien énigmatique. Qui donc, de plus, peut prétendre vivre un amour parfait? Moi-même, à quarante-quatre ans, je compte nombre d'erreurs, en amour aussi. Je me suis marié à vingt-cinq ans, avec une jeune femme d'un excellent milieu. Nous n'avons pas eu d'enfants, car en fait nous avons vite compris que nous ne pouvions construire une relation durable. Il manquait quelque chose entre nous. Quelque chose de sans doute indispensable, et l'indifférence s'est vite installée. Je n'ai pas supporté ce genre de situation, j'ai préféré divorcer. N'êtes-vous pas vous-même trop exigeante, trop éprise d'absolu?

Hélène le dévisagea d'un air méfiant. Quentin soutint cet examen calmement. Sur ses traits virils, elle lut une grande honnêteté, une volonté sincère de la secourir. Après avoir pesé le pour et le contre, elle décida de lui raconter sa longue et tragique histoire d'amour, sans entrer dans les détails. Elle conclut son récit par la toute récente défection de son mari. Il s'écria :

— Et vous lui en voulez à ce point, pour si peu?

— Pour moi, c'est très grave! Alexandre n'a jamais su ce

qu'il voulait. Je le connais depuis assez longtemps pour avoir le droit de le juger...

— Hélène, comme vous êtes intransigeante! Et passionnée, n'est-ce pas? Votre mari était peut-être vraiment fatigué! Vous savez, de nos jours, le métier d'enseignant n'est pas rose; les classes sont surchargées, les élèves en profitent. Bien des épouses auraient accepté sans colère ce rendez-vous manqué... Le mariage n'est pas une institution idyllique. Il nécessite des concessions et des sacrifices. Et puis, pensez à votre fille qui est si heureuse d'avoir retrouvé son père! Vous devez sauver votre couple, pour cette enfant innocente. Vous avez eu des torts aussi, Hélène...

La jeune femme se raidit, en secouant ses cheveux blonds. Elle répliqua sèchement :

— J'en suis consciente. Et si je suis prête à supporter les caprices de mon mari, c'est bien pour le bonheur de ma fille. Mais avouez, Quentin, que ma peine est justifiée. Alexandre aurait pu me téléphoner avant le concert, m'envoyer des fleurs, je ne sais pas, moi, faire un geste!

Elle essuya une larme de dépit. À cet instant, le juge eut très envie de lui prendre la main, afin de la réconforter. Il n'osa pas.

— Hélène, qui vous dit que votre mari n'a pas cherché à vous joindre à votre hôtel? Et vous n'y êtes pas, vous êtes dans un café, avec un autre homme. S'il le savait, il pourrait à son tour se montrer furieux... Surtout en apprenant qui est cet homme, ce vil séducteur qui vous a déjà volé un baiser!

Hélène prit le parti d'en rire. Quentin avait raison. Il avait le don de la rassurer, de lui remettre les idées en place. Ne tournait-elle pas tout au drame? Elle avait toujours été ainsi, perdue dans ses rêves. La vie la décevait souvent à ne pas être au diapason de ses espoirs.

— Le véritable amour est une affaire de longue haleine! dit encore Quentin. Ce désespoir que je sens en vous me désole, Hélène! Faites un effort, prenez l'existence du bon côté, modérez votre tendance à la passion, aux déchirements en tous genres.

— Promis, monsieur le juge! Vous me condamnez à quelle peine? ajouta-t-elle sur le ton de la plaisanterie.

— À être heureuse, à éblouir les foules! Vous êtes si jolie! Des yeux de braise comme les vôtres ne sont pas faits pour les larmes...

Il la raccompagna à son hôtel. Hélène était gaie, délivrée de la tension qui l'avait oppressée durant ces dernières heures. Au moment de la quitter, Quentin se fit plus grave pour lui déclarer d'une voix troublée :

— Si je le pouvais, Hélène, je crois que je vous embrasserais... Ce baiser dans le parc, chez notre ami Bernard, était si bref!

Il parut regretter aussitôt ces paroles, mais elle chuchota, avec un regard audacieux :

— Pourquoi ne le faites-vous pas?

— J'ai des principes! J'ai perdu la tête une fois, je n'ai pas l'intention de recommencer. Vous êtes mariée, je ne suis pas le genre d'homme à me contenter de faux-semblants!

— Un baiser, est-ce si grave?

— Parfois, cela le devient! Au revoir, Hélène, si vous avez besoin de mes conseils, n'hésitez pas à me contacter. Je peux au moins être votre ami...

***

C'était la dernière journée loin d'Houlgate. Hélène se trouvait à Pau, une longue route l'attendait, mais dès le lendemain, elle reverrait sa fille chérie. Les deux heures passées en compagnie de Quentin Meyrot lui avaient beaucoup apporté. Ses rapports téléphoniques avec Alexandre demeuraient tendus, néanmoins elle gardait confiance.

Lorsqu'ils seraient face à face, par la magie de leur désir mutuel, les querelles nées de cette séparation seraient vite oubliées. Véronique était complètement rétablie, cependant sa maman lui manquait. Afin d'annoncer l'heure exacte de son retour, Hélène décida d'appeler son mari. Elle composa le numéro de son école. À sa grande surprise, une voix féminine, très jeune, nuancée d'un léger accent du midi, résonna à ses oreilles. Elle crut avoir fait une erreur :

— Je suis bien à l'école primaire de Valflor?

— Oui, madame, qui demandez-vous?

— Alexandre Rouffier, l'instituteur!

— Je vais le chercher... C'est de la part de qui?

— C'est sa femme!

— Bonjour, madame Rouffier... J'en profite pour me présenter, Magali Piquemal, je viens d'être nommée ici, car l'Inspection académique a ouvert une deuxième classe!

— Ah! bien sûr! balbutia Hélène, prise au dépourvu.

Enfin, elle eut son mari au bout du fil. Il était d'excellente humeur.

— Nous t'attendons à la maison, ma chérie, fais bonne route. Je t'embrasse!

Nantie de ce viatique qui présageait la fin des récents orages pesant sur leur couple, Hélène resta cependant préoccupée. La présence de cette Magali lui était désagréable, car elle réveillait sa jalousie. Elle songea même que le ton jovial d'Alexandre était peut-être dû à l'arrivée de cette fille, ce qui acheva de la bouleverser.

***

— Maman! Maman chérie!

Véronique s'était jetée sur elle, les bras tendus, son charmant minois transfiguré par une joie folle. Hélène, défaillante de bonheur, la reçut contre son cœur :

— Ma petite princesse! Mon amour!

Alexandre observait la scène d'un regard rêveur. Appuyé à la cheminée du salon, il se demandait comment se faire pardonner le rendez-vous manqué de Rennes. Lorsque sa femme se dégagea enfin de l'étreinte enthousiaste de sa fille, elle fit un pas vers lui :

— Bonjour, Alexandre!

— Bonjour, ma chérie!

Il allait l'enlacer, mais elle eut un geste de recul et se contenta de l'embrasser sur la joue. Il haussa les épaules, préférant sortir de la maison. Dans le jardin, le chien Saturne l'accueillit avec des jappements joyeux. Alexandre le caressa distraitement. Le ciel était lourd de nuages sombres, ce qui accentua sa tristesse. L'attitude froide d'Hélène l'inquiétait, la rancœur qui vibrait en lui s'en trouvait exacerbée. Un affrontement était inévitable. Il se jura de préserver Véronique. L'adoration qu'il vouait à son enfant devait le contraindre au calme, à tout prix.

Le reste de la journée se déroula sans incident. Ce fut après le dîner, alors que leur fille dormait, que l'orage éclata, les changeant en ennemis prêts à se déchirer. Hélène, tout en rangeant la table basse du salon, décréta avec amertume :

— Tu m'as beaucoup déçue, en ne venant pas à Rennes!

Elle s'attendait à des protestations aimables, à des excuses. Mais Alexandre répondit avec une dangereuse douceur :

— Figure-toi que j'ai rappelé le théâtre, juste après la fin du concert. La concierge t'a cherchée, elle a été jusqu'à regarder dehors! Elle t'a vue monter dans la voiture d'un « monsieur »! Peux-tu me dire qui t'attendait à Rennes? C'était pour cette raison que tu as vérifié si j'étais bien à la maison, n'est-ce pas? Ça libérait ta soirée...

Hélène resta sans voix, pourtant elle se sentit rougir. Alexandre prit sa réaction pour un aveu.

— Alors, qui t'a consolée? Ton imprésario, Pierre Pascal? Il a toujours eu des vues sur toi! Ou ce saligaud de Luc Lovar?

— Aucun des deux! répliqua-t-elle. Il s'agissait du juge Quentin Meyrot. Et il ne m'a pas consolée, comme tu dis, mais raisonnée. J'étais folle de chagrin, à cause de toi, et il a fait de son mieux pour que je te pardonne!

— Quentin Meyrot! Ce don Juan de pacotille qui tournait autour de toi à la soirée de Bernard? Qu'est-ce qu'il faisait à Rennes?

Alexandre roulait des yeux furieux. Il se précipita vers sa femme, la saisit aux épaules.

— Allez, parle! Il te cherchait! Tu as couché avec lui?

Hélène le repoussa, folle de rage. Ainsi, de victime, il tentait de la faire passer pour coupable. Avec un regard glacial, elle cria :

— Ta jalousie est stupide. Réfléchis un peu. Je vous attendais, toi et Véro, comment aurais-je organisé ce rendez-vous avec cet homme? C'est un hasard, te dis-je! Il m'a fait signe quand je montais dans le taxi, puis il m'a invitée à prendre un verre... Et nous n'avons parlé que de toi et de notre enfant. C'est quelqu'un de bien, d'honnête. Il m'a fait prendre conscience de mes erreurs passées.

Alexandre tournait en rond, le visage tendu par une colère profonde, proche du désespoir. Hélène le regardait, livide à présent, les bras ballants. Il l'aimait donc, pour souffrir autant?

— Hélène, je vais être franc! J'ai supporté ta froideur, ton mépris, tes caprices, j'ai reconnu mes torts! Mais il y a une chose que je ne pourrai pas accepter, plus jamais, c'est que tu me trompes à nouveau. Si ce type, Quentin Meyrot, a osé te toucher, je le...

Elle l'interrompit, effrayée. Alexandre lui faisait peur, à perdre ainsi le contrôle de ses nerfs. Elle le revit à Vindouris, jeune prêtre d'une générosité sincère, patient, rieur, pénétré de son rôle sur terre. Était-ce bien le même homme, qui parlait violence, un rictus dur aux lèvres?

— Alexandre, calme-toi! Je t'en prie! Il n'y a rien entre Quentin et moi, je te le jure. Mais sache une chose, tu m'as fait beaucoup de mal en ne venant pas à Rennes! Je t'attendais en amoureuse, j'avais besoin de toi, j'avais acheté une nouvelle robe... pour te plaire!

Elle sanglotait en parlant, mais il lui jeta d'un ton méchant :

— Tu n'avais pas assez d'admirateurs, il te fallait en plus ton mari inutile et encombrant!

— Alexandre, tais-toi! hurla-t-elle, excédée.

L'irruption dans le salon de Véronique, en pyjama, son ours sous le bras, son petit visage tendu par la terreur, les arrêta net. Leur fille bredouilla en pleurant :

— Papa! Maman! Pourquoi vous criez si fort?

Hélène se précipita, prit l'enfant dans ses bras et baisa ses larmes :

— Ma mignonne, n'aie pas peur! Nous sommes idiots! Nous nous disputons pour des bêtises, mais nous nous aimons très fort, papa et moi... Ne pleure plus, je t'en prie!

Alexandre avait repris ses esprits. Il fixait avec effarement Véronique qui reniflait par spasmes, encore choquée. Les derniers mots dits par Hélène, afin de rassurer la petite, lui firent l'effet d'un rappel à l'ordre. Il s'empressa d'ajouter en souriant :

— Maman dit la vérité, ma chérie! Les grandes personnes se fâchent parfois, comme toi lorsque tu te chamailles avec tes camarades, mais nous nous aimons toujours, crois-moi.

— Alors vous n'avez qu'à vous embrasser... dit Véronique en essuyant ses larmes.

Hélène eut un rire triste, mais aussitôt, des bras l'enlacèrent. Alexandre la serrait contre lui chuchotant à son oreille : « Pardon, mon amour. » Elle s'abandonna à cette étreinte familière, les yeux mi-clos. Quand les lèvres de son mari se posèrent sur les siennes, elle accepta ce gage de réconciliation, mais au fond de son cœur régnait une sourde et douloureuse peine. Elle se dégagea vite, prit sa fille à son cou :

— Viens, ma poupée. Ce soir, maman va dormir dans ton lit! Tu me feras bien une petite place?

— Oh oui, maman!

XIV
Les errances d'Alexandre

— Bernard, aide-moi, je t'en prie, je n'en peux plus! Tout recommence. Je n'aurais jamais dû partir un mois en tournée!

— Hélène, calme-toi! Explique-toi clairement, qu'est-ce qui recommence?

Le médecin se leva, contourna son bureau et vint entourer d'un bras affectueux les épaules de son amie. Elle s'accrocha à ce bras comme à une bouée.

— Je ne sais pas ce que j'ai! Je ne veux plus dormir avec Alexandre, je ne supporte pas qu'il me touche, alors que...

Bernard fronça les sourcils en soupirant. Il n'avait pas besoin d'entendre la suite :

— Alors qu'avant ton départ, c'était la passion, l'amour fou...

— Oui! souffla Hélène, prête à pleurer. Et maintenant, le mal est fait. À la suite d'une querelle, mon mari a repris ses affaires et il s'est installé dans ce studio au-dessus de l'école... Et à l'école, il passe son temps avec cette Magali!

La jeune femme éclata en sanglots. Le désastre de son couple lui semblait tellement inévitable qu'elle n'avait plus le courage de lutter ou d'espérer. Un sentiment de culpabilité la taraudait de surcroît, car Véronique pleurait le soir, en réclamant son papa.

— C'est parce qu'il n'est pas venu à Rennes, j'étais désespérée. En moi, tout se brouillait, un vrai cauchemar. Et il a fallu que ton ami Quentin Meyrot soit là-bas, et que la concierge me voie monter dans sa voiture. Alexandre l'a su et il ne me fait plus confiance! Il s'est d'abord montré compréhensif, tendre. Mais j'étais en colère, j'ai refusé ses caresses! Je l'ai chassé de notre lit... Les premières fois, il n'a rien dit, puis il est parti.

— Et à présent, telle que je te connais, tu te consumes de jalousie et de regrets?

Bernard fit lever Hélène, la regarda bien en face. Il nota l'altération de ses traits fins, l'anxiété qui bouleversait les jolis yeux couleur noisette.

— Hélène, ma très chère Hélène! Quand donc cesseras-tu de te faire souffrir?

Le médecin avait parlé d'un ton si doux que la jeune femme se jeta dans ses bras, pour y chercher refuge. Il ne trahit pas le trouble qui l'envahissait à la sentir aussi proche, mais sa main caressa les cheveux soyeux et légers.

— Hélène, va voir ton mari! Accepte son amour, même si parfois Alexandre ne se comporte pas comme tu le voudrais. Tu es trop exigeante, trop passionnée!

— Quentin m'a dit la même chose! Décidément, les hommes ont peur de la passion! murmura Hélène sans s'écarter de lui.

— Nous n'avons pas peur, mais nous ne sommes pas tenus d'atteindre la perfection!

Sur ces mots, Bernard se mit à rire et s'éloigna de son amie. Il reprit une attitude professionnelle, assis derrière son bureau.

— Tu devrais penser en priorité à ta fille. Véro n'a pas à souffrir de vos caprices. Tu sais, Sandrine et moi, nous avons également connu des moments difficiles, mais nous en avons discuté pour trouver une solution. Afin de préserver l'équilibre de nos enfants, nous avons su effacer les nuages qui se présentaient. Le bonheur est dur à obtenir...

Hélène eut un sourire désabusé. Encore les mêmes paroles que Quentin! En fait, tout le monde lui conseillait de rester soumise aux volontés d'un homme qui n'en faisait qu'à sa tête, un homme égoïste qui se moquait de ses prières, de son chagrin. Un homme en qui elle perdait toute confiance dès qu'il la décevait.

— Bernard! Pourquoi ai-je cette impression d'être condamnée au malheur? Depuis mon adolescence! Je sombre toujours, je me sens fragile...

— Ta tentative de suicide a laissé de graves séquelles. C'est le problème. Il te faudrait une existence extrêmement sécurisante pour que tu guérisses. Un homme comme Quentin Meyrot, par exemple...

Hélène resta bouche bée. Avait-elle bien entendu? Bernard lui conseillerait-il de quitter Alexandre pour se jeter dans les bras du juge?

— Ne fais pas cette mine stupéfaite. Je voulais dire que certains individus sont plus aptes que d'autres à rendre une femme heureuse ou au moins sereine! Seulement, toi, tu aimes ton mari et il t'aime. Alors, va vite le voir... Il est presque midi. Emmène-le déjeuner quelque part et faites la paix, c'est la meilleure solution!

***

Forte de ce conseil, Hélène téléphona à l'école maternelle de Véronique et demanda à la directrice de garder la fillette à la cantine. Puis elle prit la route de Valflor. Son cœur s'affolait, à l'idée de voir enfin celle qu'elle surnommait en secret sa « rivale ». Pourtant, Alexandre ne parlait jamais de Magali. Et ce n'était pas de la faute de cette jeune institutrice si Hélène se refusait obstinément à son mari.

— Je suis sotte! songea-t-elle. Je repousse Alexandre au moment précis où s'ouvre une seconde classe et où arrive une suppléante! Je suis sûre qu'elle est déjà tombée sous le charme de son collègue!

Des images traversèrent son esprit; Hélène imagina Alexandre dans les bras d'une autre, puis la soumettant à ses étreintes viriles, ayant pour l'inconnue ce regard de velours noir irrésistible...

Elle se mordit les lèvres, saisie d'une rage violente. Comment avait-elle pu provoquer cette nouvelle rupture, cette situation de guerre froide qui durait depuis plus de quinze jours?

Elle se gara devant le bâtiment de l'école en tremblant d'appréhension. Ce n'était pas dans ses habitudes de venir ainsi sur le lieu de travail d'Alexandre. Il fallait vraiment des circonstances particulières. Un instant, la jeune femme hésita, tentée de rebrousser chemin. Son arrivée impromptue allait sans nul doute déconcerter son mari.

Courageusement, Hélène descendit pourtant de sa voiture, entra dans le hall. De la cantine s'élevait un brouhaha caractéristique qui parvint à la faire sourire. Cela lui paraissait ridicule d'être là, à relancer un époux fâché devant sa collègue et les deux employés. Sans bruit, elle approcha de la porte vitrée qui donnait sur le réfectoire. Personne ne la vit, tant il y avait d'animation; par contre, elle aperçut, assis à une table à l'écart, Alexandre et une ravissante jeune femme. Ils discutaient gaiement, les yeux dans les yeux... Il s'agissait sûrement de Magali.

Hélène sentit ses jambes mollir, le sang se retira de son visage. Cette vision la paralysait, la torturait. Comme cette fille était jolie! Les cheveux longs, très bruns, des formes généreuses, un visage ovale de madone, une bouche pulpeuse, des prunelles que l'on devinait noires, pleines de feu.

« Vraiment tout mon contraire! pensa-t-elle en respirant avec peine. Jamais elle n'oserait entrer, se présenter à eux. De quoi aurait-elle l'air, livide, les traits tirés par l'angoisse, vêtue à la hâte? Craignant de céder à son tempérament impulsif, elle allait s'esquiver lorsque, par un caprice du sort, son mari se tourna un peu et la vit derrière la vitre, semblable à une âme en perdition, le regard fixe.

— Excuse-moi! dit-il très vite à Magali, j'ai de la visite...

L'institutrice vit également Hélène et l'observa avec une curiosité dénuée de discrétion. Les enfants, eux, se turent un moment, pour examiner la femme de leur maître. Certains la connaissaient bien, puisqu'ils apprenaient le piano avec elle, à Houlgate. Un chuchotis parcourut les tables :

— C'est madame Rouffier...!

Alexandre avait rejoint Hélène dans le couloir et refermait soigneusement la porte. Il fut soudain inquiet de la voir si pâle, les narines pincées, comme prise de malaise.

— Hélène, que se passe-t-il? C'est Véro...? Il lui est arrivé quelque chose... un accident! Parle!

Mais elle demeurait muette, le dévisageant comme s'il n'était qu'un étranger. Elle scrutait ses traits avec avidité, cherchant on ne sait quelle vérité sur ce visage tant aimé.

— Alexandre... bredouilla-t-elle enfin. Je suis venue pour te parler, tu comprends? Est-ce que tu peux t'absenter une demi-heure?

— Mais je n'ai pas fini de déjeuner! écoute, je ne sais pas ce que tu as de si important à me dire, mais je viendrai ce soir chez toi, si tu m'en donnes la permission, naturellement!

La voix était ironique, le pli de ses lèvres se durcissait. Hélène enregistra ces détails d'un air égaré. Ainsi, il lui en voulait, il ne l'aimait plus.

— Ah! tu n'as pas fini de déjeuner... et cette fille t'attend! Bravo, elle est charmante! Tu ne dois pas t'ennuyer... avec Magali... Plus jeune que moi, plus belle, et bien sûr folle d'admiration pour toi!

— Hélène, tais-toi! Tu es stupide. Magali est une fille sympathique, je suis effectivement enchanté de l'avoir pour collègue, mais cela s'arrête là.

Alexandre parlait tout bas. Gêné, il entraîna sa femme vers une des salles de classe, déserte à cette heure-ci. Lorsque Hélène sentit sur son poignet les doigts de son mari, elle tressaillit, comme brûlée. Une étrange langueur la prenait.

— Mon amour, je t'en prie, reviens à la maison, notre maison! Véro est malheureuse sans toi, et moi aussi!

— Il fallait y songer avant, Hélène! Je ne vais pas me laisser humilier et rejeter sans cesse. Tu ne voulais plus de moi, très bien, je suis parti. Restons-en là, d'accord? Je n'en peux plus de tes revirements! décréta froidement Alexandre.

Le revoir si dur, si inflexible blessa le cœur d'Hélène. Était-elle la seule responsable de ce drame? Peu importait, elle l'aimait, comme elle l'aimait! Folle de chagrin, la jeune femme enlaça son mari, le suppliant à travers ses larmes de l'embrasser.

— Non, je ne suis pas un pantin, Hélène! Si tu as besoin d'amour, appelle ton juge! Il ne demande que ça!

— Et toi, tu iras te consoler avec cette fille, cette Magali, c'est ça? hurla-t-elle.

La gifle claqua, assénée avec violence par une main vengeresse. Alexandre l'avait frappée. C'était la deuxième fois qu'il perdait le contrôle de ses nerfs. Hélène passa un doigt sur sa joue marbrée de striures rouges.

— Tu es fou! Complètement fou!

— C'est toi qui me rends fou! Venir me surveiller, me faire une scène de jalousie à l'heure du déjeuner... Après m'avoir pratiquement mis dehors il y a dix jours!

Elle lui jeta un regard désespéré et sortit en courant de la salle de classe. Alexandre entendit claquer la porte principale, puis la voiture de sa femme démarrer en trombe. Il regarda ses mains, accablé :

— Qu'est-ce que j'ai fait? Mon Dieu! Pardon!

Magali frappa doucement sur le vantail resté entrouvert. Elle se doutait d'un incident de ce genre. Sans se juger responsable, son intuition lui soufflait que madame Rouffier avait fait une crise de jalousie.

— Alexandre, est-ce que ça va? demanda-t-elle d'une petite voix inquiète.

Il haussa les épaules, presque irrité par la présence de sa collègue. Qu'avait-elle pu voir ou entendre?

— Tout va bien, Magali. Quelques problèmes d'ordre privé, sans importance.

La jeune fille lui répondit avec son accent chantant du Sud :

— Elle est belle, ta femme! Cela ne me regarde pas, mais je me demande pourquoi tu vis seul dans le studio, là-haut. Vous êtes fâchés?

— C'est une longue histoire, tu sais! Je n'ai pas envie d'en parler...

— Excuse-moi, je ne voulais pas être indiscrète, mais tu as l'air si malheureux!

Magali se rapprocha de lui, un sourire attendri au visage. Alexandre sentit son parfum très frais, contempla le corps souple et ferme. Un désir brutal l'envahit, qu'exacerbait bizarrement sa colère à peine apaisée.

— Laisse-moi, Magali! murmura-t-il, les poings serrés.

Mais elle le fixait, comme hypnotisée par ce qu'elle lisait dans les yeux de cet homme qui la séduisait par son magnétisme et son mystère. Ce fut elle qui fit encore un pas, jusqu'à le frôler.

— Alexandre, tu implorais Dieu tout à l'heure! Ce n'est pas courant chez un homme, à notre époque...

— Tais-toi! dit-il entre ses dents.

Et pour éviter d'autres questions, il l'embrassa avec fougue, presque brutalement. Le bruit des élèves jouant dans la cour de récréation leur parvenait, une des femmes de service pouvait entrer à chaque instant, pourtant ils s'abandonnaient à ce baiser voluptueux et sauvage qui abolissait toutes les barrières. Ce baiser refusé à Hélène dix minutes auparavant, Alexandre le donnait à une autre, sans même penser aux conséquences. Magali le repoussa soudain, les joues rouges, les yeux brillants :

— Je retourne dans la cour! On ne sait jamais, si quelqu'un venait...!

Il approuva, haletant, le corps en feu. C'était la première fois qu'il trahissait Hélène, et il en gardait une saveur douce, honte et plaisir mêlés.

— Si je me laisse aller sur cette pente, je suis bel et bien perdu! se dit-il tout bas.

Ce fut cependant ce baiser volé à Magali qui le conduisit le soir même, repentant, vers la maison d'Houlgate. Il avait besoin de revoir sa fille et surtout Hélène. Alexandre était tourmenté par un doute affreux : désirait-il sincèrement Magali ou avait-il cédé à une pulsion sans gravité, née de sa frustration? Les nuits de folie qu'il avait connues durant deux mois dans les bras de sa femme avaient semé dans son sang une ferveur amoureuse contre laquelle il luttait en vain. La chasteté lui était devenue insupportable.

Lorsque son mari entra, escorté de Saturne qui jappait de joie, Hélène eut un geste de recul. Mais Véronique poussa un cri ravi :

— Mon papa! Tu es revenu!

— Oui, ma belle! Viens!

L'enfant se retrouva au cou de son père, bercée et cajolée. La petite fermait les yeux de bonheur. Hélène en eut le cœur brisé. Elle devait à tout prix ramener Alexandre à la raison, lui demander pardon, obtenir son retour.

— Tu dînes avec nous, j'espère! lui dit-elle gaiement, jouant à merveille la comédie.

— Si c'est possible! répliqua-t-il en souriant.

— Quelle chance, j'avais cuisiné une blanquette de veau! Véronique, range tes jouets, ma chérie, je vais mettre le couvert...

La fillette obéit sagement, aidée par son père qui chantonnait pour se donner une contenance. Hélène sentit monter des larmes de nostalgie. Cet air que fredonnait Alexandre, il le lui chantait, jadis, lorsqu'il était prêtre, à Vindouris. C'était pendant leurs excursions en montagne. Elle murmura :

— Tu devrais apprendre cette chanson à notre fille, mon chéri! Je l'aime beaucoup!

— Oui, c'était le bon temps! rétorqua Alexandre d'un ton amer. Puis il entonna de sa belle voix :

« Elle descend de la montagne à cheval... »

Cette fois, Hélène quitta la pièce, retenant une houle de sanglots. Elle se jeta dans un fauteuil, le visage caché dans ses mains. Trop de souvenirs lui revenaient, ceux de son fol amour pour cet homme, leurs soirées en tête-à-tête dans le presbytère, leurs promenades, leurs premières caresses.

« Alexandre! Tu m'appartiens, je ne veux pas te perdre! Tu es le père de ma fille, tu es mon amant, mon mari! »

Au même instant, Alexandre la rejoignit dans le salon. Véronique l'avait supplié de la laisser mettre le couvert toute seule.

— Hélène! Qu'est-ce que tu as? Tu pleures?

— Non...

Elle releva la tête, lui lançant un regard suppliant. Il y lut une telle détresse que sa rancune fondit :

— Hélène, accordons-nous une dernière chance, ne serait-ce que pour Véro! Tu veux bien?

— Oui, oh oui! Je voulais te le demander ce soir! Alors, tu reviens?

Il fit un signe affirmatif, apaisant, puis vint la chercher par la main pour la conduire dans la cuisine. Véronique vit entrer ses parents et leur adressa un sourire plein d'espoir.

— Et cette blanquette, elle ne va pas brûler, au moins? s'écria Alexandre.

Hélène assura qu'il n'y avait aucun risque. Dans la main de son mari, sa main tremblait un peu, mais il resserrait la pression de ses doigts, comme pour la rassurer. Elle décida d'oublier Magali, la gifle reçue dans la classe déserte. Les conseils de Bernard et de Quentin réunis allaient-ils enfin porter leurs fruits?

***

Il était plus de minuit, lorsque Véro, surexcitée par cette soirée de fête, s'endormit enfin, sa menotte blottie dans celle de son père. Ils avaient regardé tous les deux un dessin animé après le dîner et avaient fait une bataille d'oreillers. Alexandre avait raconté à sa fille trois histoires...

Un peu las, mais heureux, il rejoignit Hélène qui l'attendait dans leur chambre, un livre ouvert sur ses genoux. La revoir ainsi, dans ce décor familier, le troubla. Vêtue d'une jolie chemise de nuit en dentelle noire, ses cheveux défaits, elle s'appuyait sur un large coussin. Il hésitait à s'asseoir au bord du lit, soudain intimidé.

— Je vais prendre une douche! dit-il tout bas.

— J'ai un de tes vieux pyjamas dans l'armoire! murmura-t-elle d'un air qu'elle souhaitait anodin.

Alexandre osa un sourire taquin. Il eut envie de répliquer qu'il n'avait pas besoin de pyjama, mais préféra se taire. Ce fut sous la douche, le corps massé par l'eau chaude, qu'il se mit à penser à Magali. Le baiser qu'ils avaient échangé l'obsédait. Un désir nouveau monta en lui, il se vit soumettre la jeune fille à sa force mâle, imagina ses seins lourds dans le creux de ses mains...

Comment se comportait-elle avec un homme? Criait-elle dans le plaisir ? Autant de questions qui le hantaient. Pour n'avoir jamais touché une autre femme qu'Hélène, il découvrait soudain, à plus de quarante ans, l'attrait de l'inconnu, de la chair nouvelle...

« Qu'est-ce qui me prend ? »

Il avait honte, se reprochait ces pensées coupables, mais ne pouvait les repousser. Au moment de renouer une vie conjugale auprès de son épouse, de celle qu'il adorait malgré tout, le désir forcené d'une autre le taraudait. Si grand était son désarroi qu'il prolongea la douche, à la fois avide de rêver à Magali et gêné de partager le lit d'Hélène après un tel délire intérieur. Il crut entendre une voix, perdue dans le bruit de l'eau. À regret, il se décida à sortir de la cabine vitrée.

Hélène se tenait sur le seuil de la salle de bains, une expression inquiète au visage :

— J'ai cru que tu avais eu un malaise ! Tu es sous la douche depuis plus d'une demi-heure !

Il haussa les épaules, se voulant désinvolte :

— Cela me détend ! Je suis trop nerveux en ce moment ! J'arrive tout de suite, ma chérie, retourne te coucher...

Les mots sortaient de sa bouche, ordinaires, à peine réfléchis. C'était les mots qu'aurait pu échanger n'importe quel couple, à l'approche de l'âge mûr, de la sérénité. Hélène eut un regard méfiant. Pourtant, lorsque son mari s'allongea près d'elle, ils parlèrent de Véronique, des arbres à couper dans le verger, des gouttières du cellier, dont les ardoises étaient fendues. Des banalités pour respecter la trêve, pour effacer le souvenir de la gifle reçue et donnée, pour chasser la jolie Magali.

Hélène éteignit enfin sa lampe de chevet. Elle attendait un geste d'Alexandre, mais celui-ci ne bougeait pas. La jeune femme n'éprouvait aucun désir, bien qu'elle fût prête à se donner, afin de lui prouver sa bonne volonté. Enfin, la main de son mari glissa sur ses seins, les caressant avec douceur. Il faisait noir dans la chambre, Hélène se crispait, tout son être vibrant d'un refus dont elle connaissait la cause. Les doigts d'Alexandre se firent impérieux, descendant de la poitrine au ventre. Elle eut un gémissement qui pouvait ressembler à un aveu de plaisir. Aussitôt il se coucha sur elle, écartant ses cuisses d'un geste brutal, et il la posséda sans se soucier de ses réactions. C'était un acte sans tendresse, une prise de pouvoir de l'homme sur sa compagne.

De grosses larmes d'humiliation, de déception, mouillaient les joues d'Hélène qui avait envie de vomir. C'était une sorte de viol que commettait Alexandre; elle avait l'impression de se livrer par la contrainte à un parfait étranger. Quand il se rejeta sur le côté, à sa place, elle soupira, presque soulagée. Il respirait fort, mais ne disait rien, pas une parole d'amour, pas une excuse... Ce silence pesant se prolongeait. Alexandre s'endormit vite.

Hélène ne saurait pas avant longtemps combien il avait eu honte de se conduire ainsi, combien il se dégoûtait. Elle s'était recroquevillée au bord du lit, en se répétant, secouée de sanglots étouffés, qu'elle avait rendu son père à Véronique.

***

Ils vécurent trois mois ainsi, sans se quereller, sans un mot plus haut que l'autre, comme des amis. Au besoin, Hélène réprimait même ses bouffées de colère, et Alexandre se montrait très attentionné. Il s'occupait beaucoup de sa fille, veillait également aux travaux de la maison. Le calme régnait, un semblant d'harmonie qui comblait au moins une personne : la petite Véronique.

À l'occasion des fêtes de Noël, ils avaient passé une excellente soirée, dînant près d'un magnifique sapin orné des guirlandes et de boules dorées. Rien ne transparaissait de leurs doutes ni de leur profonde insatisfaction. Bernard lui-même les crut vraiment réconciliés. En vérité, ils n'étaient pas en mauvais termes. Hélène prenait goût à cette paisible existence matrimoniale. Alexandre, lui, semblait d'humeur joyeuse, quoique parfois étrangement lointain.

Il y eut des nuits de tendresse, de caresses banales. Hélène acceptait de bon gré les avances tièdes de son mari, car elle avait envie d'un autre enfant. C'était encore Véronique qui avait déclaré, un soir :

— Et pourquoi j'ai pas de petit frère? Dites, ce serait bien d'avoir un bébé à la maison... Moi, je commande un petit frère!

Alexandre avait souri d'un air distrait, Hélène s'était persuadée qu'une nouvelle grossesse les rapprocherait. Sur ce point, Bernard, consulté en secret, s'était montré perplexe :

— Tu n'as pas une santé formidable, Hélène! Il te faudra une surveillance sérieuse. Enfin, si tu le désires et ton mari aussi, c'est tout à fait possible.

Hélène se fit plus voluptueuse, tour à tour câline ou sensuelle, provoquant souvent Alexandre. Il n'était guère empressé à la satisfaire. La jeune femme tentait de toutes ses forces de gagner la partie, de sauver son couple. Ce fut certainement cette volonté de ne plus contrarier son mari, de jouer auprès de lui les épouses sages et patientes, qui endormit son instinct et son habituelle prudence. Pas une seule fois, elle n'avait parlé de Magali, refusant de la considérer comme une rivale. Cette jeune personne était la collègue d'Alexandre, une institutrice nommée à Valflor, voilà tout.

La maison d'Houlgate connaissait des jours heureux, et le sourire radieux de Véronique était la plus belle récompense pour Hélène.

Ce fut à la fin du mois de février que son petit univers tranquille s'écroula. Alexandre rentra un peu plus tôt, et ils prirent le thé ensemble. Leur fille jouait dans sa chambre.

Hélène trouva son mari très pâle. Il renversa du lait sur le tapis, poussa un juron, puis la regarda d'un air désespéré :

— Qu'est-ce qui ne va pas, mon chéri? lui demanda-t-elle d'une voix douce.

— Hélène... je dois te parler! C'est grave!

Elle imagina un accident à l'école, une mauvaise nouvelle de Provence, où vivaient toujours les parents d'Alexandre. Ils avaient rompu tout contact, mais, en cas de malheur, certains liens se renouent d'office.

— Tes parents? dit-elle, soucieuse.

Il fronça les sourcils, surpris, comme quelqu'un qui en a oublié l'existence même.

— Non, ce n'est pas ça! écoute, Hélène, je ne sais comment t'apprendre une telle chose... Mais je suis obligé de le faire. Tu vas me haïr, pourtant je t'en supplie, garde ton calme, à cause de Véronique... Je ne voulais pas la faire souffrir, surtout pas! Je l'aime comme un fou, tu sais, je l'aime sincèrement. Alors, pense à elle!

Hélène prit peur. Pour échapper à cette tragédie qui allait fondre sur leur bonheur, elle protesta :

— Dans ce cas, nous en parlerons plus tard, cette nuit, quand Véro dormira! Je t'en prie, Alexandre...

— Non! C'est impossible, car je dois repartir. Nous devons trouver une solution, toi et moi, afin de préserver la petite... Hélène, voilà... C'est Magali qui...

— Tais-toi! murmura-t-elle, livide.

Impitoyable, Alexandre continua, les yeux baissés, les traits durcis :

— Magali est enceinte! De moi... Et je ne peux pas la laisser assumer cette grossesse toute seule. Elle m'aime, tu comprends! Lorsque j'ai appris son état, j'ai passé des heures et des heures à réfléchir. J'ai donné ma démission, elle a pris un congé spécial. Nous allons vivre quelque temps à Lyon, un ami lui prête un studio. Pour l'argent, je m'en sortirai, j'ai des économies...

Hélène l'écoutait, frappée de stupeur. Les mots ne pénétraient pas jusqu'à son esprit. Elle devait se les répéter, les tourner et les retourner avant d'en comprendre la teneur. Mais peu à peu une vague montait de son cœur, enserrait sa gorge tel un étau meurtrier. Sur son front coula une sueur glacée, la pièce se mit à tourner, le souffle lui manqua :

— Alexandre!

Elle croyait sombrer dans un abîme immense, sans fin : cela ressemblait à une mort lente. Ses mains se tendirent vers celui qu'elle aimait encore de toute de son âme. Il la quittait, il avait embrassé une autre femme, plus jeune, plus belle. Il l'avait trahie, reniée. Comment Alexandre, un ancien prêtre, avait-il pu mener une double vie, prendre son corps, baiser ses lèvres, et agir de la même façon avec Magali? Elle la revit dans le réfectoire, sa chair pleine de fille du Sud, ses longs cheveux, ses seins fermes et lourds. Son mari avait fait l'amour avec elle, il avait su la séduire.

— Mais tu n'as pas le droit de faire une chose pareille! chuchota-t-elle, les yeux fous. Et Véro? Tu l'abandonnes, elle aussi, tu la rejettes!

Alexandre pressentit la violence de la scène qui allait éclater. Déchiré, il dut faire un choix : fuir immédiatement pour épargner son enfant ou affronter Hélène, la raisonner, afin de pouvoir embrasser sa fille une dernière fois.

— Hélène, pense à Véro justement! Ne la fais pas souffrir! Je m'en veux assez... Écoute-moi, je reviendrai, je ne peux pas faire autrement pour l'instant! Mais tu dois me croire, ma chérie, je t'aime! C'est toi que j'aime. Je ne sais pas ce qui m'a pris... Une telle pulsion, comme si je devenais fou! J'ai lutté, sache-le, j'ai résisté et puis, elle était jolie, si jolie! Si fraîche, confiante...

Hélène avait repris le contrôle de ses nerfs. Elle en mourrait peut-être, mais elle resterait digne. Avec un regard chargé de haine, la jeune femme se leva, articulant lentement :

— Va embrasser ta fille, Alexandre, raconte-lui n'importe quoi pour expliquer ton départ! Prends tes affaires... Et va-t'en, va-t'en vite! Je t'en prie, je ne veux plus te voir, plus jamais!

XV
Hélène s'en est allée...

De sa fenêtre, Hélène se plaisait à contempler les frondaisons du « Jardin Vert ». Le printemps parait certains arbres de délicates fleurs roses que le vent léger faisait frissonner. Elle aurait pu rester ainsi encore longtemps, perdue dans ses pensées, mais en jetant un œil à sa montre, elle vit qu'il était l'heure d'aller chercher sa fille à l'école.

Il y avait déjà plus d'un an qu'elles vivaient toutes les deux à Angoulême, au cœur de la Charente. Le climat était doux et tempéré. L'océan Atlantique dispensait jusqu'à l'intérieur de ces terres fertiles son influence marine.

Véronique était d'humeur morose ce soir-là. Elles se promenèrent sur l'artère piétonne qui traversait le centre-ville, mais les vitrines savamment décorées à l'approche de Pâques ne semblaient pas égayer l'enfant.

— Maman, je voudrais bien voir papa, pendant les vacances!

Hélène se crispa, serra un peu plus fort la main de la fillette. Véro parlait si souvent de son père...

— Ma chérie, ce ne sera pas possible!

— Pourquoi? Tu avais dit que je le reverrais, papa, et je le vois jamais!

L'enfant se mit à bouder. Un petit chien, tenu en laisse par une dame à l'allure fort respectable, vint flairer les jupes d'Hélène. Aussitôt, Véronique lança d'un ton pitoyable :

— Et Saturne, il doit s'ennuyer sans nous!

Hélène ne sut d'abord que répondre. L'attitude de sa fille la déconcertait, car il était rare d'entendre Véro se plaindre. En règle générale, elle se montrait joyeuse, ravie de sa nouvelle école et de ses camarades. De plus, elle vouait une véritable adoration à son professeur de danse, Martine.

— Saturne est très heureux chez Bernard et Sandrine! Et je t'ai promis un petit chat pour ton anniversaire!

— Un chaton tout blanc, tu n'as pas oublié?

— Non, ma chérie...

Réconfortée, Véronique mordit à belles dents dans son croissant. Hélène marchait comme une somnambule à présent. Les récriminations de sa fille l'avaient plongée dans des souvenirs pénibles, des constats douloureux. Elle revit les jours qui avaient suivi le départ d'Alexandre. Le chagrin et la honte l'avaient à moitié rendue folle. Bernard l'avait soignée de son mieux, à coups de bonnes paroles et d'antidépresseurs. Sandrine avait pris Véro sous son aile. La maison d'Houlgate était devenue un monde hostile, volets clos, chambres vides, un foyer plongé dans un grand silence que rompaient parfois les sanglots déchirants de la jeune femme. C'était la colère qui l'avait sauvée, comme jadis. Une haine brûlante s'était emparée de son âme, de son cœur. D'Alexandre, Hélène ne voulait plus rien savoir. Elle avait déchiré ses premières lettres sans en prendre connaissance, débranché le téléphone avant de faire changer son numéro et d'exiger de figurer sur liste rouge. Pour le punir, la jeune femme bafouée n'avait qu'une solution : le priver de tout contact avec Véronique. Cette prise de position, que critiquait son ami Bernard, l'avait poussée à revoir Quentin Meyrot. Il était au courant de la situation, mais n'osait pas se manifester, par discrétion.

Hélène évoqua ce jour de pluie où le juge l'avait reçue dans son bureau. Elle portait un ciré noir, ses cheveux étaient ondulés par l'humidité. Il avait embrassé la main qu'elle lui tendait, puis il s'était efforcé de la raisonner. Après maintes discussions, il l'avait convaincue de rechercher son mari, pour demander le divorce et statuer sur la garde de leur fille.

— Alexandre a le droit de voir son enfant, Hélène, la loi est ainsi faite. Il faudrait une faute grave de sa part pour qu'il perde ce droit!

Elle avait pleuré, ulcérée, criant que l'abandon du domicile conjugal et l'adultère étaient à son avis des « fautes graves ». Alors il l'avait consolée avec tendresse.

Les yeux de Quentin ce jour-là exprimaient tant d'espoir timide et d'amour non avoué.

— Maman, dis bonjour à ma copine Sandra!

Hélène dut reprendre pied dans le présent. Elle se trouvait au beau milieu du square de l'hôtel de ville d'Angoulême, bien loin de la Normandie, et une charmante petite fille blonde lui souriait, accompagnée de sa mère, une femme élégante et prête à bavarder, selon toute évidence :

— Chère madame, quelle joie de vous rencontrer enfin... Je vous ai téléphoné la semaine dernière, mais oui, au sujet de Sandra. Je désirerais lui faire apprendre le piano et quelqu'un m'a recommandé vos cours... Je vais l'inscrire au plus vite!

Hélène fit un effort, se remémora le nom de son interlocutrice qu'elle avait dû croiser dans les couloirs de l'école de danse. Sandra et Véronique avaient en effet sympathisé à la barre, en collant et chaussons...

— Nos filles s'entendent à merveille! Votre Véro est remarquablement douée! Vous en ferez peut-être une danseuse étoile!

La conversation se poursuivit tandis que les deux fillettes gambadaient autour du bassin de pierre orné en son centre d'un jet d'eau.

— Et vous vous plaisez ici? demanda encore la mère de Sandra.

— Oui, beaucoup! C'est une jolie ville! répondit Hélène de manière laconique. En fait, le climat ressemble un peu à celui de la Normandie...

— Vous êtes originaire de là-bas?

— Non, je suis née en Provence! J'ai grandi à Vindouris, c'est un petit village près de la Méditerranée.

La mère de Sandra hocha la tête d'un air entendu. Véronique et son amie revenaient en sautillant, main dans la main.

— Maman! Sandra m'invite à dormir chez elle ce soir! Tu veux bien, dis?

Sandra renchérit avec une mimique décidée :

— Dis oui, maman! Véro n'est jamais venue à la maison et demain il n'y a pas école.

Hélène fut contrariée. Le mardi soir, Quentin dînait chez elle, c'était une habitude instaurée depuis des mois. Elle avait toujours soigneusement évité de se retrouver seule avec lui.

— Véronique, un autre jour, nous avons de la visite ce soir...

— Mais moi, je préfère dormir chez Sandra, je t'en prie! Tu avais promis que je pourrais... un jour! Au bout de quelques minutes d'une discussion animée, Hélène dut se plier à la volonté générale. Il fut convenu que Véro coucherait chez son amie, qui lui prêterait un pyjama. Désarmée par le regard noir, vindicatif de sa fille, la jeune femme consentit à cet arrangement inattendu. Après les dernières recommandations d'usage, elle s'éloigna, solitaire, le cœur en déroute.

Comment aurait-elle pu oublier Alexandre en élevant une enfant qui était tout son portrait? Véro, qui allait fêter ses sept ans durant l'été, avait de son père les yeux pleins de magnétisme, mais aussi le sourire, le caractère emporté et généreux, la vivacité.

Cette constatation lui fit mal, entraîna sa pensée sur une pente dangereuse. Elle s'était interdit de songer à tout cela. Le passé ne devait plus la meurtrir. Pourtant son appartement lui parut sinistre sans la présence chérie de sa fille. Les pièces étaient aménagées avec goût, la lumière rose du couchant entrait à flots par les hautes fenêtres. À l'idée de recevoir Quentin, Hélène frémit nerveusement. Ses rapports avec le juge restaient purement amicaux, mais elle avait l'impression qu'il tissait sa toile pour mieux la capturer un jour.

— Si je l'appelais pour annuler le dîner, je peux lui dire que je suis souffrante... songea-t-elle en se coiffant.

Pourtant elle n'en fit rien, vaguement contente de passer deux ou trois heures en sa compagnie. Il avait tant fait pour Hélène, de son installation à Angoulême à la gestion du mas des Deux-Vents, désormais loué pour une somme fort correcte à un vétérinaire qui souhaitait l'acheter. Bernard et lui avaient persuadé la jeune femme de quitter la Normandie, d'abandonner la maison d'Houlgate, trop entachée de mauvais souvenirs. Quentin lui avait trouvé, grâce à ses relations charentaises, une place de professeur de piano à l'École de musique angoumoisine.

« Partez, Hélène, changer d'air vous sera salutaire! J'ai des amis là-bas qui peuvent vous céder un appartement charmant, sur les remparts! Je vous rejoindrai vite, car je suis nommé en Charente... J'ai des attaches dans ce département. »

Tout s'était décidé très vite. Hélène avait fui, sans se retourner, se coupant de ses amis Sandrine et Bernard, de ses élèves, de ces lieux où Alexandre et elle avaient connu autant de bonheur que de malheur. À présent, Quentin jouait les protecteurs, gâtant Véronique qui pourtant ne se laissait pas apprivoiser, faisant à la jeune femme une cour discrète. Doucement, sans brûler les étapes, il lui avait offert une belle amitié lumineuse, une affection et une tendresse indéfectibles qui peu à peu l'avaient tirée de l'enlisement. Il était celui en lequel elle pouvait avoir entièrement confiance, un sentiment précieux après les douloureuses trahisons d'Alexandre.

Un coup de sonnette. Hélène se regarda dans le miroir de l'entrée. À trente-six ans, elle était toujours la même, mince, pâle, les cheveux plus clairs, les prunelles noisette agrandies par un léger maquillage. Par défi, elle avait revêtu une robe noire moulante, assez habillée, qu'il ne lui avait jamais vu porter.

— Bonsoir, Quentin!

— Hélène, vous êtes adorable...

Le juge cherchait déjà la silhouette de Véro à qui il avait acheté un livre.

— Ma fille dort chez une amie, je suis désolée!

— Ce n'est pas grave! Vous lui donnerez ce petit cadeau demain, de ma part!

Le regard brun de Quentin prit soudain un éclat passionné. Il pensait peut-être que leur tête-à-tête était voulu. Hélène s'empressa de le détromper :

— Nous avons rencontré son amie Sandra près de l'hôtel de ville. J'ai failli vous téléphoner de ne pas venir!

— Mais... pourquoi, ma chère Hélène?

— Je ne sais pas! Un peu de porto?

Ils prirent l'apéritif dans le salon, non loin du piano droit que la jeune femme avait déniché chez un antiquaire. L'instrument ne lui donnait guère satisfaction, mais elle s'en contentait. Celui d'Houlgate, muet désormais, sommeillait dans le grenier de la vieille ferme, louée à une amie de Bernard.

— Alors, Hélène, comment allez-vous?

— Je suis triste, inquiète. Aujourd'hui, Véronique a réclamé son père, ses anciens amis, son chien! Pendant un an, elle n'en avait presque pas parlé...

Quentin haussa les épaules:

— Elle s'habituera. C'est une réaction normale. Au début, souvenez-vous, le dépaysement l'a amusée, elle n'avait pas le temps de se pencher sur ses souvenirs. Maintenant, il lui faut faire le point, se résigner! Son existence passée ne reviendra pas!

— Ce que vous dites est valable pour moi aussi. Depuis un an, je m'efforce de vivre en paix, mais je suis obsédée par ce que j'ai perdu!

Quentin traduisit, « par celui que j'ai perdu ». Il devait en fait lutter contre un homme qui s'était comme volatilisé, mais qui demeurait toujours présent dans le cœur d'Hélène et de sa fille.

— Pas de nouvelles d'Alexandre? Vous n'auriez pas dû jeter ses courriers! Pour Véro, c'est une situation déplorable. Des lettres de son père l'auraient aidée à surmonter la séparation!

— Oh! je vous en prie, ne parlons pas de lui! Je suis consciente d'avoir agi stupidement, car je suis obligée de mentir à ma fille. Véronique m'a suppliée d'envoyer à son père des photos d'elle en danseuse! Je lui ai promis que je le ferais, mais où les expédier?

Quentin se versa un second verre de porto. Ses pensées prenaient un tour différent, à voir Hélène si proche. De sa peau claire émanait un délicat parfum de violette qui le troublait.

— Écoutez, Hélène! Je vous donne une idée, ensuite nous changerons de conversation. Je n'ai pas envie de vous voir triste ce soir! Je voudrais un peu de gaîté... D'accord?

— D'accord, monsieur le juge! plaisanta-t-elle. Alors, votre idée?

— Envoyez donc les photos de Véro aux parents d'Alexandre. Ils ont certainement de ses nouvelles, surtout s'il est père une deuxième fois. Au pire, ils feront suivre votre courrier.

Hélène respira avec peine. Les mots de Quentin venaient de toucher une plaie à vif. C'était justement à cela qu'elle se refusait à songer : l'enfant né de Magali et d'Alexandre. Le bébé devait avoir quelques mois, garçon ou fille, elle n'en savait rien.

— Quentin, votre suggestion est excellente, mais passons à autre chose! Voyons, si nous parlions de ce concert que je dois donner au château de la Rochefoucauld! Vous m'avez dit que c'était une charmante petite ville, à une vingtaine de kilomètres d'Angoulême...!

— Oui, en effet! Il y a un cloître remarquable, et le château n'a rien à lui envier. Nous pourrions d'ailleurs déjeuner là-bas le jour de votre prestation... Vous aurez du succès, Hélène, je vous fais confiance!

— Je l'espère... Cher Quentin, servez-moi un verre de porto, je veux être gaie, puisque vous me l'ordonnez...

***

Ils dînèrent aux chandelles, en bavardant de banalités. Hélène était un peu ivre, ce qui donnait à ses joues des nuances roses et à ses yeux dorés une douceur nouvelle. Elle riait, riait à perdre haleine, pour des sottises, écoutait les propos de son invité avec une attention étrange, comme si elle s'attachait surtout aux mouvements de ses lèvres. Quentin crut qu'il pouvait franchir les limites consenties depuis longtemps. Alors que la jeune femme se levait pour desservir, il lui saisit le poignet :

— Laissez cela, ma chérie, venez près de moi.

Hélène se raidit brusquement. Elle avait pris la ferme résolution de refuser tous les hommages masculins. Les tourments endurés auprès d'Alexandre l'avaient guérie à jamais, croyait-elle, des relations amoureuses. Son corps condamné à la chasteté connaissait enfin la sérénité. Les doigts brûlants du juge sur sa peau éveillaient cependant un écho lointain. Il ne fallait pas, elle ne voulait plus souffrir :

— Lâchez-moi! s'écria-t-elle.

— Non! Du moins pas tout de suite... Hélène, je crois vous avoir prouvé mon dévouement, mon entière et sincère affection. Je vous aime. Ne me repoussez pas.

— Tout ce que vous avez fait pour moi, c'est en espérant me conquérir, c'est cela? Les hommes ne sont jamais désintéressés!

Quentin resserra son étreinte, le visage levé vers elle, les yeux brillants :

— Est-ce mal de tenter votre conquête? J'en ai le droit, Hélène! Mais vous êtes injuste... Si je me conduis ainsi ce soir, c'est parce que vous sembliez consentante, et si tendre! J'ai cru que vous attendiez ce moment, vous aussi!

— Vous aviez tort! Lâchez-moi...

— Hélène, ma douce et belle Hélène! Un baiser, accordez-moi un seul baiser...

La voix était veloutée, basse, caressante. Le regard de Quentin livrait un désir sans détour, un amour loyal. Hélène pensa à nouveau que cet homme qui la suppliait ne l'avait pas trahie une seule fois. Avec la même amabilité, la même générosité, il avait veillé sur elle, l'avait sagement conseillée, se préoccupant de sa fille, de leur confort, les promenant le dimanche. Il était là, patient et attentionné, pendant qu'Alexandre, à l'autre bout de la France, à l'étranger peut-être, filait un parfait amour avec Magali, se penchant sur leur bébé en souriant. Lui qu'elle adorait jadis, lui dont elle avait accepté les maints caprices, lui qui l'avait reniée... Une douleur sourde la terrassa, ses jambes faiblirent tandis qu'elle murmurait :

— Quentin!

Il la reçut contre sa poitrine, haletante, prête à pleurer.

— Non, Hélène, il ne faut pas! Oubliez-le, vous avez mérité un peu de bonheur! Je suis là ce soir, je ne vous laisserai pas seule...

Il se leva tout en la soutenant et ils s'abattirent sur le canapé. Les bougies se consumaient, la clarté baissait. Quentin se pencha sur la bouche entrouverte qui répondit d'abord timidement à son baiser. Sous la caresse experte de ces lèvres d'homme, Hélène se ranima, prise d'une douce folie. C'était si bon de sentir des bras virils l'enlacer, la garder à l'abri du chagrin.

Lui, ébloui par son abandon, n'avait de cesse d'éveiller son désir. Il l'embrassa encore, mais ses mains se hasardaient maintenant sur les seins menus, sur les épaules nues, allant ensuite parcourir les longues jambes fuselées.

— Hélène, tu es belle! Comme je t'aime, ma chérie.

Le tutoiement, plus intime, parut sceller entre eux le pacte de la chair. Il releva sa robe et découvrit les cuisses gainées d'un voile noir. Avec dévotion, il alla baiser la chair nue, entre le bas et cette zone d'ombre qu'il dévoilerait plus tard.

Quentin évitait savamment de la brusquer, soucieux de la mener au plaisir sans la tirer de ce bienheureux délire dans lequel elle se laissait couler, sensuelle, méconnaissable. Il fut bientôt récompensé de ses efforts. Hélène, libérée de ses regrets, de ses craintes, se fit plus câline. En tremblant, elle l'aida à se dévêtir, pressée de toucher ce corps dont elle ne savait rien encore. Avec avidité, ses mains fines jouèrent sur la peau chaude, sur les muscles durs.

— Quentin! Quentin!

Elle répétait son prénom, se grisait de cette évidence. C'était Quentin qui la tenait serrée, Quentin qui appuyait son beau visage un peu sévère sur ses seins de femme... Alexandre était effacé, trahi. Elle s'offrait à un autre, et une joie profonde l'envahissait, lui faisant oublier pudeur et retenue.

Du canapé, ils glissèrent sur le tapis de laine. Hélène était nue à présent, forme gracile d'une lumineuse blancheur. Lui se tenait au-dessus d'elle, les traits tendus par une ivresse proche de l'extase. Il hésitait encore à l'instant fatal de la possession, de peur de la décevoir :

— Viens! dit-elle en l'attirant d'un geste doux.

***

Première étreinte, vertige de la possession pour l'homme, surprise enchantée pour celle qui l'accueille, puis enfin les soupirs apaisés, les mots d'amour... Quentin pourtant ne s'en tint pas là. Il ne se lassait pas de ce miracle : Hélène lui appartenait, elle ne le rejetait pas, se montrant même prête à toutes les fantaisies. Lorsqu'ils s'endormirent, épuisés, l'aurore empourprait le ciel, derrière le clocher de la cathédrale Saint-Pierre d'Angoulême.

Une nouvelle vie commençait pour Hélène, une période de bonheur tranquille qui allait durer trois ans.

En acceptant la passion de Quentin, elle avait trouvé celui sur qui s'appuyer, un homme stable, serviable, d'une galanterie rare. Au début, ils ne vécurent pas ensemble, à cause de Véronique, mais il téléphonait à Hélène dès le matin, puis en fin d'après-midi. Elle recevait des fleurs tous les samedis, un bouquet de tulipes roses accompagné d'un petit mot gentil. Comparé à Alexandre, Quentin faisait figure de prince charmant. Jamais son mari n'avait eu à son égard autant d'attentions délicates...

Suivant ses conseils, la jeune femme avait envoyé aux parents d'Alexandre une grosse enveloppe contenant des photographies de Véronique en danseuse, des images de rêve, car la fillette avait cette grâce innée des futures étoiles. À ces documents, Hélène avait joint une missive dans laquelle elle résumait leur triste histoire, l'échec de son union avec Alexandre. Il restait à attendre une éventuelle réponse.

Ce fut en juillet, la veille des grandes vacances, qu'une enveloppe arriva de Cassis. Avant même de la décacheter, Hélène fut assaillie par une houle douloureuse de réminiscences. Cassis, la terre de Provence, si belle, le sauvage Mercantour, Cassis où elle avait fait la connaissance des parents d'Alexandre, son père aux cheveux argentés, un peu plus longs sous le béret noir, sa mère très digne, affable. Elle était si jeune alors, mais déjà son existence se partageait entre la joie et la souffrance. Joie d'avoir vécu une folle nuit de passion dans les bras d'Alexandre malgré l'obstacle de son sacerdoce, souffrance face aux indécisions, aux duretés de son amant.

Près de Cassis, il y avait Brignoles, où habitait sa tante, la sœur aînée de sa mère. Depuis la mort de France, Hélène n'était pas allée lui rendre visite une seule fois, se contentant d'un courrier au premier de l'an. Elle en eut honte soudain. La vieille dame devait être bien seule...

Le cœur serré, la jeune femme se décida à ouvrir l'enveloppe. C'était madame Rouffier qui lui écrivait, d'une écriture fine, un peu penchée. La mère d'Alexandre s'avouait profondément peinée par les confessions d'Hélène. Elle avait fini par se résigner à l'idée que son fils fût marié, elle avait pardonné, attendant de longues années des nouvelles du couple. Apprendre qu'ils étaient séparés, que sa belle-fille élevait seule Véronique la consternait. Elle jugeait une pure folie de la part de l'ancien prêtre cette aventure avec Magali et ne comprenait pas son attitude. Hélène la sentit sincère lorsqu'elle affirmait qu'elle n'avait pas connaissance de la nouvelle adresse de son fils, de même qu'elle ignorait qu'il fût père une seconde fois.

Madame Rouffier remerciait beaucoup Hélène pour les photos de Véro. Cette petite-fille qu'elle n'avait jamais vue, elle désirait à présent la connaître, la chérir. Son mari était gravement malade, il était temps, pour eux, de voir cette enfant qu'ils avaient reniée jadis. Avec des mots touchants, la mère d'Alexandre les invitait toutes les deux à venir séjourner à Cassis durant le mois de juillet.

Bien sûr, Hélène fit part de cette proposition à Quentin qui la rassura en souriant :

— C'est une excellente idée! Véronique sera très heureuse de se découvrir des grands-parents! Elle se sentira plus proche de son père... N'hésite pas, ma chérie, je t'attendrai! Et à la rentrée, comme prévu, nous dirons la vérité à ta fille, tu me l'as promis. Nous pourrons enfin vivre ensemble...

La jeune femme chercha refuge dans les bras de son amant. Il avait su lui rendre un peu de courage et la force d'espérer. Auprès de lui, elle se sentait sereine. La vie se faisait douce, ses revenus s'avéraient largement suffisants, Véro ne manquait de rien et s'épanouissait de jour en jour. Le gala de l'école de danse approchait; nul doute que la fillette éblouirait le public, tant elle devenait jolie et montrait de talent.

— Quentin, je te dois tant! Cela me coûte de te quitter quinze jours. Mais au mois d'août, tu nous emmènes à Royan, tu n'as pas oublié?

— Non, mon bel amour, et nous irons déguster une mouclade à Talmont, près de l'estuaire... Tu verras, c'est un pays plein de charme.

***

Véronique fit immédiatement la conquête de ses grands-parents. La petite fille, intelligente et affectueuse, leur rappelait tant le fils indigne qu'ils s'émurent en secret. D'abord, madame Rouffier n'osa pas parler d'Alexandre, trop meurtrie par ses fautes pour l'évoquer. Puis, cédant aux questions de Véro, elle raconta quel enfant il était, grâce à des anecdotes amusantes comme en gardent en leur cœur toutes les mères.

— Ton père adorait la montagne. Un jour il est parti seul, avec un couteau de poche et un morceau de pain... J'étais folle d'inquiétude. C'est un gendarme qui nous l'a ramené! Sinon, c'était un petit garçon très sage, très pieux...

Sur ce sujet, Véronique n'en apprit pas davantage. Hélène n'avait pas jugé bon de dévoiler à sa fille le passé d'Alexandre. Comment une fillette pourrait-elle comprendre le délicat problème du célibat imposé aux prêtres?

Elles passèrent un séjour si agréable que madame Rouffier, heureuse de jouer enfin son rôle de grand-mère, les supplia de revenir le plus souvent possible. Le père d'Alexandre, malgré son état de faiblesse, avait également profité pleinement de sa petite-fille. Avec cet auguste vieillard aux cheveux de neige, Véro avait su se montrer câline et respectueuse.

Au moment des adieux sur le quai de la gare, madame Rouffier prit dans ses mains celles d'Hélène :

— Ma chère enfant! Vous avez tant souffert, je veux que nous soyons proches désormais. Nous écrirons à notre Véronique, nous l'attendrons. Mes trois autres fils habitent aux quatre coins de la France, je les vois rarement, eux et leurs enfants. Venez quand vous voulez! Et si vous retrouvez la trace d'Alexandre, dites-lui que son père aimerait le revoir! Nous aurons la force de lui pardonner, qu'il le sache...

Hélène l'embrassa, et Véro serra sa grand-mère dans ses bras menus. Elle n'osait pas avouer que ce pays de garrigues et de montagnes lui plaisait mieux que la Charente. L'enfant rêvait de venir vivre à Cassis mais, afin de ne pas attrister sa mère, elle ne lui dit rien...

XVI
Le retour d'Alexandre

Les mois s'écoulèrent sans heurts et devinrent des années. Hélène travaillait comme professeur de piano, Véronique se révélait une élève moyenne à l'école, mais une brillante recrue du cours de danse. Entre Quentin et Hélène s'était établie une relation tranquille, faite de complicité, de confiance et de tendresse.

Véronique avait fini par accepter la présence du juge auprès de sa mère. Les explications d'Hélène avaient été nettes et sincères :

— Ma Véro chérie, ton papa nous a quittées, car nous nous disputions trop souvent. Un jour, quand tu auras l'âge de comprendre, je te raconterai notre histoire à lui et à moi. Mais je suis libre maintenant de vivre à ma guise. Tu sais, ce n'est pas drôle, ni facile d'être une femme seule. Avoue que notre Quentin est très gentil... Il ne remplacera jamais ton père, ne t'inquiète pas!

La fillette l'avait écoutée sagement, mais ses yeux noirs, perspicaces, étaient demeurés rivés à ceux de sa mère lorsqu'elle lui avait répondu doucement :

— Et si papa revenait, que ferais-tu? D'abord, tu n'as pas divorcé... C'est Sandra qui me l'a dit! Si tu n'aimes plus papa, tu dois divorcer!

— Nous verrons! Ce n'est pas si simple. Tu sais bien, ma pauvre chérie, que je n'ai même pas son adresse!

C'était la seule cause de vrai chagrin pour Véro, qui fêterait bientôt ses onze ans : ce silence qui n'en finissait pas de la part de son père. Bien sûr, l'image de celui qu'elle adorait perdait de sa netteté, elle pensait moins souvent à lui que les premiers temps, mais il restait son idole, son papa si beau, si gentil. Les liens tissés entre eux étaient plus forts que ne l'imaginait Hélène...

***

Alexandre roulait à vive allure sur la route de Saint-Étienne. Ils avaient quitté Lyon à l'aube, pour rejoindre Clermont-Ferrand où ils devaient passer quelques jours de vacances. Magali rêvait de découvrir l'Auvergne... Pour l'instant, la jeune femme sommeillait à demi, la tête penchée appuyée sur son bras replié. Sur la banquette arrière, leur fils Clément dormait profondément, enveloppé dans une couverture, son ours en peluche posé à côté de lui. La radio diffusait de la musique classique, une symphonie de Beethoven.

Alexandre songeait qu'il avait entendu jadis Hélène jouer cette mélodie au piano. Jadis, oui, il y avait bien longtemps. Ce n'était pas la première fois que le souvenir de sa femme lui revenait ainsi, précis, aigu, douloureux. Malgré ces quatre ans passés avec une autre, elle demeurait l'unique, la bien-aimée. C'était difficile à concevoir, mais son amour pour Hélène avait gardé toute sa force. Quant à sa fille Véronique, elle lui manquait tant qu'il ne pouvait penser à elle sans un véritable déchirement. Alexandre en parlait rarement, par pudeur. Sa jeune compagne n'était pas dupe : elle n'avait pas su gagner son cœur.

Rien n'avait été simple. Passé la flambée de délire sensuel qui les avait jetés dans les bras l'un de l'autre, passé l'émotion de la naissance de Clément, ils avaient vécu ensemble sans vraie joie, sans une touche d'harmonie. Trop de choses les opposaient. Leur différence d'âge tout d'abord, leurs goûts. Magali aimait s'amuser, sortir, danser, alors qu'Alexandre appréciait les soirées tranquilles, les livres que l'on parcourt en silence, sous la lampe. Seul le bébé les rapprochait, source de discussions et d'attendrissement.

Encore un virage, suivi d'un autre virage. La route serpentait à présent, si bien qu'Alexandre devait reporter toute son attention sur sa conduite. Il avait voulu éviter les grands axes, préférant cette départementale étroite qui traversait un paysage pittoresque.

Magali sortit de son engourdissement afin de regarder son fils. Le petit semblait aux anges, un léger sourire aux lèvres. Ce charmant bambin de trois ans et demi était bien le seul lien qui l'unissait à Alexandre.

— Clément dort comme un bienheureux! dit-elle avec un sourire.

— Oui, il a bien de la chance! répliqua Alexandre. Fais-en autant, nous sommes loin d'être arrivés!

— Toi, tu n'as pas envie de bavarder!

— Non, j'écoute la radio...

La jeune femme fit une moue significative, puis haussa les épaules.

— Moi, j'ai horreur de ce genre de musique, mais ça te rappelle de bons souvenirs, n'est-ce pas?

— Tais-toi! répondit-il d'un air las.

— Ne te fâche pas, mon minou... Tu n'es pas obligé de renier le passé, je te l'ai déjà expliqué!

Magali voulut caresser la nuque d'Alexandre, il la repoussa d'une main, la voiture fit une embardée sur le talus.

— Arrête de m'appeler « ton minou », j'ai horreur de ça... Laisse-moi donc! rugit-il.

Soudain, la vanité de son existence lui apparut, à cause du sourire moqueur de la jeune femme qui allumait une cigarette, à cause de ce vide en lui. Il se revit prêtre, officiant l'âme sereine, sous la voûte d'une petite chapelle, près de Cassis.

C'était avant Hélène, avant ce ferment d'amour fou qui s'était levé dans son cœur d'homme. Des visions le traversaient, Hélène avec lui dans le Mercantour, Hélène en robe fleurie à la Tranche-sur-Mer, leurs étreintes sur le sable, son air d'extase lorsqu'il la faisait sienne.

Avec Magali, il avait connu des heures excitantes, des jeux nouveaux dont il ne se lassait pas. Affamé de son corps plein de rondeurs, il s'était jeté dans une aventure amère. À présent, il y avait cet enfant rieur, son fils Clément, qu'il aimait autant qu'il aimait Véro.

Un instant, Alexandre pensa à Hélène. Juste avant leur séparation, elle voulait avoir un bébé, espérant un miracle, sans doute, un renouveau de leur passion. Qu'était-elle devenue? Vivait-elle seule, et où? Et Véronique? La fillette devait fêter ses onze ans cet été. Ces questions, combien de fois l'avaient-elles hanté, lors des nuits d'insomnie? Au début, il écrivait à Hélène, mais elle ne répondait pas. Ensuite, les courriers lui avaient été retournés avec la mention « N'habite plus à l'adresse indiquée ». Alexandre serra les dents. À ses côtés, Magali chantonnait. Elle avait changé, la jolie institutrice de Valflor! Moins gracieuse d'allure, un peu alourdie par la maternité, moins soignée, car ils disposaient d'un budget bien restreint. Magali n'avait été qu'un simple instrument du destin, songeait l'ancien prêtre, celle venue briser cette fragile entente qu'ils tentaient de préserver, Hélène et lui, pour le bonheur de Véronique.

Jamais ses idées, ses sentiments n'avaient été aussi nets, aussi cruels. Était-ce dû à cette musique limpide et mélancolique dont il subissait l'empreinte. Comment ne pas associer Hélène à cette symphonie? Alexandre regarda quelques secondes Magali, tenté de se confier à elle. Ce n'était pas une mauvaise fille. Elle était consciente de leurs erreurs, de leurs problèmes, et se montrait compatissante, affectueuse.

Là encore, prenant cette œillade inquiète pour un appel, elle tendit la main pour lui caresser la joue, prête à l'embrasser. Alexandre eut un recul involontaire, ému par toutes ces réminiscences qui l'avaient assailli. Il détestait la pitié, les câlins donnés par habitude.

— Magali, ce n'est pas le moment!

Il l'avait fixée une minute, saisi de rage. C'était un de ses vieux défauts, ces colères subites qui l'envahissaient sans prévenir. Hélène en avait tant souffert... Hélène... Il la vit en larmes, ce jour sinistre où elle avait perdu leur premier enfant, dolente, pâle, désespérée. Il n'avait pas su la consoler, la soutenir. Ils avaient sombré, ils s'étaient déchirés.

La vie se joue parfois le temps d'un regard. Lorsqu'il posa les yeux sur la route, Alexandre crut plonger au sein d'un cauchemar. Un camion barrait tout l'espace devant eux, phares allumés, klaxon hurlant. Il entendit le cri strident de Magali, songea très vite qu'elle allait réveiller Clément. Clément, le pauvre petit... Ensuite, il n'entendit plus rien, ne vit plus rien. Ce fut le néant, le silence.

***

Hélène préparait du thé pour sa fille et elle. C'était sans nul doute le moment de la journée qu'elles préféraient toutes les deux, celui du retour au foyer. Véro disposait les tasses de porcelaine chinoise sur le plateau, ajoutait le sucrier.

Leur nouvel appartement, doté d'une terrasse, donnait sur les jardins voisins.

— Maman, si on mangeait les tartelettes aux fraises?

— Si tu veux, ma chérie!

Toute réjouie, la fillette esquissa un pas de danse. Déjà grande pour son âge, Véronique était très jolie. Un bandeau rose retenait ses cheveux bruns et dégageait un front adorable, un peu bombé, tandis que ses yeux noirs brillaient d'un feu ardent, méridional.

Hélène la rejoignit sur la terrasse. Elle se sentait fatiguée, mais ce n'était pas étonnant en cette période de fin d'année scolaire... Ses élèves de l'école de musique préparaient un récital, et Véronique jouait les chefs de file lors du spectacle de danse organisé par son professeur.

— Alors, ma chérie, en forme pour le grand jour?

— Oui, maman. Je serai prête, et mon costume est merveilleux. Mais n'oublie pas, le 10 juillet, comme prévu, nous partons chez Mamie!

— Chose promise, chose due! plaisanta sa mère.

Ce rendez-vous estival de Cassis leur était précieux à toutes les deux. Il représentait une joyeuse escapade au cœur de la Provence, avec pour base la maison accueillante et chaleureuse de madame Rouffier. Ces grands-parents retrouvés prenaient une grande place dans l'affectivité de Véronique. Sans compter que, lors de leur dernier séjour, la fillette avait trouvé un vrai trésor, en l'occurrence une photographie de son père. Sur ce cliché, Alexandre n'avait que vingt ans : ses mèches brunes au vent, bronzé, souriant, debout près d'un rocher, il semblait prêt à affronter une palpitante existence...

Lorsque Quentin avait aperçu cette photo, encadrée et trônant sur la table de nuit de l'enfant, il avait froncé les sourcils, mécontent. Le culte que vouait Véro à son père l'agaçait. Mais il n'avait rien dit, soucieux de ne pas la contrarier. Ses rapports avec Hélène étaient au beau fixe, la jeune femme semblait heureuse, que pouvait-il demander de plus? Bien sûr, il ignorait tout du jardin secret de sa compagne. Si, la nuit, elle se prêtait à son amour avec tendresse, personne au monde ne pouvait l'empêcher d'évoquer certains souvenirs du passé, dont ces étreintes pleines de fougue qu'elle connaissait sous le joug adoré d'Alexandre, ces étreintes qui avaient un parfum d'éternité, tant ils communiaient dans le bonheur total, l'échange du plaisir, la folie des corps, mais aussi l'accord parfait de leurs âmes.

— Maman, on sonne! Je peux finir ta tartelette? Toi, tu n'as jamais faim!

— Vas-y, gourmande, finis-la! Mais je te rappelle que les danseuses doivent garder la ligne...

Sur cette boutade dite avec un rire cajoleur, Hélène se leva pour décrocher l'interphone. Une voix inconnue, très basse, se fit entendre :

— Madame Rouffier, gendarmerie nationale!

— Bien, montez...

Hélène ne pouvait cacher sa surprise. Elle ne comprenait pas ce qu'on lui voulait, car elle n'avait rien à se reprocher. Il lui parut même inutile de faire entrer les deux représentants de la force de l'ordre et elle les reçut sur le pas de la porte.

— Bonsoir, madame, vous êtes bien l'épouse d'Alexandre Rouffier? demanda le plus grand d'un air gêné.

— Oui, mais nous sommes séparés depuis plus de quatre ans!

Hélène put deviner : Alexandre avait dû obtenir on ne sait comment son adresse et l'assignait en justice à propos de Véronique. Quentin l'avait mise en garde à ce sujet. Elle allait protester, se défendre, mais le gendarme balbutia en évitant de la regarder :

— Madame, votre mari a eu un accident! C'est grave... Les autorités de Haute-Loire ont eu du mal à vous retrouver. C'est passé par l'Inspection académique du département où votre mari... enfin monsieur Rouffier exerçait avant... vers Houlgate!

Livide, Hélène recula. Son cœur lui faisait mal, ses jambes faiblissaient.

— Entrez, messieurs! Mais permettez-moi d'envoyer ma fille dans sa chambre, je ne veux pas qu'elle apprenne cette nouvelle trop brutalement!

— Bien sûr!

Les deux hommes attendirent dans le salon, tout en jetant des regards ennuyés autour d'eux. Ils entendirent la voix fraîche d'une enfant puis une porte qui se ferme. Hélène était de retour. Elle s'assit sur le canapé, les traits figés par l'angoisse :

— Que s'est-il passé?

— Eh bien, on ne sait pas trop! L'accident a eu lieu dans un virage dangereux, la voiture de votre mari a percuté violemment un camion venant en sens inverse! La dame qui était avec lui... cette dame est morte, tuée sur le coup...

— Et mon mari, comment va-t-il?

Prise de panique, Hélène se releva, en triturant nerveusement le foulard qu'elle portait.

— Il a été transféré à l'Hôpital de Lyon, par hélicoptère... Il est dans le coma, madame, on doit l'opérer. Vous aurez plus de renseignements en appelant là-bas.

Dans l'esprit d'Hélène, mille pensées s'agitaient sans aucune cohérence. Elle avait oublié en quelques minutes tout ce qui l'avait séparée d'Alexandre, les souffrances passées, sa trahison. C'était son amour qui luttait contre la mort, son Alexandre de Vindouris, si jeune, si beau, le père de Véronique, l'amant perdu mais toujours regretté... Soudain, quelque chose l'alarma. On venait de lui dire que la femme qui l'accompagnait était morte, mais s'agissait-il de Magali? Et l'enfant, leur enfant? Malgré sa rancœur, Hélène imagina le décès brutal d'une innocente créature et frémit d'horreur. Courageusement, elle osa demander :

— N'y avait-il pas leur enfant avec eux?

L'un des gendarmes se mit à sourire, comme soulagé. Il lut sur un papier qu'il tenait à la main :

— Si, madame, l'enfant de la jeune femme, un petit garçon de trois ans environ, Clément Piquemal! Il est légèrement blessé à la tête, mais ce n'est rien. Il est hors de danger.

Ils prirent congé, l'air grave. Hélène referma la porte sur eux, puis elle s'appuya contre le mur. Comment apprendre ce drame à Véronique? Mais à sa stupéfaction, la fillette courut vers elle, en larmes :

— Maman, j'ai entendu ce que disaient les gendarmes. J'étais inquiète, alors je suis sortie de ma chambre et j'ai écouté, en restant dans le couloir... Oh! maman, il faut vite aller voir papa!

En état de choc, la jeune femme ne répondit pas immédiatement. Elle caressait les cheveux de sa fille :

— Ma chérie, moi qui voulais te ménager, te préparer à une telle nouvelle... Et tu as tout entendu?

— Oui, avoua Véro en sanglotant. Je sais aussi que j'ai un petit frère. Il est blessé, tout seul! Maman, je t'en prie, il faut partir.

Hélène réagit enfin. Partir pour Lyon! Oui, c'était la seule chose à faire...

***

Lorsqu'il rentra à l'appartement, vers vingt heures, Quentin Meyrot fut surpris de le trouver vide. Il découvrit enfin une lettre sur la commode de leur chambre. Hélène lui annonçait, d'une écriture hâtive et de façon succincte, qu'elle était partie pour Lyon avec sa fille, en train, car Alexandre était hospitalisé là-bas, dans un état grave. Rien d'autre, aucun mot d'affection, aucune précision sur la date de leur retour.

« Elle n'a même pas eu le courage de me téléphoner... Pourtant, j'aurais compris! » songea le juge, déçu. Il se trompait, cependant : prise par ce départ précipité, Hélène n'avait pas eu le temps de le joindre.

***

Lyon... la nuit d'été, douce et tiède. La ville brillait de milliers de lumières sous un ciel bleu sombre. Véronique avait dormi de Paris à Lyon. À présent, bien éveillée, elle insistait pour suivre sa mère à l'hôpital. Mais Hélène, qui avait repris ses esprits durant le voyage, décida de prendre d'abord une chambre d'hôtel. Puis elle téléphona au service dans lequel se trouvait Alexandre. Son état restait stationnaire, on l'opérait à sept heures du matin.

— Véro, ton père est gravement blessé. Les chirurgiens vont faire de leur mieux pour le soigner. Nous allons le voir, viens.

Dans le taxi, Hélène pria en silence. Ne sachant plus qui implorer, elle se tournait vers Dieu, ce qui ne lui arrivait pas souvent depuis quelques années. Elle pria pour Alexandre, pour Véronique dont le chagrin la bouleversait.

— Maman, lui dit sa fille d'un air soucieux, papa ne va pas mourir? Tu me le promets?

— Ma chérie, je ne peux pas promettre une chose pareille! Mais je suis sûre qu'il guérira, tu verras.

Hélène et Véronique entrèrent dans le vaste hall de l'hôpital en se tenant par la main. Une infirmière les guida jusqu'à la chambre :

— Il est préférable que votre fille reste dans le couloir... conseilla-t-elle à Hélène. Je peux lui tenir compagnie un moment. À cette heure de la nuit, le service est assez calme.

Hélène tremblait de tout son corps. Après ces longues années de silence et de séparation, elle allait revoir Alexandre. Comme une somnambule, elle ouvrit la porte, se dirigea vers le lit où gisait son mari. Une veilleuse éclairait faiblement la chambre, bien assez cependant pour donner aux traits du grand blessé une fixité alarmante. Le regard de la jeune femme erra de la perfusion au visage cireux. était-ce bien son amour perdu, cet homme maigre, aux paupières closes et aux cheveux grisonnants?

— Alexandre! murmura-t-elle, le cœur serré.

Il semblait si faible, si détaché du monde, qu'elle n'eut aucun mal à l'imaginer mort. Ce fut comme une plongée vertigineuse dans un abîme effrayant. Elle vit enfin clair en elle. Avait-elle une seule fois conçu la vie sans lui? Une vie sans Alexandre, sans plus jamais le revoir, sans plus jamais le toucher? Obscurément, elle attendait son retour, et sa tranquille existence auprès de Quentin n'était qu'une manière de tromper son désir de retrouver le seul homme qui comptait vraiment pour elle.

Hélène approcha du lit, effleura d'un doigt la main inerte de son mari. La peau était tiède, douce. Elle se saisit de cette main, la caressa, puis, se penchant, y porta ses lèvres.

— Je t'aime, mon pauvre amour! Comme je t'aime! Tu m'as fait du mal, mais je t'aime encore, et je ne le savais pas.

Un flot de larmes jaillit de ses yeux, tandis qu'un étrange apaisement emplissait son âme. Hélène tournait une page de son passé. Elle ne serait plus jamais la même. Aimer au-delà des offenses, aimer celui qui vous a bafouée et abandonnée, c'était encore aimer. Elle rejoignit sa fille en se contraignant à garder une expression sereine, malgré ses paupières rougies.

— Ton papa dort, ma chérie. Il faut le laisser se reposer.

Véronique la fixait de son regard noir, dévorant. Hélène comprit l'angoisse de son enfant.

— Fais-moi confiance! Je suis émue de le revoir, mais il est vivant, Véro! Ne t'inquiète pas si je pleure! Mademoiselle, un petit garçon du nom de Clément Piquemal doit être hospitalisé ici, comment va-t-il?

— Il est en pédiatrie, vous pourrez le voir demain matin, madame!

— Je vous remercie... Nous reviendrons le plus tôt possible.

***

Clément avait les cheveux noirs de son père, un visage rond, un sourire très doux, mais ses yeux étaient d'un bleu de faïence, héritage sans doute d'un de ses aïeux maternels. C'était un enfant sage, presque trop sage, selon Véronique. Il ne réclamait pas sa mère, mais il pleurait la nuit, faisait des cauchemars qui le dressaient sur son lit, haletant. Hélène accourait alors à son chevet, le consolait de son mieux. Depuis plus de deux mois, Clément vivait en compagnie de la jeune femme et de Véronique. Deux mois éprouvants qui avaient vu leur rythme de vie entièrement bouleversé.

Quentin avait dû quitter l'appartement et cela avait donné lieu à une discussion pénible. Le juge s'était montré accablé par le coup du sort. Un accident de voiture, à des centaines de kilomètres d'Angoulême, remettait tout en question et brisait son bonheur. Alexandre allait reprendre sa place auprès d'Hélène, qui, de plus, avait décidé avec entêtement de s'occuper du petit Clément.

— Tu fais une bêtise, Hélène! avait-il déclaré. Tu renonces à ton travail, tu vends ta maison d'Houlgate, tu prends en charge un invalide plongé dans le coma et son gamin!

— Je fais ce qui me semble juste, Quentin! avait-elle rétorqué froidement.

Il ne la reconnaissait plus. Elle paraissait lointaine, presque hallucinée. Il ignorait que cet air hagard, impatient, était seulement dû aux tourments que sa présence lui causait. Hélène, bien décidée à veiller sur Alexandre et sur son fils, sacrifiait tout ce qui composait sa vie depuis quatre ans, et le malheureux Quentin n'avait plus guère d'importance. Après s'être senti tour à tour humilié, rejeté tel un objet inutile, le juge se raisonna. Il eut le courage de comprendre ce qu'il nommait la « folie » de celle qu'il aimait. Ce ne fut pas facile. Alors qu'il lui faisait ses adieux – la veille de l'arrivée d'Alexandre qu'une ambulance transportait de Lyon à Angoulême –, Quentin avait perdu le contrôle de ses nerfs. Livide, les traits tirés par la douleur, il avait secoué Hélène en la tenant aux épaules :

— Alors je ne comptais pas! J'étais juste bon à remplacer ton mari... Et quel mari! Un prêtre défroqué qui passe d'une femme à l'autre! Moi qui croyais que tu m'aimais un peu!

Hélène, touchée par son chagrin, avait dit d'une voix tendre :

— Pardonne-moi, Quentin, tu m'as rendue heureuse, tu m'as apporté beaucoup... Je garderai un souvenir infiniment doux des années passées près de toi. Mais je n'ai pas d'autre solution. Lui et son fils ont un besoin essentiel de moi.

— Les parents d'Alexandre pouvaient très bien te remplacer sur ce point, reconnais-le! Tu me congédies comme un valet qui ne sert plus à rien!

— Oh! Quentin, je t'en prie, ne dis pas de bêtises. Laisse-moi accueillir mon mari, le soigner. Je te téléphonerai, nous nous reverrons... Tu seras toujours mon ami le plus cher!

Quentin, tremblant de rage impuissante et de déception, l'avait alors enlacée, exigeant une dernière étreinte. Cette femme, il la considérait sienne et voici qu'elle se refusait, les yeux brillants de colère.

— Non, pas ça! Plus maintenant!

Sa résistance exaspérant son désir, il l'avait entraînée vers leur chambre. Hélène avait eu beau se débattre, elle n'était pas de force. De plus, Quentin était son amant depuis des années, elle connaissait chaque pouce de son corps, et l'habitude aidant, ses sens avaient répondu malgré elle à ses caresses ardentes. Ils avaient fait l'amour comme on se bat, saisis d'un vague désespoir. Mais lorsque le juge avait claqué la porte, Hélène avait enfin respiré, prête pour cette mystérieuse aventure qui l'attendait.

Il y avait deux mois de cela, deux mois qu'elle guettait sur le visage d'Alexandre l'indice d'un éveil à la conscience. Une infirmière venait chaque jour à domicile soigner le malade placé sous perfusion, l'appartement était changé en une sorte d'hôpital où régnait une atmosphère paisible, seulement troublée par les rires de Véro et de Clément.

Hélène avait dit au petit garçon que sa maman faisait un long voyage, qu'elle reviendrait un jour. Avec l'aide de sa fille, elle tentait de rendre la vie de l'enfant distrayante. Ni l'une ni l'autre ne ménageaient leur peine, et ce difficile engagement fit de Véro une fillette plus mûre, moins capricieuse. Ce frère que le destin lui offrait, ce père qui lui avait tant manqué, ils étaient là, à sa portée, et elle leur donnait tout l'amour dont elle était capable.

Rien n'impressionnait Véronique. Elle restait de longs moments au chevet d'Alexandre, lui parlait, lui caressait les mains. De sa voix légère, elle lui racontait des petites anecdotes ou lui récitait ses leçons. Mise en confiance par la sagesse et le dévouement de sa fille, Hélène se permettait de s'absenter une heure, en laissant son mari sous la garde de Véro. Toutes deux attendaient un miracle, le réveil de cet homme qu'elles aimaient. L'infirmière avait confié à Hélène que les soins et les bavardages de Véro pouvaient agir favorablement sur le malade. Ne disait-on pas que certaines personnes plongées dans le coma percevaient des sons, des sensations?

Pourtant les médecins consultés n'avaient pas caché à Hélène que son mari risquait de rester paralysé des deux jambes et que son coma pouvait durer encore des mois. Elle acceptait cette éventualité, faisant preuve d'un courage nouveau.

Prévenue par ses soins, la mère d'Alexandre était venue en Charente. Voir son fils réduit à ce triste état l'avait bouleversée.

— Chère petite Hélène! avait dit madame Rouffier, ce que vous faites est admirable! Et vous m'avez donné une grande joie, en me permettant de faire la connaissance de mon petit-fils Clément!

— Je n'ai pas le choix, madame!

Cette réponse quelque peu énigmatique, si elle déconcerta la mère d'Alexandre, était en fait la profession de foi de la jeune femme. Personne ne savait qu'elle avait rencontré un prêtre de l'église Saint-André. Ils avaient eu une très longue conversation. Hélène s'était livrée sans détour, et avait raconté à cet inconnu son étrange histoire d'amour.

— Madame, votre mari et vous-même avez de grands torts! Mais vous avez tous deux assez souffert et il est temps de marcher sur une autre voie. N'ayez pas peur de prier, délivrez-vous de la haine, des rancœurs, des hontes. Le seul vrai chemin est celui de l'amour. Vous l'avez pressenti, puisque vous avez su accueillir ce petit orphelin. Plus vous aimerez, sans conditions aucunes, plus vous recevrez!

Hélène n'avait donc pas le choix. Elle devait aimer, aimer de tout cœur, pour effacer ses fautes et celles d'Alexandre. C'était peut-être, cette fois, sa dernière chance...

XVII
Le pas de danse d'un ange

Le mois de septembre s'achevait, lumineux et doux. Hélène venait de sortir afin de faire quelques achats. Véronique se retrouvait seule avec son père et Clément. Le petit garçon faisait la sieste.

Lorsque sa mère s'absentait, la fillette restait au chevet de « son » malade. Alexandre, isolé dans ce coma qui le coupait du reste du monde, ressemblait à l'ombre de ce qu'il avait été jadis. Cela ne troublait pas Véro. Cet homme inerte, c'était son papa. Encore une fois, elle s'approcha du lit, lui caressa le front.

— Papa, c'est ta fille, ta Véro! Je t'aime, papa, il faut te réveiller!

L'enfant prenait très au sérieux ces discussions à sens unique. Elle affirmait à sa mère que parfois la main d'Alexandre tressaillait, mais l'infirmière et Hélène ne la croyaient pas.

— Papa, je vais danser pour toi! Attends, je reviens.

Fébrile, Véro alla se changer, enfila son tutu et ses pointes. Ses longs cheveux noirs coiffés en chignon, elle regagna la chambre de son père, un magnétophone portatif sous le bras. Elle n'avait jamais eu l'occasion de mettre ce plan-là à exécution. C'était l'occasion idéale, car sa mère lui avait dit qu'elle serait de retour une heure plus tard.

La musique du *Lac des cygnes* s'éleva, source de ravissement pour la jeune danseuse qui esquissa quelques entrechats avant de se lancer dans des figures plus ardues. Le cœur plein d'espoir, habitée d'une foi pure et enfantine, Véronique dansait pour son père, au-delà de la logique et des théories glacées. Depuis si longtemps, elle rêvait de montrer à son père le résultat de son travail acharné... De son don inné pour la danse, elle n'avait pas encore conscience, mais elle aimait cet art aérien qui lui permettait, parfois, d'avoir des ailes.

Véronique dansait, paupières mi-closes, sans plus songer à regarder vers le lit. Elle ne vit pas s'ouvrir les yeux d'Alexandre. Lui ne pouvait rien admettre ni comprendre de ce qui se passait. Où était-il? Quelle était cette jolie fillette qui dansait? Cette scène ressemblait à un songe, pourtant les souvenirs qui très vite affluaient en lui avaient l'atroce puissance des cauchemars. Il revoyait le camion, phares allumés, il entendait le bruit des freins, le hurlement de Magali. Où étaient donc Magali et Clément? Morts sans doute, comme lui.

La belle fillette s'arrêta soudain de danser pour le dévisager d'un air stupéfait et ébloui. Puis elle courut vers lui et, avant même qu'elle eût crié « papa », il l'avait reconnue. Véro! C'était sa petite Véro, sa fille adorée qu'il avait abandonnée.

— Papa! Mon papa! Tu es revenu!

Ce cri était spontané, irréfléchi. En ce jour d'automne qui présidait au réveil d'Alexandre enfin sorti du coma, c'était le véritable retour de son père pour la fillette.

— Papa, c'est moi, Véro!

Il ne pouvait pas lui parler, mais il parvint à sourire, d'un pauvre sourire incrédule. À cet instant, une voix frêle appela de la chambre voisine. Véronique disparut d'un pas alerte, mais elle revint au bout de trois minutes, un petit garçon accroché à son cou.

— Papa, c'est Clément, mon petit frère. Il habite chez nous maintenant. Clément, regarde, notre papa est guéri!

Alexandre, comme pour fuir cette vision trop douce, referma les yeux. Rien de tout cela ne pouvait être réel, c'était une illusion, il était mort et le poids de ses remords lui renvoyait l'image de ses deux enfants; mais il entendait toujours les babillements de Clément, auxquels répondaient les mots tendres de Véro. Alors il reprit pied définitivement dans le présent, car sa fille disait en riant :

— Maman va avoir une sacrée surprise en rentrant, hein, mon Clément? Tu veux faire un bisou à papa?

Et le malade reçut sur ses joues creuses la caresse des petites lèvres chaudes de son fils et celle plus appuyée de Véro. Il balbutia :

— Mes enfants chéris...

Lorsque Hélène entra dans l'appartement, elle poussa un soupir de bien-être. C'était une vraie corvée pour elle de sortir, de faire les courses. D'abord elle n'entendit aucun bruit. Les enfants devaient jouer dans le salon. Puis elle constata qu'un murmure de voix venait de la chambre d'Alexandre. Surprise de certaines tonalités, la jeune femme se précipita. La première chose qu'elle vit fut le regard noir de son mari. Ce regard se riva aussitôt au sien, inquiet, presque peureux. Il y avait des années qu'elle n'avait pas subi le choc de ces yeux sombres. Ses jambes se mirent à trembler, elle lâcha son sac. Sur le lit, de chaque côté du malade, Véronique et Clément étaient assis, l'air réjoui.

— Alexandre! bredouilla Hélène, une main sur son cœur pour en contenir les battements désordonnés. Alexandre...!

Dès qu'elle fut remise de la violente émotion qu'elle avait éprouvée, Hélène appela le médecin qui suivait son mari, sans même prendre le temps de poser une seule question à sa fille. Autant il lui avait été facile de soigner Alexandre inconscient, autant il lui semblait impossible de lui parler, de renouer le contact. Entre eux se dressait une invisible barrière, celle du temps enfui, des drames qui s'étaient joués. Il fallait également évoquer la fin tragique de Magali. Quelle serait la réaction d'Alexandre? Il devait aimer cette jeune femme, s'interroger sur son sort.

Le médecin se montra satisfait de l'état du malade. Il donna quelques conseils sur la façon de l'aider à reprendre contact avec ses proches, des consignes pour les repas et les soins, et s'en alla. Ce ne fut que bien plus tard, après le passage de l'infirmière, quand les deux enfants furent endormis, qu'Hélène eut le courage de s'asseoir auprès de son mari.

— Alors? demanda-t-elle d'une voix très douce qui trahissait un peu de gêne et beaucoup d'amour, comment te sens-tu? Nous en avons, des choses à nous dire... Si tu es trop fatigué, fais-moi un signe, nous bavarderons plus tard!

— Hélène!

Ce fut le seul mot que prononça Alexandre ce soir-là. Il avait une expression hébétée, regardait sans cesse autour de lui.

— Tu es à Angoulême, en Charente. Je suis professeur de musique dans cette ville. Véro a beaucoup grandi, n'est-ce pas?

Il battit des paupières, comme pour dire oui. Puis le silence se fit. Hélène éteignit la lumière, s'allongea sur le divan qu'elle avait acheté pour dormir dans la chambre de son mari. Elle écouta un moment le souffle saccadé du malade, certaine qu'il ne dormait pas. Soudain, une impulsion la poussa à se lever. Dans la pénombre, à tâtons, elle alla jusqu'au lit d'Alexandre, lui prit la main. Aussitôt, il se cramponna à son poignet, malgré sa faiblesse. Elle chuchota :

— Dors, mon amour! Dors en paix!

D'un mouvement souple, elle se coucha contre lui, la tête sur son épaule. Il tourna un peu la tête et ses lèvres effleurèrent la joue de la jeune femme. Ils s'endormirent ainsi, rassurés d'être deux à nouveau. C'était une trêve consentie avant d'affronter les souvenirs et l'avenir, une trêve bénie avant les possibles tempêtes.

***

— Magali est morte, c'est ça?

— Oui, Alexandre. Elle n'a pas souffert, si cela peut te consoler. Je suis vraiment navrée.

Quinze jours s'étaient écoulés. Alexandre s'alimentait normalement, la perfusion était débranchée depuis une semaine. Avec lucidité, le lendemain même de son réveil, le malade avait pu converser de manière convenable. Mais pas une fois il n'avait posé de questions précises, se contentant d'échanger quelques banalités avec ses deux enfants. Hélène et lui ne parlaient que de sujets pratiques, tels le menu du soir, la chaleur ou la pluie. Cette période de non-dit leur permit de s'accoutumer à leur cohabitation, de passer des heures tranquilles, à regarder la télévision, à écouter de la musique.

Il était inévitable de mettre fin à ce temps de grâce. Alexandre avait deviné dès le premier jour, de toute façon... Quand la question fatidique fut posée, elle en fit naître bien d'autres :

— Comment as-tu su, pour l'accident?

— La gendarmerie est venue... Ils avaient fait des recherches.

— Et Clément?

— Il avait une légère fracture du bras gauche, un traumatisme crânien sans gravité. Je suppose qu'il a des grands-parents. J'ai donné mon adresse au père de Magali, mais c'est un homme bizarre, il n'a pas émis le désir de voir son petit-fils. C'est lui qui s'est occupé des obsèques...

— Bien sûr! Qui d'autre aurait pu!

Alexandre ferma les yeux. Il semblait torturé par une douleur profonde, et Hélène prit son abattement pour un chagrin sincère. Sans montrer sa peine, elle demanda :

— Tu l'aimais tant?

— Magali? Non, Hélène, je ne l'aimais pas! répondit-il d'une voix ferme. C'est le remords qui me tourmente. Je suis maudit! Maudit! J'ai causé la mort d'un être humain...

— Ne dis pas ça! Je comprends que tu te sentes responsable de cet accident, mais il y en a tant de nos jours... Tu devais être fatigué!

— Non, je n'étais pas fatigué, j'étais en colère! Et j'ai commis une lourde erreur. Magali était une brave fille, mais elle m'agaçait souvent. Ce matin-là, ses minauderies m'ont exaspéré, car je pensais à toi... Comme toujours!

Hélène pâlit, la gorge nouée. Elle n'osa pas interrompre les confidences de son mari.

— Oui, je pensais à toi, à Véro! La radio passait une symphonie de Beethoven que tu jouais, avant, à Vindouris.

Je me sentais hors de cette vie que je méprisais. Clément dormait à l'arrière. Magali me taquinait, m'appelant de petits noms stupides, parce qu'elle savait que j'avais horreur de ça. Une minute d'inattention et il y a eu ce camion, en face de nous. Le choc a dû être d'une violence terrible.

— Ton fils est sain et sauf, c'est déjà un miracle.

— Oui, mon fils! Le fils d'un prêtre maudit et de sa maîtresse... Vois-tu, Hélène, loin de toi, j'ai eu largement le temps de réfléchir. Les paroles de mon évêque m'ont hanté, chaque mois, chaque jour, chaque heure! Il m'avait mis en garde, souviens-toi...

— Je m'en souviens! dit-elle tout bas.

— Je n'en ai pas tenu compte, égaré par ma passion pour toi. J'ai eu tort, je l'ai payé très cher. Franchement, Hélène, je crois que je n'étais pas fait pour la vie du monde. Si je pouvais revenir en arrière...

Alexandre se laissa retomber sur ses oreillers, les traits ravagés par la souffrance. Hélène ne pouvait pas faire un geste ni dire un seul mot. Son mari avait-il vraiment tort? Il ajouta :

— Quand je regarde mon existence depuis que j'ai quitté mon sacerdoce, je ne vois qu'une longue suite de bêtises, d'actes manqués, de violences. La perte de notre premier bébé, nos disputes, nos infidélités... Ta douleur et la mienne. Ces années à Houlgate à tenter de cimenter notre couple à la dérive. Bien sûr, il y a eu Véro, une fleur éclose parmi le chaos.

— Alexandre, il faut se tourner vers l'avenir, il faut avoir la force d'aimer.

— Oh! ne va pas me parler d'amour, cette mascarade! Et tu as pu croire que j'aimais Magali... Ce n'était qu'une fièvre de possession charnelle. Une folie d'homme vieillissant, comment appelle-t-on cela... Ah oui, le démon de midi!

— Et moi? balbutia la jeune femme, livide. Moi aussi, ce n'était que cela, une passion physique, sans rien d'autre?

— Toi! Oh toi! Avec toi, j'ai cru à l'amour. J'ai cru que

deux âmes, deux cœurs pouvaient se fondre, communier. Je suis tombé de haut.

L'amertume qui vibrait dans la voix d'Alexandre blessa la nature sensible d'Hélène. Comment reconnaître son bel amour dans cet homme aigri, dont la bouche avait un pli dur.

— Mais, Alexandre! s'écria-t-elle. Je t'aime, moi, je t'aime toujours.

— Allons donc, ne mens pas. Tu as pitié, c'est sûr, parce que tu as toujours été généreuse, mais tu ne peux plus m'aimer. Je t'ai trompée, j'ai eu un enfant avec une autre, et, sans cet accident, tu ne m'aurais jamais revu. J'avais trop honte, comprends-tu? Je pensais ne pas pouvoir regarder Véro en face, mais la pauvre petite m'a sauté au cou... Elle ne sait pas ce que je vaux!

— Elle t'aime, voilà tout. Nous t'aimons, nous...

***

Chaque jour pouvait donner lieu à de bien périlleuses conversations. Véronique avait repris l'école, Clément allait à la maternelle l'après-midi. C'était l'occasion, pour le couple, de parler longuement. Alexandre apprit ainsi qu'il risquait de rester paralysé.

— Qu'est-ce que tu racontes, Hélène? Moi, infirme! Ce n'est pas vrai, dis!

— Alexandre, garde espoir, le médecin n'est pas entièrement convaincu de ce diagnostic. Il pense aussi que tout repose entre tes mains. Si tu as la volonté de guérir, tu le peux!

— Oui, c'est ça! ricana-t-il, la foi qui soulève les montagnes. Autant mourir tout de suite! J'avais promis à ma fille de l'emmener en randonnée dans le massif de l'Esterel! Et je ne pourrai plus, c'est terminé...

— Tu le feras, Alexandre! Je t'aiderai...

Hélène le raisonna en vain. Le lendemain, sans prévenir son mari, elle fit venir le prêtre de Saint-André dont les paroles sensées lui avaient fait tant de bien.

Alexandre accepta cette entrevue en maugréant et, contre toute attente, la rencontre se passa fort bien. Le soir, il paraissait plus calme, plus serein, Hélène y vit un bon présage. Une semaine plus tard, Alexandre décida de commencer des séances de rééducation. Cependant l'orage menaçait et comme jadis il éclata par hasard. Un mercredi matin, alors qu'Hélène faisait ses comptes, Véronique, qui n'avait pas école, lança étourdiment :

— Moi, ça m'est égal que tu aies vendu la ferme d'Houlgate, mais je veux absolument que l'on garde le mas des Deux-Vents... Je l'aime trop, cette maison!

Son père, qui se déplaçait désormais dans un fauteuil roulant, entra dans le salon :

— Qu'est-ce que tu as dit, Véro?

Hélène s'écria d'une voix angoissée :

— Ne te mêle pas de cette histoire, mon chéri, cela me concerne.

C'était la première fois qu'elle l'appelait ainsi, il en éprouva une joie farouche, teintée de doute pourtant.

— Hélène, parle-moi sincèrement. Pourquoi as-tu vendu notre maison d'Houlgate?

D'un regard, la jeune femme fit comprendre à sa fille qu'il était préférable d'aller dans sa chambre. Véro, inquiète, emmena Clément. Elle avait parlé sans réfléchir, mais devinait à présent que l'univers des adultes était compliqué, tissé de silences, de mensonges, d'explications et de réconciliations.

Dès qu'ils furent seuls, Alexandre répéta sa question :

— Pourquoi? Et qu'est-ce que c'est, ce projet de vendre les Deux-Vents?

Hélène baissa la tête, prise au piège. Comment expliquer ses problèmes financiers à son mari, alors qu'il en était en somme à l'origine? Elle ne voulait pas lui avouer que toutes ses économies étaient passées dans l'aménagement de l'appartement en vue de l'accueillir, dans les soins particuliers exigés par son état. À cela s'ajoutaient les impôts et d'autres frais. Elle ne travaillait plus, de son plein gré, et Quentin n'était plus là pour l'aider à gérer ses quelques biens. Le juge ne cherchait même pas à la joindre et elle en était un peu vexée.

— Alors, Hélène?

— Je ne compte pas retourner aux Deux-Vents! Ce vétérinaire qui le loue veut à tout prix acheter, ce serait plus intéressant...

Alexandre s'approcha encore. Elle supportait difficilement de le voir dans ce fauteuil voué aux infirmes. Lui qui dans sa jeunesse était si vif, agile, montagnard dans l'âme!

— Mon chéri, laisse-moi terminer! Je dois quand même prendre le temps de remplir ces quelques paperasses!

— C'est à cause de moi, avoue-le! Regarde-moi en face, Hélène, c'est moi qui te ruine...

Les nerfs de la jeune femme craquèrent. Oubliant la présence des enfants, elle hurla :

— Non! Tout ce que je fais, c'est par amour! Je n'y peux rien, Alexandre! Je t'aime... Je me moque du passé, je veux te garder!

— Oui, évidemment, un mari invalide est plus facile à surveiller. Et puis il y a Véro, que ne ferais-tu pas pour lui rendre son père, un père infirme, condamné à vous gâcher la vie...

Alexandre actionna les roues du fauteuil et s'éloigna. Hélène le vit fermer la porte de sa chambre et crut percevoir un bruit de sanglots.

Désespérée, elle s'écroula en larmes sur son bureau, le cœur brisé. Un instant, il lui vint le regret des douces années vécues près de Quentin. Alexandre lui était rendu, soit, mais encore plus amer, plus lointain qu'il y a cinq ans. Le bonheur qu'elle poursuivait depuis si longtemps lui sembla décidément inaccessible. Jamais elle ne saurait rendre la joie de vivre à son mari, jamais il ne lui ferait confiance. Éperdue, Hélène avait fait appel à toute son abnégation pour reconstruire son couple, mais ses efforts ne rimaient à rien. En quatre mois, Alexandre n'avait pas eu un geste envers elle, pas un mot gentil. Il se montrait poli, certes, gai à l'occasion, mais leurs rapports demeuraient bien tièdes. Hélène elle-même se comportait à son égard comme une amie de longue date, dévouée, vaguement complice.

Certains soirs néanmoins, lorsqu'ils buvaient une tisane dans le salon, ils osaient évoquer leurs souvenirs communs. Alexandre parlait de leur rencontre à Vindouris. Hélène faisait revivre les jours heureux d'Houlgate, l'époque du cidre, les repas pris sous le vieux poirier. Sans le savoir, ils réapprenaient à vivre ensemble sur de nouvelles bases, mais seul un témoin impartial aurait pu le constater, et personne ne leur rendait visite.

Ce fut le cœur lourd que la jeune femme coucha Véronique et le petit Clément ce soir-là. Elle s'attachait de plus en plus à cet enfant gentil et affectueux. Il avait un regard triste et réclamait souvent sa maman en pleurant. Hélène le consolait, le rassurait par de bonnes paroles. Il était si jeune, comment lui ôter l'espoir? L'oubli viendrait sans hâte, au fil des mois. Elle s'étonnait de lui vouer un sentiment dénué de toute rancœur. Clément était innocent et c'était le fils d'Alexandre.

Quand elle fut sûre que les deux enfants dormaient profondément, elle alla frapper à la porte de son mari. Il n'avait pas dîné, d'après les dires de Véro. La fillette lui avait rendu une brève visite, en profitant pour lui apporter un plateau. Une heure plus tard, en allant embrasser sa mère selon le rituel établi à l'heure du coucher, elle avait chuchoté :

— Papa n'a rien mangé! Il a l'air triste...

Hélène faillit reculer, trop lasse pour affronter la mauvaise humeur ou le chagrin de son mari.

Mais elle frappa à nouveau, timidement. Il lui semblait en fait indispensable de lui parler, de se justifier.

— Entre, Hélène!

Elle obéit, le découvrit allongé sur son lit, appuyé sur un coude. Alexandre la regardait, le visage à peine éclairé par la lampe de chevet garnie de coton rose. Très vite, elle songea qu'il parvenait désormais à être presque indépendant, passant du fauteuil roulant au lit, d'une chaise à une autre chaise. Pourtant ses jambes restaient comme mortes... Elle pensa aussi que, vêtu de la sorte d'un jean noir et d'un pull, il ressemblait à n'importe quel homme en pleine possession de ses moyens. Et cet homme avait été son amant, son bien-aimé, l'inoubliable. Gênée, Hélène murmura :

— Alexandre, je voulais te dire...

— Me dire quoi, Hélène! Que je ne suis pas à ta charge, que tu fais tout cela de bon cœur, que tu es heureuse d'accueillir mon fils... et tant d'autres choses que tu imagines!

— Mais non... écoute-moi!

Elle s'approchait irrésistiblement du lit, envahie d'un trouble impérieux. Il ne la laissa pas continuer :

— Hélène! Je te félicite... Nous avons connu le pire tous les deux, mais tu as eu la bonté de me pardonner, il me semble! Mais, moi, je ne me pardonne pas... J'ai péché plus que toi, j'ai vécu reniement sur reniement. Dieu d'abord, toi ensuite. Je ne mérite pas d'être ici, materné par toi, admiré par Véro!

Hélène s'était assise près de lui. D'un geste doux, elle prit sa main dans les siennes :

— Alexandre, je t'en prie, écoute-moi. Lorsque je t'ai revu à Lyon, à l'hôpital, j'ai compris que tu étais le seul homme qui comptait pour moi, le seul qui avait compté et qui compterait... Je ne veux que toi, toute ma vie! Tu es le père de ma fille, nous t'aimons, nous voulons rester avec toi! Je t'en supplie, crois-moi, accepte-nous!

— J'aimerais tant... Lorsque tu m'as appelé « mon chéri », cet après-midi, mon cœur a fait un bond, comme si j'étais un adolescent. Mais j'approche de la cinquantaine, ma petite Hélène.

— Et moi, j'ai quarante ans! Quelle importance! En te revoyant, je suis redevenue la jeune fille de Vindouris, j'ai eu envie de te serrer dans mes bras.

Une étincelle s'alluma dans le regard noir d'Alexandre, regard fascinant qui n'avait rien perdu de son magnétisme. Hélène reconnut cet éclat bouleversant, l'appel d'un homme quand il désire une femme. Il chuchota :

— Avoue que tu n'as pas vraiment cherché à me serrer dans tes bras... Remarque, je devine pourquoi, un infirme, ce n'est guère attirant!

Un spasme tordit le ventre de la jeune femme. Elle frémissait d'une impatience étrange, tout son corps éprouvait une chaleur sourde, qui peu à peu la grisait.

— Je n'osais pas te toucher, de peur que tu me repousses, mon amour!

— Moi, te repousser... Toi, Hélène! J'ai tellement pensé à toi. Je t'appelais en silence, je rêvais de te retrouver... Tes seins menus, ta taille souple, tes jambes...

Hélène se jeta contre son mari. Leurs bouches s'unirent aussitôt pour un long baiser avide. Le feu les envahissait, embrasant leur sang, les gestes de jadis renaissaient. Les mains d'Alexandre se faisaient expertes, curieuses. Il dévêtit sa femme, la caressa, avec une expression affamée, presque sauvage. Déjà elle gémissait, offerte, abandonnée, mais soudain il eut un mouvement de recul. Haletante, elle se plaignit :

— Reste, ne me laisse pas!

— Non, Hélène! Je ne peux pas, pas dans l'état où je suis. Je ne suis plus un homme...

Elle le regarda et, dans ses yeux noisette qu'une fièvre sensuelle pailletait d'or, il lut l'aveu d'une passion entière, brûlante. Puisqu'il se refusait à aller jusqu'au bout, Hélène décida de vaincre cette résistance, de le mener au plaisir telle une amazone de l'amour. Patiente, attentive, elle l'entraîna vers des jeux sensuels auxquels il ne put résister longtemps. Alexandre céda à une extase nouvelle, l'air égaré, farouche. Quand le corps de sa femme, moite et câlin, s'abattit en travers du sien, il poussa un petit cri rauque qui trahissait la force de sa jouissance.

Ils demeurèrent longuement enlacés, éblouis d'avoir ressenti, après tant d'épreuves et de douleurs, un bonheur aussi parfait.

— Mon amour... murmurait Hélène. Mon amour!

— Ma chérie, ma douce Hélène, répondit-il en embrassant ses cheveux soyeux, tu m'as fait un cadeau merveilleux cette nuit. Maintenant, je veux guérir, je veux marcher à nouveau, pour toi, pour Véro et Clément. Tu auras un mari, et mes enfants auront déjà un père.

— Mais nous te considérons ainsi! s'écria-t-elle.

— Oui, peut-être, mais je veux être digne de votre amour. Je veux que nous soyons heureux, et la condition première, c'est que je puisse assumer mes devoirs d'époux et de père. Tu verras, ma chérie, je te rendrai au centuple la joie que tu viens de me donner. Mais sache-le, je ne veux plus te toucher, pas avant d'être vraiment guéri... Ce sera un bon moyen de me donner des ailes!

Hélène soupira, incrédule, puis se blottit contre lui. Alexandre avait peut-être raison. Elle devait le laisser libre de ses choix.

***

À force de volonté, d'entêtement et de courage, Alexandre triompha. Ce fut peu de temps avant Noël qu'il retrouva l'usage définitif de ses jambes. Cela lui avait coûté maintes souffrances, car chaque effort dans ce sens s'accompagnait de douleurs. Mais il puisait sa force dans un désir secret d'expier ses fautes passées. Les premiers jours, il devait souvent serrer les dents et, blême, les traits crispés, il s'appuyait au bras d'Hélène. Chaque pas lui donnait cependant l'impression d'effacer une de ses erreurs. Ce chemin de croix, tout intérieur, même sa femme l'ignora.

La première fois qu'il put marcher vers Hélène, à l'aide d'une canne, elle éclata en sanglots. Il la prit dans ses bras, la consolant comme une enfant :

— C'est l'émotion, mon chéri, protesta-t-elle, je suis si heureuse pour toi!

Durant sa convalescence, Alexandre avait éludé certains problèmes quand il discutait avec Hélène. Il ignorait par exemple que sa femme s'était réconciliée avec ses parents. Lorsqu'il apprit que sa mère allait leur rendre visite pour le jour de l'An, il perdit contenance :

— Maman ici! Et tu la connais, Véro? Quelle bande de cachottières!

— Oui, et je connais aussi grand-père! s'exclama la fillette, ravie. Il est bien malade, mais quand je vais à Cassis, c'est moi qui m'occupe de lui. Il m'aime beaucoup...

Il fallut expliquer, tout raconter. Les retrouvailles eurent un parfum de rédemption. Madame Rouffier versa une larme en étreignant le petit Clément et Véro. Avant le premier repas en commun, Alexandre demanda pardon à tous à voix haute, en promettant de ne plus faillir à ses devoirs familiaux. Il téléphona également à son père, qu'une aide-soignante gardait.

Ce furent des instants d'émotion intense. Le séjour de madame Rouffier fut très bref. Elle ne voulait pas déranger le couple enfin réuni. Hélène lui promit une visite vers Pâques. La jeune femme attendait surtout l'imminence de la nuit d'amour promise par Alexandre, et elle vivait sans alarme, se grisant de cette précieuse harmonie durement reconquise. Mais la nuit d'amour ne devait pas avoir lieu. Le destin, capricieux et cruel, vint frapper sans pitié les amants impatients.

Il aurait suffi de peu, d'une parole d'Hélène à sa fille, mais il était sans doute écrit que cet amour-là, entre un ancien prêtre et une femme, était condamné. Ce fut le trois janvier, Alexandre s'attardait auprès de sa fille, sagement couchée sous une couette fleurie :

— Tu verras, ma Véro, la belle randonnée que nous ferons pendant les vacances de Pâques, dans l'Esterel. J'aime tant ce pays, ma chérie!

— Moi aussi, je l'aime, papa! Tu sais, je suis si contente que tu sois revenu, que tu sois guéri... Je n'aimais pas Quentin, il se prenait pour mon père. Il me faisait des cadeaux, mais je ne l'aimais pas.

Véro vit les traits de son père se crisper tandis qu'il demandait d'une voix changée :

— Quentin Meyrot? Il est à Angoulême?

La fillette rougit, comprenant qu'elle avait trop parlé. Alexandre l'interrogea doucement :

— Ta maman le voyait souvent?

— Mais... il habitait avec nous! Je croyais que tu le savais, papa...

— Non, ta maman ne m'a rien dit. Et je ne lui ai rien demandé! Dis-moi, elle était heureuse avec lui, maman?

— Oui, je pense. Il nous emmenait au bord de la mer, dans sa villa. Tu es fâché?

— Mais non, ma petite chérie... dors tranquille!

Un quart d'heure plus tard, Alexandre avait disparu.

XVIII
Les collines de lumière de Provence

Il faisait un peu froid, une pluie fine tombait, la pluie propre à ce pays de Charente qui connaît rarement les rigueurs de l'hiver. Folle d'angoisse, Hélène parcourait la ville au volant de sa voiture, de la cathédrale aux rues étroites qui s'étendaient derrière le Palais de Justice. Du rempart Desaix, à hauteur de la statue dédiée au président Sadi Carnot, mort assassiné, elle aperçut le calvaire illuminé, sur une colline voisine, de l'autre côté de la vallée. Elle songea à un autre calvaire perdu dans la montagne où Alexandre l'avait prise pour la première fois dans ses bras. Intuition ou profond désarroi, la jeune femme décida de s'y rendre.

Ce fut effectivement au pied de l'une des trois croix qu'elle retrouva son mari. Il avait dû beaucoup marcher, malgré la gêne que lui causait encore sa jambe gauche. Nimbées de brume, presque irréelles, les statues de pierre blanche – Marie, Marie-Madeleine et Jean – semblaient des apparitions. Alexandre se tenait là, en prière, depuis longtemps sans doute. Hélène vit un signe divin dans l'impulsion qui l'avait conduite là, car jamais elle ne serait venue jusqu'ici si la vision du calvaire ne l'avait frappée.

Dans son désespoir, Alexandre aussi avait dû être appelé par ce site inspiré, cher aux Angoumoisins. Le symbole de la croix ne pouvait que l'attirer, lui, un ancien serviteur du Dieu d'amour des chrétiens. Peut-être gardait-il aussi dans son cœur le souvenir d'un lieu étrangement semblable où ils avaient vécu des instants intenses au début de leur amour, il y avait si longtemps.

Hélène s'approcha à pas lents, le cœur serré par une vive émotion.

— Alexandre! Je t'en prie, tu dois m'écouter. Ce que t'a dit Véronique est sans importance, c'est pour cela que je ne t'en ai pas parlé! C'est vrai, j'ai vécu avec Quentin, comme tu as vécu avec Magali! Je ne savais pas que je te reverrais, et je t'en voulais. Je pensais que tu aimais cette jeune femme... Mais c'est fini, nous sommes ensemble, nous nous aimons toujours!

Alexandre l'entendrait-il seulement? Agenouillé au pied du calvaire, il gardait le visage caché entre ses mains. Hélène le secoua par les épaules :

— Mais pourquoi t'es-tu enfui ainsi? C'était plus simple de me demander des explications! Quand serons-nous des adultes, Alexandre? Je te cache cette liaison avec Quentin de peur de te perdre, et toi, tu réagis comme un fou, en te sauvant. Mon chéri, je t'aime, ne sois pas jaloux, essaie de comprendre, il m'a bien fallu comprendre, moi, pour Magali!

Ces mots firent enfin réagir son mari. Il se redressa, la dévisagea d'un air attendri :

— Je ne suis pas jaloux au sens propre du terme, Hélène. Je me doutais un peu que tu n'avais pas vécu seule si longtemps. Et c'était Quentin, un homme qui te plaisait déjà à Houlgate, un personnage stable, sécurisant. Je suis sûr que tu l'as contraint à me céder la place avec de bonnes paroles, et puis tu m'as mis dans votre lit! C'est atroce, inacceptable. Tu étais heureuse en sa compagnie, Véronique me l'a dit. Seulement, on t'a ramené un pauvre type malade, infirme et tu as cru de ton devoir de le soigner, de te sacrifier... Ça, Hélène, je ne peux pas le supporter, je ne veux pas de ta pitié, de tes manigances pour recomposer une famille. Comme à Houlgate! Vois-tu, tu es une très bonne mère et la joie de Véro passe avant ton intérêt. Alors tu reprends le coupable, celui qui t'a abandonnée, trompée, tu le grises de mots d'amour, tu le câlines pour le retenir auprès de sa fille. Ta vie de femme, ton métier, tu les sacrifies, pour moi, pour moi!

Alexandre avait hurlé, les poings serrés. Hélène pleurait en silence, ses larmes se mêlaient à la pluie sur ses joues trop pâles. Il s'approcha, la prit contre lui :

— Regarde cette ville, petite Hélène, regarde-la bien.

Docile, elle tourna la tête pour contempler la cité

perchée sur son promontoire rocheux. Angoulême tant chantée par les poètes et les historiens, Angoulême tel un vaisseau de pierre sous le ciel nocturne. Des milliers de lumières la paraient comme autant de guirlandes scintillantes, les toits de tuiles luisaient, vernis de pluie. Majestueuse, immuable, la vieille ville évoquait quelque vision de conte de fées.

— Tu vois cette ville. Je ne la connaissais pas. Tout à l'heure, sa beauté m'a ému. Je me suis dit, c'est ici que vivait Hélène, près d'un homme qui vaut plus que moi. Elle s'était réfugiée là, mon épouse reniée, elle avait trouvé la paix, un bonheur à sa mesure. Elle a fait de ma fille une adorable enfant, charitable, doublée d'une jolie danseuse. Et moi, je suis arrivé pour briser l'ordre établi, cette sérénité dont vous aviez tant besoin, toutes les deux.

— C'est faux, Alexandre! Tu n'as rien brisé du tout. Véro ne pensait qu'à toi, ne dansait que pour toi, pour le jour où tu la reverrais... Et moi, je pleurais parfois, en me rappelant nos jours de bonheur. Quentin m'aimait, c'est vrai, mais je n'ai jamais pu t'oublier. Tu dois me croire, je ne tenais pas à lui. Dès que je t'ai revu, j'ai su...

— Tais-toi, Hélène. C'est inutile, je dois partir, et j'emmène Clément...

***

Hélène se tournait et se retournait dans son lit, incapable de trouver le sommeil. Le pire était arrivé : Alexandre était parti, il l'avait quittée encore une fois et il lui avait arraché Clément. Le petit garçon, au moment du départ, s'était en vain accroché à sa sœur qui pleurait à chaudes larmes. Le souvenir tout proche de ces instants horribles obsédait Hélène. Alexandre lui avait emprunté de l'argent pour prendre le train.

— Je te le rendrai dès que j'aurai trouvé du travail, ne t'inquiète pas.

— Papa, tu ne vas pas m'abandonner! avait crié Véro. Tu avais promis de rester, pour le jour de l'An, souviens-toi.

— Ma place n'est pas ici, ma petite chérie. Je t'écrirai, et puis tu viendras me voir, ne pleure pas...

Imperturbable, Alexandre était parti. Cela ressemblait à un cauchemar. Sans cesse, Hélène se reprochait de ne pas avoir fait ce qu'il fallait, de ne pas avoir su le retenir. Sa fille dormait près d'elle, brûlante.

— Ma petite puce! Quelle vie nous te faisons, j'aurais dû te parler... ou parler de Quentin à ton père!

Mais il était trop tard, Alexandre était parti. Parti, parti, ce mot détesté hantait Hélène et résonnait dans son cœur. Parti avec Clément... Encore une fois, l'édifice reconstruit délicatement s'écroulait, le bonheur n'était donc qu'une illusion insaisissable.

« Où va-t-il? » se demanda-t-elle, en portant la main à son cœur tant elle souffrait. Retourne-t-il à Lyon ou en Provence? Oui, c'était sûrement ça, Alexandre retournait au pays de son enfance, vers la Provence. Hélène en avait la certitude, comme elle avait su qu'il serait au Calvaire. Demain, elle téléphonerait à madame Rouffier pour lui dire ce qui s'était passé. C'était une alliée désormais. Si, par hasard, Alexandre se présentait chez ses parents, Hélène le saurait.

« Il faudrait lui faire comprendre que je ne me suis pas sacrifiée, que mon bonheur, ma raison de vivre, c'est lui... lui et Véro. Lui et Clément! » gémit-elle.

Elle s'endormit, les joues humides, blottie contre le corps menu de sa fille.

***

Une longue semaine s'écoula. Véronique ne se consolait pas du départ de son frère et de son père. Chaque soir, la fillette appelait madame Rouffier et lui demandait si Alexandre n'était pas venu à Cassis. Hélène était souffrante, elle avait pris froid le soir où elle avait cherché son mari dans la ville, sans même prendre le temps de mettre un manteau.

Dans une ville de province, certaines nouvelles circulent

vite. Nul ne sut comment, mais Quentin Meyrot apprit d'une personne bien intentionnée que le mari d'Hélène avait quitté la ville avec son fils, et que la jeune femme était malade. Le juge n'hésita pas, il vouait à Hélène un amour inconditionnel et entendait rester son ami. Il avait su se taire durant plus de six mois; à présent, plus rien ne l'empêchait de se rendre au chevet de son ancienne compagne.

Véro lui ouvrit, tout de suite, boudeuse, presque impolie. Lorsqu'il entra dans la chambre, un bouquet de tulipes roses à la main, Hélène crut qu'elle rêvait.

— Mais, Quentin...

— Chut! Pas de protestations, je venais prendre de tes nouvelles. As-tu vu le médecin au moins? Et comment fais-tu pour les courses?

C'était bien Quentin, de songer tout de suite aux problèmes d'ordre pratique. Hélène eut un petit sourire :

— Ma fille s'en tire très bien! D'ailleurs, c'est l'heure de son cours de danse. Véro, ma chérie, tu nous achèteras des tomates et du jambon.

La fillette sortit en lançant au juge un regard noir. Dès qu'ils furent seuls, Hélène et Quentin se dévisagèrent, troublés.

— Alors, ce cher Alexandre a encore fait des siennes! Moi qui me disais qu'au moins tu étais heureuse...

— J'étais heureuse, mais il a su, pour toi!

— Et il a eu le mauvais goût de s'en offusquer! Quel idiot! J'espère que tu lui as précisé que tu m'avais congédié sans remords pour l'accueillir.

Hélène haussa les épaules en soupirant d'un air désolé :

— Oui, je le lui ai dit, mais il ne m'a pas crue. En vérité, Quentin, Alexandre est parti parce qu'il croyait avoir brisé notre relation. Il pense que je me sacrifie.

— Il est encore plus sot dans ce cas, ou aveugle. Enfin, cela ne lui saute pas aux yeux que tu l'adores, que tu n'aimes que lui?

— Non.

Radouci, Quentin caressa la joue d'Hélène. Ce geste pudique, plein de tendresse, la bouleversa.

— Mon cher Quentin, à toi aussi, j'ai fait du mal! Tu m'as tant donné, je te remercie...

— Oui, tant donné, mais pas assez! Vois-tu, Hélène, j'ai eu le temps de réfléchir durant ces derniers mois. J'ai compris que tu ne m'aimais pas, que tu ne m'aimerais jamais. Tu appartiens tout entière à cet homme. Je suis sincère, je le hais... C'est ainsi, je n'admets pas sa conduite passée, ni celle à venir.

— Celle à venir, qu'en sais-tu? répondit-elle.

— Rien, bien sûr, mais j'envisage sans peine d'autres traîtrises, d'autres coups de tête, d'autres fuites. D'ailleurs, Hélène, que comptes-tu faire à ce propos? Le chercher, le poursuivre à genoux jusqu'au bout du monde?

— Ne sois pas cynique, Quentin! Je te semble peut-être ridicule, mais à quoi bon te moquer de moi...

Hélène retira sa main de celle du juge. Son état de faiblesse et son chagrin la rendaient encore plus sensible. Seule Véronique la comprenait en ces heures difficiles. Quentin eut pitié d'elle :

— Allons, ne prends pas mes sarcasmes au sérieux! Je voulais connaître tes projets, c'est tout!

La jeune femme se redressa, les yeux brillants d'un éclat passionné :

— Dès que je saurai où se trouve mon mari, je le rejoindrai! Je ferai tant et tant qu'il me croira enfin, je lui dirai ce que je n'ai jamais osé lui dire... Qu'aucun autre homme ne pourra le remplacer, tu entends, aucun! Que je veux finir ma vie avec lui, avec Véro et Clément, là où il voudra. Je suis sa femme, il est temps de le lui prouver...

Le discours d'Hélène se termina par une quinte de toux. Quentin haussa les épaules, un petit sourire ironique aux lèvres :

— Ma chère, avant de te lancer dans la bataille, soigne-toi un peu! Tu n'es guère au mieux de ta forme pour reconquérir ton beau mari...

— Tu es odieux!

Elle lui lança un de ses coussins avant de fondre en

larmes. Aussitôt, Quentin qui paraissait n'attendre que cette occasion, l'enlaça avec douceur.

— Laisse-moi, je ne veux plus te voir, plus jamais! balbutia-t-elle entre deux sanglots.

À cet instant, le téléphone sonna. Hélène murmura en reniflant :

— Oh! réponds, je t'en prie! Ce doit être la mère de Sandra, je n'ai pas envie de lui parler.

Quentin décrocha d'un air ennuyé :

— Oui, j'écoute.

Il y eut un silence de part et d'autre sans doute, puis le juge déclara d'une voix dure :

— Je vous la passe!

C'était Alexandre. Hélène en fut si surprise qu'elle ne sut que dire les premiers instants. Son mari, lui, n'eut aucun mal à persifler :

— Dis donc, tu ne perds pas de temps! Monsieur Meyrot a déjà repris sa place. Tant mieux! Je voudrais parler à Véro...

— Mais elle est partie à son cours de danse! Alexandre, où es-tu, dis-moi! Alexandre, attends, je vais t'expliquer, je suis malade et... Oh non! Il a raccroché...

Quentin eut un geste fataliste mais crut bon d'ajouter :

— Vraiment navré, Hélène, tu es témoin que je n'y suis pour rien!

La jeune femme pleura de plus belle. Le sort s'acharnait sur elle, et la vie lui parut d'une injustice insupportable. Elle se vengea sur le juge, cédant à une réaction toute féminine :

— Va-t'en, Quentin, va-t'en, je ne veux plus entendre parler de toi! Quelle idée as-tu eue de venir aujourd'hui, aujourd'hui justement, pourquoi pas demain ou ce soir? Va-t'en!

Il la regarda d'un air légèrement méprisant puis sortit à reculons :

— Adieu, Hélène, je te souhaite quand même beaucoup de bonheur, comme on dit, si jamais tu arrives à rattraper ton cher époux!

***

Le soir, Hélène raconta l'incident à sa fille et toutes deux attendirent un nouvel appel du disparu. Véronique était furieuse et très déçue. Selon son habitude, la fillette appela sa grand-mère à Cassis. Elles eurent une longue conversation de laquelle Hélène fut évincée, mais certaines bribes de phrases étaient significatives. Lorsque l'enfant eut raccroché, elle dévisagea sa mère d'un air triomphant :

— Papa a téléphoné de chez Mamie. Il est reparti, mais il lui a confié Clément... Mamie a une idée, je crois que c'est la meilleure solution.

— Je t'écoute, Véro! répondit calmement Hélène qui pensait avoir deviné une partie du plan.

— C'est simple, et moi ça me va tout à fait. Oh! maman, tu seras d'accord, dis?

— Je ne peux pas te dire oui sans savoir de quoi il s'agit!

— Si, promets!

— Véro, sois sérieuse, explique-moi! D'ailleurs tu aurais pu me laisser parler à ta grand-mère...

— Ce n'était pas la peine, tu la rappelleras... Voilà, tu sais que Mamie a une adorable petite maison dans les collines, derrière Cassis. Elle était louée à une dame qui vient de la libérer. On s'installe là-bas pendant les vacances de février, sans rien dire à papa... Moi, je le vois, bien sûr, et je lui dis que nous sommes venues habiter en Provence pour être avec lui, je lui parle franchement... Moi, il me croira, et vous ferez la paix. Après, on sera heureux.

— Mais tes cours de danse!

Véronique jeta un étrange regard à sa mère :

— Tu as bien arrêté tes cours de piano dès que papa est revenu... Et tu as vendu la maison d'Houlgate pour le soigner. Maman, c'est plus important que tout de retrouver papa! Et moi, je rêvais de vivre là-bas, dans ce pays que j'aime, je n'osais pas te le dire.

Hélène tendit les bras à sa fille. Véronique avait grandi et mûri. Cette évidence frappait la jeune femme qui commençait à entrevoir, doucement, que les derniers mois écoulés avaient contribué à cette métamorphose. Elle fut tentée de lui faire quelques confidences, mais recula encore. À quoi bon! Une seule chose comptait, la rendre heureuse, lui redonner son père, Alexandre. Cet homme qu'Hélène aimait toujours, de toute son âme, de tout son cœur.

— Ma chérie, je ferai ce que tu voudras! Tu es contente? Si nous avons une chance, il faut la tenter. Tu as raison, ton père te croira peut-être, toi! Il s'imagine que j'ai eu pitié de lui, que je préfère Quentin! Je t'assure que c'est faux, je n'aime que ton père, et depuis des années...

— Alors, on part! C'est super!

***

Hélène contemplait sans se lasser la ligne audacieuse que traçaient sur l'horizon les collines de Provence. Elle venait de boire un thé en compagnie de madame Rouffier, sur la terrasse. L'air était très doux, le ciel, d'une limpidité idéale.

« La Provence, mon pays, mon beau pays! C'est ici que je suis née... » pensait la jeune femme, émue.

La ville d'Angoulême était oubliée, ses rues, ses églises, les ombrages du Jardin Vert. La Normandie, ses pluies et ses pommiers aussi. Plus rien n'existait du passé. Hélène, dans sa quête de l'amour, avait franchi toutes les étapes : de Vindouris à Paris, de Paris à Houlgate, d'Houlgate à Angoulême, d'Angoulême à Cassis.

Les années avaient passé, avec leur cortège de joies et de tragédies, pour la ramener à son point de départ, son pays natal, cette Provence qui avait été le témoin de ses premiers émois amoureux. Pour cette raison, les collines nimbées de lumière, immuables, semblaient promettre on ne sait quel doux secret à Hélène.

La voix amusée de madame Rouffier la tira de sa rêverie :

— Alors, mon enfant, cela n'a pas été trop dur, ce déménagement en catastrophe?

— Non, rassurez-vous, je n'ai gardé que l'essentiel, j'ai vendu le superflu. J'ai l'habitude, vous savez! Déjà, en quittant la Normandie, j'avais cédé presque tous mes meubles et tous mes livres à la personne qui louait la ferme! C'est aussi bien ainsi, on se sent plus libre...

— Pauvre Hélène, vous avez rarement connu la paix d'un foyer stable! Et tout ça à cause de mon fils!

— J'ai eu des torts également. N'en parlons plus. Vous êtes sûre, Madame, qu'Alexandre ignore ma présence chez vous?

— Sûre et certaine! Il est parti en excursion pour huit jours. Je lui ai annoncé l'arrivée de sa fille, mais il ne peut se dédire de son engagement. C'est une chance, ce poste d'éducateur pour enfants handicapés. C'est un vieil ami qui le lui a proposé. Ainsi, Alexandre se sent utile et il a un salaire convenable.

Madame Rouffier eut un petit rire charmant :

— C'est la première fois que je lui mens, mais c'est pour la bonne cause. Vous devez me croire, Hélène, mon fils vous aime encore! Il s'est confié à moi, je l'ai senti sincère et très malheureux.

Hélène soupira, perplexe. Pourtant, l'espoir demeurait, grâce aux paroles de Blanche Rouffier.

Dans le jardin en contrebas, Véronique et Clément jouaient au ballon en riant aux éclats. Monsieur Rouffier, confortablement installé dans une chaise longue, admirait ses petits-enfants.

— Dès demain, je prends possession de ma nouvelle demeure! déclara Hélène, radieuse. Je pense redonner des leçons de piano à domicile. Je tiens à vous payer un loyer!

— Rien ne presse, ma chère petite! Je suis si contente de vous avoir ici. Véro me manquait tant. Elle ne cache pas son bonheur, elle! Rien ne lui fait peur, même pas cette nouvelle école qui va l'accueillir en pleine année scolaire...

— Elle se lie facilement. Et elle n'avait qu'une idée, habiter ce pays! On appelle ça la voix du sang, je crois...

Dix minutes plus tard, Hélène ne résista pas au plaisir de prendre une douche avant de dîner. L'hiver en Provence ne rimait pas avec frimas, loin de là. La jeune femme, accoutumée aux pluies normandes et charentaises, se disait qu'il lui faudrait se réadapter au climat local.

Elle laissa l'eau tiède ruisseler sur son corps, sur ses cheveux. Cette caresse était si douce, si apaisante qu'elle ne s'en lassait pas. Il lui semblait se laver de tout, des aventures douteuses de jadis, du sel des larmes trop souvent versées, des souffrances physiques et morales. Elle serait neuve pour une vie nouvelle, au pays de son enfance.

Enfin, à regret, Hélène sortit de la douche, s'enveloppa d'une serviette de bain. Dans le miroir, son reflet la surprit : ses cheveux brunis et frisés par l'eau auréolaient un visage très jeune, dont les yeux noisette avaient une tendre expression pleine d'espérance.

À cet instant, la porte s'ouvrit et Alexandre entra, butant quasiment contre elle. Stupéfaite, car elle pensait avoir tiré le verrou, Hélène ne sut que faire. Son plan échouait bêtement. Madame Rouffier ne lui avait-elle pas affirmé que son fils était parti en excursion pour huit jours?

Alexandre semblait tout aussi étonné. Il ne comprenait pas et avait l'air ébahi d'un homme ayant commis une maladresse. Cependant, tel un aveugle, il tendit les mains et elles se refermèrent sur le corps à demi nu de sa femme. Paupières closes, Hélène céda à son étreinte, frémissante de joie.

— Ma chérie, tu es là... toi... Dis, tu m'aimes? Dis-le-moi, je suis sûr que tu m'aimes comme je t'aime...

— Oh oui, je t'aime... Je n'aime que toi! Depuis toujours et pour toujours!

Les mains d'Alexandre abaissaient la serviette éponge, s'attardaient sur le dos et les reins d'Hélène. Sa bouche s'égarait sur les épaules, au creux de la nuque, glissait jusqu'aux seins à la pointe durcie.

— Hélène, je t'aime... Je te veux, toi seule!

Elle tournait la tête, impatiente, docile. Mais une voix à l'étage les dégrisa. Véro appelait son frère, des pas retentirent. Alexandre bredouilla :

— J'étais passé embrasser Véronique! Quand j'ai su

qu'elle était là pour les vacances, je ne pouvais pas attendre la fin de la semaine... Nous campions tout près d'ici! Personne ne m'a vu entrer, je voulais prendre une douche avant de monter leur faire une surprise! Combien de temps restes-tu?

Hélène, rougissante, chuchota :

— Je repars demain...

— Ah! C'est vrai... On t'attend à Angoulême.

Alexandre s'enfuit aussi brusquement qu'il était entré. Hélène faillit hurler pour le retenir. Tout son corps brûlait d'une fièvre ardente, elle se sentait déchirée, privée de toute force. Quelques minutes avaient suffi pour lui redonner intacte l'ivresse de tenir son mari contre elle. Ses bras étaient vides de lui, cette sensation de manque la blessait avec une violence intolérable. Elle pleura en gémissant :

— Alexandre, mon amour, reviens, reviens! C'est faux, je ne pars pas, je suis venue pour toi...

Mais il ne pouvait pas l'entendre. Au dîner, elle dut faire bonne figure. Personne ne s'était aperçu du passage d'Alexandre. Véronique et Clément ne se quittaient pas et faisaient honneur au délicieux repas. Peu à peu, cette chaleureuse ambiance eut raison du trouble d'Hélène. Elle se rassura vite. L'attitude de son mari prouvait qu'il l'aimait encore, comme le disait sa mère, et les malentendus seraient faciles à dissiper. La jeune femme avait hâte désormais d'aménager sa petite maison pour y attendre son amour...

***

Quand Alexandre se présenta officiellement chez ses parents, une fois menée à bien l'excursion, il fut reçu à bras ouverts par Véro et Clément. La fillette joua à merveille la comédie prévue, à savoir que sa mère l'avait juste accompagnée à Cassis, mais qu'elle était repartie... Afin d'éviter de troubler le petit Clément, on lui avait tenu le même discours.

Alexandre trouva ses parents singulièrement affables, mais il mit leur bonne humeur et leurs sourires énigmatiques sur le compte de la présence de Véronique. Pétulante, vive et enjouée, la fillette aurait pu dérider de bien plus sombres personnages. Elle ne tenait pas en place, dansait sur la terrasse, chantonnait, entraînant son père dans de folles sarabandes. Un soir, il s'exclama :

— Jolie petite fille du Sud, à quand cette randonnée en montagne?

— Demain, si tu veux, ou après-demain! répliqua Véro avec un sourire radieux.

Alexandre l'embrassa sur le front en la serrant dans ses bras. Inévitablement, ses pensées revinrent à Hélène. Il la revit, sortant de la douche, si belle, si douce.

— Et si nous téléphonions à ta mère, pour lui donner de tes nouvelles? chuchota-t-il.

Véronique jeta aussitôt à sa grand-mère un regard embarrassé. Alexandre se méprit sur le sens de ce regard qui ne lui avait pas échappé. Amer, il songea qu'Hélène, sans doute, était elle aussi en vacances, avec Quentin. Était-elle donc vraiment perdue pour lui? Il regretta soudain sa conduite. Pourquoi avoir fui Angoulême, sans même combattre. Pourquoi, le soir où il l'avait trouvée sous la douche, n'avoir pas essayé de la reconquérir?

Sa conscience, ses remords lui avaient dicté une attitude ferme. Après sa liaison avec Magali, morte par sa faute, il estimait n'avoir plus droit au bonheur... Son évêque l'avait prévenu. En reniant son sacerdoce, il s'était engagé sur une voie maudite. Son existence passée en était la cruelle démonstration. Il n'avait semé que le malheur, l'adultère. Pourtant, il y avait Véronique, une fleur de lumière et de bonté, il y avait aussi le petit Clément, si gentil, si sage, qui aspiraient tous deux à une vie tranquille.

Après ces tristes méditations, Alexandre parla vite d'autre chose. Son père lui proposa une partie d'échecs qu'il accepta. La soirée s'écoula, paisible.

Cependant, le lendemain, dès qu'il eut l'occasion d'être seul dans le salon, Alexandre composa le numéro de sa femme à Angoulême. Pas de réponse. Obstiné, il recommença, allant même en ville pour appeler d'une cabine. À six heures du soir, les nerfs à vif, il demanda à sa mère :

— Maman, je t'en prie! Si tu sais où joindre Hélène, dis-le-moi. J'ai besoin de lui parler... C'est à cause de Véro... Elle t'a sûrement laissé un numéro où la contacter, je la connais! Écoute, fais-moi confiance, je veux lui parler!

Blanche Rouffier regarda longuement son fils. Elle hésitait, ne sachant pas si elle devait dévoiler leur étrange machination sans avoir pu avertir Hélène. Elle demeurait indécise sur la conduite à tenir. De toute façon, cette comédie lui pesait, et, dans les yeux d'Alexandre, elle lisait une réelle inquiétude, une douleur profonde...

— Alexandre, pardonne-moi, nous t'avons menti, à la demande d'Hélène. C'est Véro qui devait te conduire là-bas après t'avoir parlé. Mais tu brûles les étapes. C'est peut-être mieux ainsi! Ta femme est ici, près de Cassis, dans cette petite maison qui m'appartient.

— Mais qu'est-ce qu'elle fait là-bas? demanda Alexandre d'un air sincèrement étonné.

— Je crois qu'elle t'attend, mon fils!

***

Hélène avait apprécié à leur juste valeur ces quatre journées en solitaire. La maison lui plaisait beaucoup. Perdue dans la garrigue, elle était entourée de collines rocailleuses qui, dès le printemps, embaumeraient la lavande et le romarin. Elle était un peu éloignée de la mer mais on percevait cependant son murmure au loin, dans les calanques. La jeune femme avait installé sans hâte ses meubles et effets personnels, en s'amusant à les disposer de manière assez fantaisiste.

De toute son âme, elle préparait ce foyer pour le retour de son bien-aimé et des deux enfants qu'ils élèveraient dans une atmosphère tendre et harmonieuse. Elle dormait beaucoup, lisait, se promenait, et ses forces revenaient grâce à l'air marin que le vent apportait et au soleil déjà chaud.

Le piano trônait dans une pièce de taille convenable, dont les portes-fenêtres s'ouvraient sur une petite terrasse pavée de vieux dallages.

Ce soir-là, Hélène décida de reprendre possession de son art, et ses doigts, légers et hardis, volèrent sur les touches d'ivoire. Par jeu, elle avait revêtu une longue robe blanche, très décolletée, une toilette démodée parée de dentelles. Quelle importance puisque personne ne la verrait!

C'était l'heure de rêver, et, bien sûr, ses rêves allaient vers Alexandre. Elle le revit, jeune prêtre à Vindouris. La fascination qu'il avait alors exercée sur elle lui fut redonnée, inchangée. D'autres images s'imposèrent à elle, la soirée où il l'avait prise dans ses bras, au pied d'un calvaire perdu dans les monts de l'Estérel, et leur première nuit dans le Mercantour, nuit folle, brûlante, nuit d'extase totale. Jamais aucun homme ne lui avait donné tant de plaisir. Quand ils s'aimaient, leur relation allait bien au-delà de la simple jouissance. C'était une communion mystérieuse, un échange parfait qui les emportait loin, si loin.

Alexandre encore, Alexandre toujours, sur la plage de Vendée, l'enlaçant, la brisant de caresses sur le sable tiède... Alexandre dans le verger d'Houlgate, agenouillé à ses pieds, son regard de velours noir planté dans le sien, ce regard qui la poursuivait sans cesse. Enfin elle l'évoqua sur son lit d'infirme, à Angoulême, les cheveux poivre et sel, les traits marqués, mais pourtant pleins de séduction.

Sans qu'elle en eût conscience, ses doigts pianotèrent, cherchant un air oublié, leur mélodie, composée par elle, Hélène. Cet air qu'il avait choisi de faire entendre en pleine messe, là-bas, à Vindouris... Ces quelques notes portaient le poids d'un amour infini, un amour tragique, condamné, mais un grand et véritable amour.

Caché derrière une haie de cytises, Alexandre écoutait, le cœur serré. Il avait roulé comme un fou sur la route sinueuse qui le conduisait vers sa bien-aimée. La savoir près de Cassis, seule, après avoir quitté Angoulême et Quentin, quel choc, quelle joie foudroyante! À présent, il n'osait pas avancer, révéler sa présence. Pourquoi jouait-elle précisément, ce soir-là, « leur » air?

Soudain la musique se tut. Alexandre sortit de l'enchantement douloureux qui le figeait. Il fit un pas, puis deux, aperçut Hélène de profil au piano, le visage penché. Elle ne l'entendit même pas entrer. Doucement, il posa ses mains sur ses yeux, en lui demandant, comme le font les enfants :

— Devine qui est là?

— Alexandre... mon amour!

La jeune femme, de ses doigts tremblants, s'accrocha aux mains de son mari, les abaissa et se retourna tout entière. Incrédule, transfigurée par une joie immense, elle l'enlaça, appuyant sa tête contre sa poitrine.

— Ma chérie, mon ange! Je suis là, enfin, et pour toujours, cette fois...

— Alexandre!

Elle ne pouvait rien dire d'autre, seulement répéter ce prénom qui effaçait le reste de l'univers. En cet instant magique de leurs retrouvailles, plus rien ne comptait. Il n'y avait plus qu'eux, elle et lui.

Il la releva pour mieux l'étreindre, prendre possession de ce corps adoré, désiré. Rivée à sa force d'homme, elle titubait, comme ivre. Leurs lèvres s'unirent pour un baiser interminable, langoureux, voluptueux, annonce de cette autre communion qu'ils pressentaient tous deux.

— Hélène, je t'aime, si tu savais combien je t'aime... murmura-t-il. Je n'ai jamais aimé que toi. Corps et âme, de tout mon être!

— Alexandre, je t'aime, je t'adore... Je ne veux plus te perdre, plus jamais... Je ne te quitterai plus, nous allons être heureux, enfin heureux.

— Ce sera ma plus douce punition, te donner du bonheur, veiller sur toi et sur les enfants. J'ai fait tant de mal sur cette terre, je dois expier... par l'amour! C'est toi, ma chérie, qui m'as enseigné cette belle leçon...

Elle ne répondit pas. Les lèvres de son mari, chaudes et

ferventes, erraient sur son cou, sur ses bras, à la naissance de ses seins. La robe blanche glissa, Hélène fut nue et affolée dans les bras d'Alexandre. Il l'emporta jusqu'à la chambre, pris de folie, affamé d'elle, de ses aveux, de ses cris de plaisir. La nuit fut longue, une nuit qui n'était qu'à eux, qui les soudait à jamais. Entre deux extases, entre deux soupirs, ils confessèrent sans crainte leurs errances et leurs doutes, avant de se promettre fidélité et dévotion mutuelles.

À l'aube, Alexandre demanda tendrement :

— Ma chérie, veux-tu m'épouser?

Surprise, elle répondit en souriant :

— Mais, mon amour, nous sommes déjà mariés, tu l'as oublié?

— Non, je n'ai pas oublié! Je voulais dire, veux-tu m'épouser devant Dieu, dans la chapelle de Cassis? Ce serment-là aura, j'en suis sûr, plus de force que le précédent, j'y tiens vraiment, afin de commencer une nouvelle vie à tes côtés! Je veux aussi que mon petit Clément porte enfin mon nom... et le tien. Tu as su gagner son amour, il a retrouvé le sourire. Je t'en suis si reconnaissant... Alors, veux-tu m'épouser?

— Oh! mon amour, oui, je le veux!

**

Les cloches de Cassis sonnaient l'angélus. Le ciel se teintait de pourpre et d'or, tandis que le soleil déclinait. On percevait par instants le bruit doux de la mer toute proche. Une petite maison dans les collines était tout illuminée. Des rires, des chants s'en élevaient. Ici, l'on fêtait un heureux événement, comme le prouvaient les bouquets de fleurs disposés sur les meubles, les guirlandes et les lampions multicolores accrochés sur la terrasse.

Une fillette brune au sourire ébloui ne cessait d'aller et venir, pour embrasser les invités, suivie d'un garçonnet aux joues rondes. Quel beau jour que celui-ci! Hélène et Alexandre s'étaient unis pour le meilleur, cette fois, devant le vieux prêtre de Cassis. Avant la cérémonie, le couple s'était confessé et, libérés des tourments du passé, cette femme et cet homme que le destin avait tant éprouvés s'étaient agenouillés pour l'échange des anneaux bénits. Madame Rouffier avait versé une larme, ainsi que la tante d'Hélène, venue de Brignoles. Véronique avait serré fort la main de son petit frère. Le bonheur les attendait, elle n'en doutait plus.

Pour cette raison, à l'heure où le crépuscule envahissait la garrigue, la joie et l'espoir donnaient des ailes à Véronique. Sur un clin d'œil de sa mère, elle alla se changer discrètement. C'était une surprise réservée aux invités. Pour être présents à la fête ce soir-là, Bernard et Sandrine avaient traversé une grande partie de la France, accompagnés de leurs enfants Bertrand et Nathalie. Monsieur et madame Rouffier, bien installés dans de confortables fauteuils, se laissaient dorloter par leur belle-fille. La sœur de France, un bon sourire au visage, louait en secret le Dieu de miséricorde qui lui avait permis de voir sa nièce enfin heureuse.

Hélène se mit au piano et joua les premiers accords du ballet *Coppélia*. Aussitôt, comme un elfe surgi de l'ombre, Véronique fit son apparition, légère et gracieuse dans son costume de danse.

La fillette se laissait porter par la musique, offrant à ses spectateurs son jeune talent, multipliant les figures difficiles avec une fougue admirable, petite fée de la danse, parée de sa beauté enfantine, corps gracile, longues jambes, visage ébloui, chevelure brune dénouée.

Lorsqu'elle salua, les applaudissements étaient plus qu'enthousiastes, ils témoignaient d'une réelle admiration. Alexandre était le plus radieux. Sa fille le comblait d'une fierté naïve.

Un peu essoufflée, Véro sourit à l'assistance, puis elle prit sa mère par la main pour la conduire jusqu'à son père. Émus, tous deux s'assirent l'un près de l'autre, sans rien dire. Leurs yeux brillaient de larmes contenues, des larmes de joie.

— Mes chers parents! commença la fillette. Puisque nous sommes tous réunis ici, avant de déguster le merveilleux repas que ma chère grand-mère a préparé, je voudrais vous poser une petite question qui nous préoccupe beaucoup, Clément et moi. N'est-ce pas, Clément?

Le petit fit oui de la tête, avec un air malicieux.

— Voilà, est-ce que maintenant, oui ou non, vous allez prendre le temps de nous offrir un petit frère ou une petite sœur?

Ce fut un éclat de rire général. Alexandre serra Hélène contre lui. Elle avait les joues rouges et répondit d'un ton amusé :

— Nous verrons, ma chérie, nous verrons. Nous sommes un peu vieux, à mon avis, mais tout peut arriver... Dieu seul le sait!

Très ému, Alexandre eut un doux sourire pour répéter les derniers mots d'Hélène :

— Dieu seul le sait!

DISTRIBUTEURS EXCLUSIFS

Distributeur pour le Canada et les États-Unis
LES MESSAGERIES ADP
MONTRÉAL (Canada)
Téléphone : (450) 640-1234 ou 1 800 771-3022
Télécopieur : (450) 640-1251 ou 1 800 603-0433
www.messageries-adp.com

Distributeur pour la France et autres pays européens
DISTRIBUTION DU NOUVEAU MONDE (DNM)
PARIS (France)
Téléphone : 01 43 54 49 02
Télécopieur : 01 43 54 39 15
Courriel : libraires@librairieduquebec.fr

Distributeur pour la Suisse
(À l'usage exclusif des librairies)
SERVIDIS / TRANSAT
GENÈVE (Suisse)
Téléphone : 022/342 77 40
Télécopieur : 022/343 46 46
Courriel : transat-diff@slatkine.com

◆◆◆

Dépôts légaux
Bibliothèque nationale du Canada
Bibliothèque et Archives nationales du Québec, 2003
Imprimé au Canada

◆◆◆

Transcontinental
IMPRESSION
IMPRIMERIE GAGNÉ

Imprimé sur Rolland Enviro100, contenant
100% de fibres recyclées postconsommation,
certifié Éco-Logo, Procédé sans chlore, FSC
Recyclé et fabriqué à partir d'énergie biogaz.